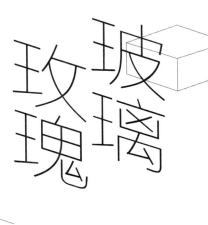

玻璃玫瑰

— 禹风 — 著

上海文化出版社

目录

向地飞行

一

　　她觉得这是向死而生的快乐。她坐在这部灵巧的轮椅上，丈夫骑着崭新的意大利赛车，一手压着龙头，一手拉住轮椅的不锈钢扶手。他没戴头盔，在这个深灰色的夜里，警察像凋萎的花朵倚着墙角打盹。她如同一只卡住的圆规，僵硬地抬着脖子，眼睛四十五度角望向前方高处，一丝亢奋的笑容绽放在弯月般嘴角，这是她瘫痪后第一个笑容。

　　丈夫喊道："我们就要来一个大拐弯啦！享受这漩涡一样的弧度吧！"他放开制动，弓着腰猛力踩踏板，她感到自己起飞了，赭色的楼群倒了下来，砸在她变得脆弱的视觉神经上，她"啊"地喊叫起来，汗珠从白皙的额头上沁出，枯干额发落到睫毛上，带来欺凌人的感觉，她的手石头一样死在膝盖上，委屈地闭上了眼睛：死吧，让我还是死了吧！

　　泪水正要溢出眼眶，一根温柔的手指撩起了她的额发，丈夫的手指像两三道犁，犁开她的发路，在她头皮上向后掠过，让她想起池塘和池塘上空的翠鸟。他的声音慈爱地说："快看，广场来了！"

素日里拥挤的城市好像死了，她的眸子反射出空寂无人的市中心，群楼林立，暗淡无光，暗黄色的路灯排成一圈圈长明灯，马路上的斑马线已僵硬发凉，只有她轮椅滚动向前发出"咔咔"声，连丈夫的自行车也鬼魅般没一丝声响。丈夫把她的轮椅推到了前头，她现在看不见他，也看不见他的手，好像不忠的命运突然又攫住了她，推她飞向不可逾越的界限。她看见整个广场向她撞来，如沉默的海啸，如无声的地震，她想蒙住自己的脸，可手没有了，她想从这长在自己身体上的轮椅中跳出来，可腿没有了，她的眼泪像鲜血从伤口里淌出来，死亡有什么了不起？比得过此时此刻在死里求快乐的深夜兜风吗？

妈妈哭着握住她毫无感觉的手，如同捏住一朵枯死的花："你不该跳！"

不该跳？她哪有时间想该不该？那个龌龊的夜里，公司年会在滚沸的酒浆和难闻的雪茄烟味里像一盘汤突然变了质。她坐着喝一杯奇异果汁，微笑着回绝前来邀舞的几乎不太认识的男同事，他们喝得像动物园笼子里来回疾走的土狗，他们瞪着眼睛看她，好像她是一块带血的鹿肉。平时不怎么显山露水的女文员珊蒂喝得满面通红，突然蹦进舞池像一个被揍过的弹簧向各个方向反弹出来，她惊讶地看见一群男销售围住珊蒂，下流地摆动他们有的瘦有的肥的屁股，管销售的副总经理搂住了珊蒂跳慢舞，灯光一亮的瞬间，她惊讶地看见副总的手伸进了珊蒂的短裙……

一切变质得太快，她站起来去衣帽间拿自己的外衣，衣帽间的门在她背后"砰"地合上了，她一回头，两个才见过几次面的男销售像两只红眼睛的苍蝇瞪着她，喝得忘乎所以，她抱着大衣退到窗边，举起自己的手机："我丈夫在公司门口，他来接我了。"

"让他等着吧！"一个台湾籍的销售这么回答她，觉得自己非常幽默；跟着他的那个销售笑了起来："辛苦了一年，我们给公司挣了无数的钱，经理已经在外头跟珊蒂大干起来，你是我们的了。"

"你们清醒一点好不好？"她绝望地喊道。大衣被台湾人狠狠扯住，一使劲，衣服到了他手里，他一扬手，大衣飞起来，落在衣帽架上，摊开了露出里面粉红的衬里。这台湾人眼光黏糊糊地看看大衣，对她说："你要像大衣一样乖乖地摊开手脚……"

两个喝醉的家伙哈哈大笑逼了过来，四只手已经摸到了她的手臂，可她消失了，就像一个童话，只剩下洞开的窗户……白痴般瞪着四只充血的色眼，他们狂叫起来，整个年会派对惊醒过来，珊蒂躺在沙发上呻吟，如一条母狗晃着她松软的大腿。"出人命啦！"副总给了她一个清脆的耳光，把她打得跳了起来……

二

他踩着稳定的节奏，完成一个巨大的圆弧，让瘫在轮椅上的妻子飞完这一程。他是一个贞女的丈夫，他是一个圣女的男人，他在妻子的那一跳里成了被赋格的曲子。

越过妻子僵直的背影，他眺望午夜城市灰色的天际线，在城市的中心，车流和人流都消失了，让人想起冬天。冬天已经来临，降落在他和她的生命里，这是命运，无法更改。

女人用她的天真和从小养成的洁癖换来了荣誉和荣誉的空虚，她的身体没被发情的销售员玷污，可他们也没为她的瘫痪去把牢底坐穿，度过短短的象征性的刑期，他们将继续在城市里喝酒唱歌，推销任何一种可以为他们的放荡埋单的货物。她，只有她，将以一个固定的僵直姿态度过她的余生，在轮椅上，眼前还是个凄美的故事，时间却会把这一切变成灰尘和灰尘下令人讨厌的呻吟。

他在她离开医院回到家里第二个月的头一个星期天下午拉上玫瑰色窗帘，对她说："美人，我要上来了！"

她眼睛睁圆，眼泪像不听话的鱼，从池塘里跳出去。他解开她宽松的病服，整个人体似乎都小了一圈，他的手抚过这圣洁的肉体，抑制不住怜悯的颤抖，他怕她感觉到他这可耻的怜悯，可她什么也感觉不到，即便他发狂地进入她，进入不可侵犯的圣洁，她也感觉不到，他可耻地想象那两个想要趴到她腿间让她无助呻吟的猥琐男人，这想象让他可耻地更加雄壮，可她还是感觉不到他的可耻。她令他的可耻变成了不可承当的悲哀。

他放下她麻木的大腿，从她身上下来，她空洞的瞳孔瞪着他的眼睛："让我死吧！我已经死了一大半，让我彻底死吧！"

他不能让她死，他要让她感觉到活着。他把电视机的音量关到底，揣摩演员表情的技巧，他再次上到她身上的时候，想用表情让她感觉到自己正在做爱，让她的心活过来。不过，一个尤物如今成了勉强的活物，他没有办法永远一个人跳舞，他正式沦为一个演员。

巨大的圆弧完成了，大转弯让夫妇俩在深夜的广场上欢笑起来，男人松懈地踩着车，懒散地推动妻子的轮椅，女人试图改变僵直的身姿，她缓缓转过眼珠，看见男人俯下寻找她嘴唇的脸，他们恩爱地互相吻了一下，女人充满感激，男人闻到她嘴里那肠胃不消化的酸气。

他们的自行车和轮椅停在一家俱乐部门口，这里是深夜里的港湾，漂泊的灵魂在这里进进出出，红男绿女瞥一眼这对奇怪的夫妻，又旋转着沉入霓虹灯的影儿里。妻子对丈夫说："你可以来这种地方找个活的女人，不要太频繁，也不必告诉我。"

男人温柔地看着轮椅上的妻子："有你，我什么都不缺。"

男人服务的公司也获得了巨大的销售业绩，女上司被请到欧洲总部领取了大老板的褒扬和一笔给予管理层的奖金，她回到这个城市，高高举起手臂，手里举着一张支票："让我们拼命工作使劲享受！"

大家不知道她葫芦里卖了什么药，越神秘就越有趣，越不说越雀跃。管理层不大，十来个人，涵盖了公司各个部门。公司卖的是昂贵的货品，如果要庆祝，只能去更昂贵和神秘的所在。

周五的傍晚，女上司安琪拉带着大家出发了，她真是个玩气氛的高手，从精致的手袋里取出一堆黑绸布，亲手把每个下属的眼睛蒙上："我卖了你们你们也只好帮我数钱！"

大家笑起来，这个嫁给老外的本地女人辣手起来比泼妇还泼，猜不透时像外国人一样难猜。从她身上，飘来一股顶级香水的前调。

安琪拉漫不经心地在他脑袋后面用黑绸带扎住他，淡淡地在他耳边咕哝了一句："太太好点了没？能动了吗？"

他缓缓摇动他的头颅，没有说话。安琪拉在他肩膀上拍了两拍，像是安慰。

车行驶了很长时间，车窗外飘来树林的松脂香气，车肯定开出了都市，来到了郊区。他们感觉到车在爬坡，这个都市在大江的冲积平原上，为什么要爬坡呢？接着，他们嗅到了星空的气味，星空像一只被忘却在野地里的花盆，散发出孤独却平安的气息。

扯下蒙眼的黑绸布，他们置身在一片雪松林中间，这里有家亮着幽光的乡村俱乐部，安琪拉把衬衣袖子挽到肘部，她的刘海覆在她雪白的圆脸上，她的高跟鞋托起了她原本就已经很翘的臀部，她说："一年到头，大家辛苦了，我是你们的直线上司，现在，这是用巴黎批给我的额度买下两天的乐园，这里一切都属于你们两天，我的经理们，尽情玩乐吧！"一位穿黑西服戴红花领结的侍者微笑着走过来，在安琪拉的尾音里"啪"一声放飞香槟的木塞，浓稠的白色从瓶里喷出来，从经理们额头上飞过，一队苗条的女侍者穿着黑色的衣裙送上水晶杯，经理们欢笑着向安琪拉举起酒杯，他们把背后称呼她的绰号喊叫了出来："沙——"

安琪拉安详地点点头，侧过身去把玲珑的曲线露给男女下属，她扭头回来说："把我称为沙皇证明你们不懂我的温柔。"

天哪，这是一个何等奢靡的俱乐部！大堂的吧台公然用整块的黄金来镶边，巨大的云石吊灯是欧洲古董，一棵合抱的柳杉矗立在玻璃天顶下，为了让它得到雨露，沙特阿拉伯制造的雨水泵安装在俱乐部背后的树林里，这泵不但会把雨水灌到室内囚树的根系，而且还会自动调节水位，把多余的积水倒排出去，免得沤烂树根。光这泵，就要花上几百万。

大家先领了房卡进客房，客房金碧辉煌，马桶上描着埃及法老私藏壁画的不同局部，漱口水全部取自阿尔卑斯山脉的天然矿泉。他疲惫地放下行李，探头出去呼吸一口清新空气，空气里除了松林的脂香，还隐隐飘来上等烤肉的气味。

吃什么呢？安琪拉换了赴宴的黑色晚礼服，裸露的肩上覆盖着法国丝巾，其他几个女经理比较土气，只能把自己打扮成介于妓女和交际花之间的暧昧货色，男经理彼此吐着舌头，同僚们半露出的乳房仿佛是放得过于显眼的老鼠药，让老鼠们瞧不起。

一桌亮闪闪的瓷器，欧式布桌放在中式圆台面上，刀叉是纯银的。安琪拉说："先上开胃菜。"五十开外留着八字胡的港籍荐酒师送来酒单，安琪拉叹口气："这酒单看得人眼花缭乱，就要拉菲吧，哪年的好？"香港人摸摸抖动个不停的小胡髭，挨个儿打量男客，然后他一鞠躬，对安琪拉说："就照马大母（法语'夫人'）你意思，来最好的！"

开胃菜好似一碟子胶冻，颤动着，黄黄的在碟子里丰满。没人解释这是什么，安琪拉说："尝尝！"大家像不允许男人来湿吻的中学女生，伸出舌尖戒备地舔舔：一股腥臊的鲜美。咬了，吞了，安琪拉若无其事说：胎盘冻。

汤来了，滚烫，用酒精小炉在白瓷碗下熬着小火，大家低头看，汤汁浓得像黏痰，噗噗冒起白色发干如菊花瓣的气泡，安琪拉的银色小勺伸进去搅拌："不是都说自己被公司榨干了吗？喝吧！还给你们！"

品在舌尖上，这汤汁干干的，如出汗的木乃伊，有股陈尿的气味，恨不得要呕出来，一口吞下去，看着残余的汤汁被酒精炉烤干，安琪拉惋惜地摇摇头："没有识货人，这人参汤是客户送大老板的老货熬的，加了鳄鱼脑花煮了一夜一白天！"

还有什么瘆人的东西没上？他品尝面前的一切，想象自己把开胃菜和汤都打包一份回去，喂给僵直在床榻上的妻子喝。现在她渐渐成了一尊会吃会喝的人像，不再和他聊天，她发白的瞳仁凝视他，如石像凝视蓝天。他想把安琪拉的话重复给妻子听，即便她的眼睛投射出一丝疑问，他也会快乐。

主菜倒没弄什么玄虚，喜欢牛排的有空运的安格斯牛排，喜欢海鲜的有澳洲龙虾和生蚝。他注意到安琪拉的T骨牛排才三分熟，她的薄嘴唇启开，露出一排贝齿，咬在粉红含汁的肉上，牛肉的血水染红她的牙，看不见的舌头往后使劲一裹，落进燥热的深处……他要了十二只活生蚝和一切两半的一只大美国柠檬，柠檬汁挤上贝壳的时候，贝肉如同被电击的嘴唇紧紧缩成一条线，然后才慢慢慢慢瘫软下来。他张开大口，把柔软湿润的一切舔进嘴里，咽下喉咙。鲜美呈放射状嵌进摇摆如珊瑚的味蕾……

终于送来了甜品和餐后的加拿大冰酒，男人们直接就拒绝了这甜蜜的东西，走到庭院里去吸烟。他和 IT 部门的总监一起点燃褐色烟卷，往墨绿的树枝上吐白色雾团。IT 总监点着头看他一眼："我听安琪拉说要送你一份大礼，表彰你这艰难一年！"

"艰难？"他咕哝了一声，随即明白了，她们说的其实不是他，而是他那出了名的妻子。她已经瘫痪整整一年了，躺在床上，缺人陪伴，度过一个又一个永昼。

安琪拉召唤自己的团队，他们端起哥伦比亚酸咖啡，在松树下听老板说出她一年中最温情的话。安琪拉数说了每个人的难处，有些难处本人都第一次听见，听了却绽放开浑身毛孔体会到极深，老板原来可以比自己更了解自己！

他漫不经心地听，他觉得很疲劳，长路漫漫刚刚上路，他明白自己还没开始为自己的人生哀哭，不过就快缓过神来了，就要悲从中来了。瘫在床上的人不再有复原的可能，她为什么不假思索从窗口一跃而下？难道她没有别的智慧应对那两只畜生？在那种地方她为什么早一点不脱身出来？他知道自己肚子里的这些疑问非常可鄙非常烂污，不过这些污秽的思想已经徘徊在他心里，因为摆在面前的结果让所有人看明白它是最坏的一种结果，至少是最坏结果之一。她纵身一跃，保全了清洁，丧失了人生。他想说两个人的人生，不过他觉得自己这么说真是太肮脏了！

安琪拉在说什么他没留意，然而他意识到老板的眼光在他脸上逗留了一下，显出某种温暖甚至于暧昧的情绪，他摇摇头，赶开妻子僵硬的身影，她的母亲在陪伴她，一直到他回家。他坚持自己亲手照料她的一切，端屎端尿，为她翻身，喂水喂饭，他像一个被从包围圈里救出来的骄傲的将军，决定让重伤的救兵从此充当自己的近卫军，哪怕他们都缺胳膊少腿，哪怕他们永远躺在担架上流苦涩的口水。她是他的恩人！

安琪拉把队伍带进后院的SPA，她说："好好享受一下吧，如果你们睡着了，不用回房间，整夜的费用都由公司出，只要愿意，可以药薰油压到早上。"

女经理向右，男经理向左，鱼贯进了播放森林鸟鸣声的包间，这里的SPA面向松林，一半露天，门外是温泉池，冒着带硫磺味儿的热气。一位恭顺的年轻女人穿着真丝唐装，领他看过SPA的设施，低头说："先生请泡温泉吧，水温有四十五度，请不要一下子泡得太烫，您需要我的时候请按墙上的铃。"

他把手伸进露天的温泉，突然想问清来这里的路线，以后带妻子来好好泡一泡，也许她会血脉流通发生奇迹呢？他激动地按铃，向女侍要俱乐部的地址和电话，然后他慢慢静下来，蹚到温水池子里，想让自己松懈下来。手机响了，是岳母拿着话筒，让妻子和他道晚安。他激动地告诉妻子关于温泉的发现，他对着话筒讲春天的故事："我此刻就站在水里，这是自然的硫磺泉，你来试试，一定对你有好处！"妻子在电话里柔声笑了起来，好比一串细小的玻璃珠子散开了依次落在地板上，她虚弱地说："好的，我会做个好梦，谢谢老公记挂我！"挂电话的时候，她却有点怒冲冲地说："在外头别魂不守舍，我可是认真的，看看周围有没有适合你的女人！要一个！我不会生气的！"

她挂了电话，把他目瞪口呆地撂在冒热雾的水池里，他膝盖上一痒，低头看去，竟然这么热的热水里有一群小鱼，围着他多毛的小腿，光顾他布满老皮的皮肤……

他没在热水池里睡着，这水蓄积了一种能量，在二十分钟里面，你可以抵挡它，超过二十分钟，你只能跳起来，否则就温水煮了青蛙。他跳出水池，躺在按摩床上，没有按铃叫女侍，他的心越跳越快，他担忧地蜷缩起来，他暗暗想，如果那女侍进来，在他赤裸的皮肤上按摩，他会不会失去理智，变成一只狼？

他嗅到房间里有一股淡淡的幽香，这是很贵重的法国香水不断在房间里喷洒的效果，这家俱乐部不遗余力营造着奢华的气氛，让它有别于一般的销金窟。门上响起轻轻叩门的指音，进来的不是那位女侍，而是一位俊美的金发西方人，他托举着滚烫的毛巾筒，雪白的优质长巾蒸腾着热气："先生，我为您按摩！"他彬彬有礼地点了一下头，按亮了电壁炉。

放弃戒备的他伏倒在按摩床上，面孔深深埋进中间的凹洞，外国按摩师涂了香油的手在他宽宽的肩上揉搓，力量刺进他经络，让他不由自主地深呼吸，他的呼吸停匀下来，人滑入了黑甜乡。

三

他背着简陋的行李，走在这个国家唐人街的石子路上，口袋里揣着一封英文信，指引他把妻子送进世界闻名的康复中心，而他，要为自己找一个花费不多的落脚点。前面是一栋老旧的住宅楼，墙壁已经剥落了原来的色彩，变成脏兮兮的灰色调。他走进门房，一个黑乎乎的阿拉伯人穿着酱色长袍，从墙壁上拿下一串钥匙，把中间薄薄的一把递给他：302。

打开 302，不出所料嗅到一股霉烂味儿，混合着流浪汉身上的酸气，让他屏住了呼吸。他放下行李，关上门，打开窗户，外面有一条窄窄的弄堂，脸对脸是对面那栋老楼某家人的窗户，那窗户拉着褐色的窗帘，窗帘有岁月了，硬得人不想去碰。

怎么能把妻子一个人扔在康复中心呢？他刺痛地抱住自己的肩膀，倒在吱吱咯咯的铁床上。他心里审视在康复中心看见的每一张脸，那个头发花白刀条脸的主治大夫会不会是个恶棍？那个皮肤纯黑的护理部主任呢？她那肥厚的嘴唇非但没给他信任感，反而让他怀疑她性欲超人，可能达到不正常的领域。把不能行动失去大半身知觉的妻子交给康复中心，这能让人放心吗？他腾地从床上坐起来，脸涨得通红，可又慢慢凋萎下去，担心有什么用？这不是唯一的希望之地吗？情况已经糟糕到不能再糟糕，还担心什么？

窗外的窄弄堂里，有女人口哨吹着中文歌，他探出头去，一个高大的北方中国女人昂起头看着他，向他点点头，又点点头。他迅速缩回身子，把窗尽力关紧，从行李里取出毛巾和换洗衣裤。

昏昏沉沉睡出一觉，他掏出钱包，放在贴身口袋里，打开门走出去。这是后街，到处都是高过人头的大垃圾筒，有三四个脸色像豆腐渣的人抖动着烂掉的眼睫毛看着他，他快步走过垃圾筒，急急跑到大街上去，直到看见中国城的琉璃瓦牌坊。他走进兰州拉面店，要了一个牛肉面。

正要埋头吃面，肩膀上一痛，面条师父拿把明晃晃的尖刀，朝他刺来，他醒了过来，金发按摩师对他说了声抱歉："肩膀上的肌肉粘连了，我使了点劲。"他茫然地找寻了一下热腾腾的兰州牛肉面，才彻底明白那是南柯一梦，自己正在安琪拉安排的温泉俱乐部做 SPA。

老外的手势柔和下来，捏着他的颈窝，他努力张开眼睛，只看见地上漂亮的西班牙米黄大理石细纹，他合上眼，又睁开眼，凝视墙壁上的墙纸，他看见高大的北方中国女人从唐人街的牌坊下走过来，对他说："大兄弟，要不要去按摩？"

那是一个简陋有点破旧的热水池子，上面窝着一股子青白色雾气，围绕长方形的池子放着一张张躺椅，他躺在其中的一张上喝着泡开的普通绿茶。周围的男人们有的看英文的报纸，有的在吃刚送上的大油条，传来咔嚓、咔嚓的咀嚼声。他盼望着跳入这一池温热的水，让高于体温的温暖把自己紧紧地按住，他希望能有什么东西把自己按住，因为春心在身体里荡漾，他觉得自己像一枚快要爆裂的榛子。别嘭的一声！那将无可收拾！把我的壳子依旧合在我的背上，让我背着走，背着躺，保持一点点体面！

他看见妻子轻盈地从池子那一边的雾气里走过，她颀长的腿那么有弹性，她穿着类似医生那样的白大褂，可是翘翘的屁股还是在柔软的衣料下显摆出来，让一长排的男浴客看直了眼。她走过去，走近斜对角一排房间中的第二间，他看见门口挂着按摩室的牌子。

"领班，"有个男人心急火燎地喊，"我要那边第二间那个按摩师！"

由于羞耻，他的脸皮红了起来，由于着急，他的嘴角突然挂出一串火气泡：你要按摩就说按摩，怎么喊你要第二间那个按摩师呢？她能让你要吗？

他从躺椅上站起来，看见那个猴急的男人把手里半根大油条咔嚓咔嚓连续地塞进尖利的两排黄牙，他在浴袍上抹着油腻的手，伸直头颈向按摩室张望。

浴室领班慢慢踱了过来，他打开一本翻烂的账簿，翻到标着二号的烂页上，向猴急男人投过去鄙夷的一瞥："二号是男中医，你要按摩几个钟？"

"谁说的，明明是个……"男人口吃起来，愤怒又固执地说，"现在就让我进去！"

领班"啪"地合上账簿，带着那男人摇摇晃晃朝二号按摩室走去，他跟在他们后面，心脏噗通噗通跳得耳朵都动起来，她在里面干什么呢？她不知道他就在门外。

领班在二号按摩室门上敲打，里面一个清脆的女声应了一声，这不是妻子的声音。一个年轻的姑娘打开门，困惑地看着三个挤在一起往里张望的男人，他们推开门，把门推直了，按摩床上空空如也，旁边太师椅上坐着一个老中医，是个瞎子，戴着墨镜，年轻姑娘说："师傅，来客人啦！"

他径直张开了眼睛，金发的老外按摩师像空气一样蒸发了，或许也像她的妻子，从来不曾在按摩室里出现过，他想到了现实，好像胸口猛然被重拳打了一下，瘫痪的妻子躺在家里转动着眼珠却没法动一个小指头，两个流氓曾像围困一只小鹿那样包围住她，想要把手指伸到鹿皮那美丽的梅花印上，可是小鹿突然高高跳跃起来，它越过喷出臭气的脑袋，在悬崖外面的天空中画出一道虹……

门轻轻打开了，那个有点腼腆的女侍走了进来，她换了件合身的连衣裙，她的身体在裙子里游动着向他走来："先生，我来了。"

他拼命眨动眼皮想把她看个明白，她温存地低着头，站立在床前，一只手握着另一只手的手腕。他明白了，他可以把她像一只白兔一样揽进怀里，把她紧紧压到自己的肚腹下，这里的单安琪拉已经埋了，这就是安琪拉要送给他的大礼，给一个妻子瘫痪的拼命给公司干活的男人。

他的身体好比一个放在文火上炖的砂锅，现在已经在锅底冒出细泡，这女生太适合这样的夜晚了，温泉冒着白汽，月牙挂在远处蓝色的天幕上，其实天有点微微的夜凉了，他每个细胞都伸出细长的手臂，想要搂住身材丰满的姑娘。他摇晃着脑袋，好像赶开暗夜里的鬼魂，他轻声对等待着的女侍说："你去吧！我要的不是付钱可以买到的。"

他伏倒在按摩床上，脸扣在中间的大洞里，热的泪水积聚到他的眼角，滴滴嗒嗒落到大理石地面上，他不明白这一切是怎样突然降临到他的身上，他的妻子没有其他的选择，他在她一纵身的时刻，也无路可走了。

夜深到极处了，他又走进唐人街的破住宅楼，打开302，他惊奇地看见那个高大的北方中国女人躺在他的床上，轻蔑地看着他。

"来吧！"她解开自己的白色衬衣，"给我一百美金。"他看见衬衣里面豢养的动物，他这次无法克制自己了，他的岩浆要喷发。

一只手温存地划过他的颈窝，它在他裸露的肩膀上停留，使得他慢慢远离了唐人街的302房间，眼前又是温泉俱乐部雅静的SPA密室，高雅的法国香水味儿变得复杂和层次丰厚了，他专业的鼻翼嗅出了一个散发幽兰气息的身体，有人在他背后幽幽地叹息道："再多的钱也买不到你所要的，可是，你还是有所需要，何必对自己不诚实呢？"

他听不出这是谁的声音，灯光忽然被调到几乎昏黑，他没有抬起头，他实在想埋着头，如同鸵鸟一般迎接安琪拉给他的礼物。

他灵敏地听见涂抹油膏的声音，他的鼻翼惊诧这里会使用如此名贵的香膏，一个赤裸的女体伏到他的背上，涂满香膏的肥大乳房温热地在他背上滑动，沉甸甸地击打他疲乏到极点的神经，他挺直得快把按摩床刺出洞来。女人滚烫的呼吸在他耳朵边翻滚，她幽幽地说："你挣脱出来吧，不要和无法改变的事情一起沉没下去。"

他浑身起了大颤抖，他竭力抬起头又转过身，女人在黑暗中凝视他，他喊了一声安琪拉，手摸到了她那整天显摆着的翘臀，和他妻子的翘臀一样丝滑，女人喃喃道："把我当作她吧，把我当作她活了过来！"

四

太阳像一个火炉子一样高挂在大城的上空，他走出康复中心，他的妻子的左手已经可以握住条匙，勉强自己喝粥。可是远从大洋彼岸来的会诊专家竟然对他红了眼眶："先生，你会为你的妻子祷告吧？只有祷告才会发生奇迹，否则只能这样子了。"他哽咽说："我憎恨那些罪犯！"

他走在蒸汽炉一般的大街上，汗水从他墨镜后面涌出来，他手里攥住一张晨报，报纸的社会新闻栏里，两个服刑态度好的前销售员今天提前出狱，他们曾被指控强奸未遂。有个好事的评论员打了鸡血那样要求大城市民对失足过的年轻人张开双臂，欢迎改过自新的人回归社会。也许这个评论员在事发时还没有来到这个城市，他忘却了一位像天鹅一样张开翅膀宁愿跳楼也不肯受辱的年轻女人，她像一块被扔掉的橡皮擦，坐在轮椅里，呆在康复中心的理疗室里呆滞地咀嚼着自己的失误。悔恨不是她的词汇，她的词汇是毁灭。

他走到城市中心靠南的天桥上，一个藏民蹲在他的地摊后面好奇地看着行人，他的衣襟鼓鼓的，藏着东西。他面对藏民红褐色的圆脸站立住了，他露出一丝凉凉的笑意，低声问："有藏刀吗？带血槽子的？"

藏民细长的眼睛收拾成一条横线，他打量顾客，从头发看到脚跟，顾客扯下自己的墨镜："我不是便衣，我买刀，放在枕头边防身。"

他把花里胡哨的藏刀带着鞘塞进裤子口袋，他急急从天桥上跑下来，回手招了一辆出租，绕着高架桥开向城市的东边，江水对岸，他的家。

岳母在家里等待他的消息，他走进去，迈过曾经充满柔情蜜意的空间，像一个硬汉子那样在白发的老人膝盖前跪了下来。老人明白了，她伸出枯干的手，放在他的长发里："老天要怎么样，我们是拗不过的。你要把苦水吐出来，否则你活不长久！"

他点点头，墨镜后面的眼色藏得密密实实，他走进自己的卧室，捧出一个铁盒子："妈，这是我们的钱，你收着。"他挽起一件米色风衣，这是一件很奶油的衣服，是配给文员而不是给武夫的，他朝门外走去，回过头看了一眼，伸手为岳母打开了厅里的灯。

他叫了一辆出租，停在市中心昂贵的写字楼门口，他顺着高速电梯上升，进入半空中的塔楼，公司的办公室在塔楼的顶层，俯瞰着数千万人的大城，看它的灯火看它的嘈杂。他通过门禁，走进灯火通明的办公区。他把办公桌收拾干净，门卡和电脑放在桌面上。他穿上风衣，戴了墨镜，从安琪拉的总裁办公室门口走过，他停下来，往里探进自己的脸去，安琪拉正在开会，她抬起头困惑地看了他一眼，挥挥手嗔道："打扮得像个杀手！差点认不出来！"经理们哄笑起来，他认真地向他们挥挥手，扬长而去。

他在大堂里给一两个人打了电话，他告诉他们回家去，第二天可以去银行取他们的酬劳。他顺着商业街向东边走，那家海鲜店他很熟悉，他掏出手机拨通了妻子的电话："你好吗？"

"很好。"

"给你送的花喜欢吗？"

"好喜欢。"

"今天活动你的手脚了吗？"

"嗯。"

"睡觉时间快到了吧？"

"老公，我想早点睡，不要醒过来！"

"我懂。乖乖！我懂！"

"你在哪里？"

"我在市中心，去取回一点属于我的东西。"

"那我睡了！"

"睡吧，乖乖！我爱你，你记住。我是一直爱着你的！"

"我知道。再见！"

他横穿过马路，公交车愤恨地对着他鸣笛，他回过头伸出一根中指，一个小女生在车窗里望着他，捂住嘴，发出一声咏叹："好帅！"

他看见了海鲜店，他走了进去，302包房，302！包房的门敞开着，两家子人聚在一起，老的老，小的小，都开心得荡漾开脸上的皮，互相干杯。

那两个销售员剃干净的光头泛着青光，一人坐一个圆桌的主位。一个抱着自己的儿子，另一个搂着老婆。老头老太太好像一群鸡，在絮絮叨叨地啄着桌面。他朝服务员招招手，服务员走过来，他掏出皮夹给了他一张粉红的："我朋友刚出来，大哥派我来说几句，你关上门，别让闲人进来。"服务员欢天喜地答应了。

他像一张落叶一样飘进去，仰靠在合起的朱红门扉上，他微笑着，喊出两个销售的名字。他们抬起头，打量着他，想看出是哪一个熟人。他一把挽过销售甲的男孩，拉着他的手走到销售乙身旁。他把孩子往销售乙腿上一放，掏出藏刀来，腾地去掉五颜六色俗不可耐的刀鞘，刀刃的锋顶在孩子喉咙上。人声一下子死寂了。他听见自己冷静的声音："当爹的自己过来，换孩子！"

销售甲的脸一下子从酒红色死下去，成了青灰，他女人哀求地望着他，那眼色太过明显，孩子才是她心肝！销售甲站起身，慢慢走过来。他大喝一声："跪下！畜生！"一手把孩子推了出去。

两个销售都软了腿，像两只绵羊跪倒在他脚前，老人开始哭泣起来，他伸出一只手："冤有头，债有主！我太太瘫在床上没有治了。这两只畜生要是关到死，我或者还可以苟且偷生。你们把他们弄出来，大家死期到了！"

一个女人站起来，想说什么，他厌烦地扬起脑袋，对她摇了摇头："没有用，一切都要结束了！"

包间里突然一片死寂，仿佛电影放到一半卡片了，所有人都呆若木鸡，他闻到一股近似于啤酒的气味，低头一看，销售甲尿了裤子，尿汪在腿间地板上……说时迟，那时快！没尿的那个销售出手来抢他下阴，他沉着地把藏刀往下扫过去，切断了三两根手指。销售乙用闽南话大喊起来，他"啪"地抽了他一耳光，刀尖朝他鼻梁上就是一划，反手又是一长条，打了个大叉，皮绽肉开，血一下子倒还没流出来。他听见这人的哭喊，心里的恨绵密地升起来，藏刀像是活的，在他手里点着头，凑到打了血大叉的头颅上去。

他可没杀过人，连一只鸡也没杀过，不过他一点不觉得犯难，如果割断哪根筋可以让他们全身瘫痪，他宁愿不杀人，只挑筋，现在，人已经在他手下了，他在路上想过好几遍，他只要一刀割掉耳朵，对准没有耳朵的耳孔，把一把藏刀整个地插进去，当场拔出来，就是血溅包间！

他拉直哭喊着的销售乙的左耳朵，忽然他瞥见那台湾老娘发亮的眼睛，她如同泥佛像静止着，只有眼睛闪闪发亮，他不能当着这双眼睛结果她儿子吧？他马上又看见销售甲的老婆，她抖得像风中枯叶，拼命用一只手捂住男孩的眼睛……他的心哆嗦起来，一股劲头忽地泄了，他不能忍受这人人屏息等待命运的安静时刻，他泪花四溅地狂喊起来，拼命朝地上的两个畜生身上踢去，他踢他们的腰眼，踢他们耷拉的脑袋，手里挥着那把锋利的人人害怕的藏刀……

"饶命啊！"四个老头老太呜咽着跪倒了，向他磕下头去。女人和孩子跟着，也跪倒在地。房间里的尿臊气重得流来流去，还添上了一股屎味儿。他厌恶地愣在那里，像失去了气力，乘着人人跪在地上不再敢看他，他扯过销售甲，扭住他的右耳朵，快刀割了。他在销售乙破相的脸上擦干刀刃，脱下沾血风衣一裹扔在地下。他走出包间，大踏步离开餐厅，摘下墨镜，靠在门口大梧桐树上，斜睨着海鲜馆。

他掏出手机，拨通了妻子："你睡了吗？"

"还没有。"

"我再来和你说一声再见！"

"为什么？"

"答应我，你要恢复起来，你没有选择，还有好多日子等着你。"

"你呢？"

"我？我当了《水浒传》里的好汉。"他"啪"地挂断电话，嘟嘟乱叫的警车已经从四面八方围住了海鲜馆。警察们从他身边闪过，冲进餐馆。

他大踏步朝东面的江边走去，夜色里，江里画舫如云，两岸高楼通明。他走进那个古老的气象台，现在改建成一个咖啡馆，他算是友好地把刀顶在咖啡馆老板的腰里，请他拿出钥匙，陪他上气象观测塔的最高一层。到了高处，他放开咖啡馆老板，告诉他自己的故事，然后他问道："警察就要来了，你愿意给我一杯意大利双份吗？"

咖啡馆老板点点头，指指他的嘴角，他舔了舔，是溅在那里的一滴血，又咸又腥气。

红红绿绿的警灯围住了高塔，警方心理顾问拿着电喇叭对着塔顶喊话，他喝了意大利特浓咖啡，心头清亮，江风有点凉，让他打个寒噤。

他拨通了安琪拉的电话："老板，我的辞职信日期是昨天，今天我的所作所为已经和公司无关了！安琪拉，再见！"

他把手机扔向滔滔江水，然后攀爬到塔最高处的尖端，那里一根直刺天宇的避雷针刷着白底红圈，他抱着避雷针向夜幕下的大城眺望，万家灯火，霓虹成河，右前方联合教堂的斜顶在景观灯打扮下熠熠闪亮，他心里猛地懊恼起来，他憎恨他不认识的上帝一瞬间里把恻隐之心塞给他，明明要成为刀下之鬼的两只畜生居然还活着，自己却进退维谷了。

冷汗从他额头冒出来，这不是怕死的汗水，而是他的眼珠子突然跳出眼眶，升到更高处的天空俯瞰他自己，看明白这个攀爬在塔尖的男人想用一次向地飞行逃避他的人生。有人令他的妻子瘫痪，他却想用自尽告诉她生不如死。

他感到天旋地转，他看下去，聚拢在江边马路两侧的大群行人和游客似乎集体对他发出嘲弄的嘘声，强风吹来，扬起他白色外衣，塞在他外衣口袋里的小咖啡杯掉了出来，竟然旋转着，轻飘飘像朵夹竹桃花一样向地面落下去……

玻璃玫瑰

一

今天是收月租的日子，朱明国晚一点出门，坐在客厅里等杰瑞米起床。

通过视频，朱明国和在旧金山的老婆孩子闲聊着。她们刚到美国一个月，不会讲英语，靠华人教会照顾，牧师在帮朱太太找合适的工作，听说有个金店营业员的职位可以去面试。孩子倒很兴奋，成天眺望窗外的风光。朱太太问老公："家里没弄成狗窝吧？那个小老外规矩不规矩？你能习惯吗？"

朱明国喝一口豆浆，咂巴咂巴嘴，说："人挺有礼貌，打扮山青水绿，基本不在家做饭，只是月租不肯预付，要每个月现交，我嫌麻烦！"

朱太太说："小年轻么，恐怕没有钱，反正哪个月不交，你哪个月请他搬嘛！有啥好烦恼的？"

朱明国敷衍几句，和老婆说拜拜，关了视频，他听见租出去的那个房间里有响动，担心杰瑞米打开门，老婆在视频里看见不方便。不是其他不方便，是杰瑞米的房间里每夜都有女人，早上才走。虽然没和房东照过面，但房东好奇，在门缝里偷偷张望好几回，每回女主角都不同。这情况，最好先不要让房东太太知道，免得她不舒服。

朱明国仰头把豆浆喝完，对着窗户正襟危坐，用耳朵而不是眼睛看着杰瑞米的房门。咔嗒，锁头开了，有人走出来，踮起脚细碎走路，奔卫生间去了。朱明国的想象里，是个光溜溜的长头发女人，露着两只香肩，只在胸口裹条白浴巾。

他忍住没回头看，既有文明人的礼仪限制，又怕突然看见一个不检点的大美女，自己生出邪火，老婆不在身边已经几星期了，他正在临界点。

"Good Morning! Zhu!"杰瑞米跑出来，大大方方和他打招呼，朱明国趁机回过头，摆起一个标准的笑，眼睛忍不住散了光，到处乱看。

女人从卫生间出来，穿得整整齐齐，是上班的套装，描了眉毛，画了口红，和杰瑞米虚虚拥抱了一抱，眼光溜过朱明国，却不停留，直接一转身，开了大门，刹那间消失了。朱明国心头怅然若失，这女人明明一个爽爽利利的办公室白领嘛，在他心里是高高在上难以挑逗的，却这么容易委身给杰瑞米？一个连房钱也预付不起、没有固定收入的意大利吹玻璃技师？

朱明国有点胸闷，他看看穿花点睡衣的杰瑞米，杰瑞米朝他微笑，眼睛上糊着眼屎。朱明国说："今天是本月第一个周一。"

杰瑞米从睡衣口袋拿出手来，手里一叠百元大钞，崭新的，递过来飞起一阵淡淡花香，朱明国恍然道："女人给的？"

杰瑞米向他挤挤眼睛："不要误会！我们在恋爱！"

"恋个屁！你每天和一个不同的女人恋爱？"朱明国讽刺地咧开嘴笑了，连语调都是柠檬味儿，酸到家。

"是的，我和她们恋爱！"杰瑞米真诚地点点头，"我爱中国女人！"

朱明国像被抽了个耳光，脸有了红痕，不过，他表达不出他的情绪，仅仅哼一声："你每天开销不小吧？"

杰瑞米打个哈欠，转身要去睡回笼觉的样子："打扰你了，朱，不好意思，改天我请你喝咖啡。"

"你肯定在女人身上花了不少钱！"朱明国不依不饶，像要把真理喊出来。

杰瑞米慢慢转过身，看得出有点不快，他年轻的脸上浮出些明明灭灭的情绪，然后他像个堵田埂的农民放弃了努力，任由水漫出来，他不屑地说："朱，这些女人不要钱，酒吧里多得是。每一个，我的开销就是一支玫瑰！"

二

杰瑞米是个吹玻璃的，常常越吹越大，把灯泡吹成灯笼，不过他倒不吹牛，甚至可以说他很诚实，尤其对女人，他向来不隐瞒任何真相。

回笼觉睡到正午，杰瑞米洗漱完毕，在房东出门后安安静静的三房一厅公寓里打开窗户通了通风。他穿上干净白衬衣，套上牛仔裤，脸上那点点深色胡髭没好好刮就出了门。远远看他，一个黑发棕眼的清瘦白人，一股飘逸之气，毫无被套上轭的男人那种负重感。

杰瑞米走几步路就到了定西路上一家西餐社，他推开门，和吧台上的胖哥打招呼，要杯卡布奇诺。胖哥把咖啡端给他，问："三比零，你押对了？"

"没有，输了。"杰瑞米耸耸肩，其实他赌球从来没赢过，有人说和女人混得太多不会有赌运，至少到目前为止说对了。

杰瑞米不在乎，他现在在乎和女人混，好比一只多余的公海豹接受了在母企鹅堆里扮演种鹅的命运，他克服了一开始小小的晕眩和反胃，进入了这档子事儿的舒适圈。

他端着咖啡坐到门外阳光里，眺望大城里相对安静的定西路和武夷路，胸口涌起懒散的舒适。

皮玲老远就看见这个冤家，她躲进路边一家旧家具店，掏出口红，就着大立柜的镜子补了补妆，然后她看看自己：羊皮皮夹克，胸脯从皮夹克的两片质感的羊皮中间像风帆鼓起来，牛仔裤把波浪般的躯体定格住，华美的身躯上头的面孔是瓜子型的，老大姐们常常说她长了一张典型的姨太太脸。

皮玲照完镜子，瞥一眼口水流满柜台的猥琐老板，一扭腰肢闪回街上，她从杰瑞米后背走过去，伸出双臂圈住了他的脖子。

杰瑞米仰起脸，和俯下脸的皮玲亲嘴，皮玲坐下来，把小手袋往圆桌上一放："满脸黑眼圈，死鬼，昨晚又和什么不要脸的女人鬼混啦？"

"是的，她是不要脸！"杰瑞米挤出一个笑，掏出万宝路，点了。

皮玲刷地拉下脸："你个意大利臭鸭子！"

杰瑞米喷出一口烟，里面一个飞旋的乳白色小烟圈，他在阳光下眯得细细长长的漂亮眼睛看着皮玲："没有，没有鸭子！我在恋爱！"

胖哥过来服侍他们点餐，皮玲说："我不饿。"杰瑞米打个响指："牛排，五分熟。红酒你们没有好的，就智利酒好了，两杯。"

他对皮玲说："嫉妒填不满肚子，午餐不能不吃，我推荐你这里的煎海鲈鱼？"

等菜的当口，皮玲低头玩自己的手机，杰瑞米凝视着她，脸上一会儿微笑，一会儿含情脉脉。他用意大利语说："小姑娘，我爱你！"

"去你妈的！"皮玲一抬眼，眼眶里含了泪水，"意大利鸭子！"

"哦！"杰瑞米举起双手，停在耳边空中，脸上淌满歉意。

牛排和海鲈鱼都送来了，滚烫，在阳光里发出吱吱的余音。红酒也来了，胖哥仔细挑了挑地方，让酒留在桌上的阴影里。

杰瑞米小心翼翼割着牛肉，一小块一小块放到嘴里咀嚼。皮玲喝了一大口红酒，把煎成淡金色的鱼划成一团糊，刀叉扔在这惨不忍睹的碟子上面。

"说说，"她抬起头来，笑成一朵花，"昨晚那女人怎么不要脸？"

杰瑞米抿了口红酒，棕色的眼珠停留在皮玲脸颊上，看她的美人痣，美人痣一直在微微颤抖，像风在吹过浮萍。

"说吧！你有什么好害羞的？你不就是喜欢说脏事儿吗？"皮玲抬起下巴，睨着杰瑞米。

杰瑞米放下刀叉，说："那是个跨国公司的公关副主席，"停一停，他补充，"一个婊子。"

"说说这婊子！"皮玲拿起刀，在鱼糊上又划了一下。

"这婊子在酒吧里向我走过来，她喝了酒，吐着酒气，说她是台湾人，刚从美国来上海，还说她以前的男友是个法国人。"杰瑞米说，"我告诉她我是意大利人，不是法国人。"

"你多什么嘴？"皮玲狠狠划开鱼糊，露出白色的盘子底。

"这公关婊子说她不在乎法国人意大利人。"杰瑞米研究着皮玲的表情，"她说她住在高级公寓里，在徐家汇。"

"一个下流的暗示。"皮玲点点头。

杰瑞米刚要说话，皮玲又接着说："被一个下流男人听懂了！"

"我不会去她的公寓。"杰瑞米说，"我不是鸭子。"

皮玲发出一声尖利的喉音，笑得伏在了圆桌上。她说："你在恋爱！哈哈哈！"

杰瑞米把红酒都喝完，放下杯子，他说："这婊子求我用最恶毒的话骂她。"

皮玲挑起眉毛，没有说话。

"她听我骂她，越听越激动，光听着就哭了，呜呜呜！"杰瑞米露一个狰狞的笑，这在一个年轻大孩子脸上显得过于成人，让皮玲恐惧。

"她跪在地上，求我揍她！"杰瑞米的表情更加狰狞，嗓音里滴出几滴恶心。

"神经病！哈哈！你碰到神经病啦！"皮玲拍着手，乐不可支，挺漂亮的嘴笑歪了。

"她才不是神经病呢，"杰瑞米定定神，严肃地说，"她就是个不折不扣的婊子！总之，我满足了她，揍了她，让她疼了，她满足了，就这样！"

"她为什么选你？"皮玲说，"让我一针见血吧！因为你坐在酒吧里，看上去就是只鸭子，不折也不扣！"

杰瑞米阴沉地摇摇头："她醉了，她只是需要个演员。我照她吩咐，揍她要我揍的地方，她一直在喊叫，叫我董事长，说她是条任董事长踩的骚狗……"

杰瑞米扔出午饭钱，他故意令皮玲恶心："午饭那婊子付账！"

三

杰瑞米奇怪自己说了那些话皮玲还是跟他回家。

他晃晃荡荡开朱明国的门，担心朱明国这会儿在家，自己却又带了新的女人回来。"我不是鸭子！"杰瑞米在心里宣示。

很好，午后祥和而安宁，公寓里没人。杰瑞米让皮玲进来，伸手去搂她脖子。

"放开我！"皮玲喊叫一声，杰瑞米一低头，看见她长长的腿已经拱了起来，膝盖正对着自己的要害，没有真下手，差点就下手，他后颈窝的汗毛刹那间立了起来。

"这是你房东的照片？"皮玲若无其事晃着自己的手袋，站到客厅的钢琴旁，打量着朱明国的大头照。

她推推朱明国锁住的卧室门，走两步，推开洗手间探头看看，又遛达到厨房，拉开洗碗机和烘干机，最后才站到杰瑞米卧室门口，推开一条缝，飞快瞥了一眼："淫窝！"

杰瑞米打开冰箱，在里面找饮料给皮玲喝。皮玲放下手袋，往冰箱前一站，她屁股一拱，把杰瑞米拱到冰箱门后面，两只手飞快地从冰箱里挑出了鸡蛋和面条。

皮玲熟门熟路点燃煤气灶，下鸡蛋挂面，一看这就是个持家的女人，两碗鸡蛋挂面颤悠悠端上桌，顺手先洗了锅擦了灶，坐下干干净净吃面。她拿着筷子，对杰瑞米下命令："过来，吃！"

"我刚吃了牛排。"杰瑞米摸摸肚子。

"牛排不能当饭吃！"皮玲抓起一双筷子，在空中挥舞，"快，趁热吃！你们老外吃凉的硬的，早晚吃坏胃！"

杰瑞米无可奈何拿起筷子，往嘴里拨拉长长无尽头的面条，盘算着下午还得去超市把房东的鸡蛋和面补回去。

"玲"，他问，"你的英语说得很好，可为什么没语法？"

"屁！"皮玲吞下柔软流汁的红蛋黄，"我又没上过学，能让你明白就行了，要语法干吗？"

"你真聪明！"杰瑞米放下筷子，不再强吻面条，他喝了口汤，"说说就会了？"

皮玲捧着面碗，两只眼睛睁得开开的，她看了杰瑞米几下，说："当然说说说会了！不过不光是和你说，和很多人说了，你才不是第一个！"

关于第一个或不是第一个，这种句式杰瑞米懂，女人说这种句式男人要当心，至少要认真回味一下，搞懂她真正的涵义。对杰瑞米来说，他考虑下来的心得是：皮玲爱上了他。

皮玲还在借题发挥："上海滩上老外多了，像你这样没人品的我还是第一次碰到！你就是掉进米缸里的老鼠！你就是掰玉米的狗熊！你……"

她脆生生的声音戛然而止，杰瑞米吃了面没来得及擦的油嘴突然飞落在皮玲唇上，他捧住她油光光的黑发，以自己可以达到的温柔亲吻她，皮玲的筷子落在地板上，一根没有来得及吞下的白色面条挂在两张嘴角，她挥舞拳头打击杰瑞米的肩膀和三角肌，后来她就消停了，让他吻，搂住了他的颈子。

面碗没洗，里面还有残面和汤汁，筷子都飞在客厅地上，皮玲软得像面条，杰瑞米不费吹灰之力抱起这个小女生，进了他的房间。时钟滴答响，没任何声音从里面传出来，原因很简单，他们没上床，他们站在门后面，一会儿你靠着墙，一会儿另一个靠着墙，亲吻有时候可以很长，时间越长，越接近上半身的爱情。

天擦黑的时候，皮玲轻飘飘从杰瑞米房间走出来，她看上去不再是一只涩的青核桃，而是只发软的猕猴桃。她拍拍紧随着她的杰瑞米脸颊："你不会去酒吧了吧？"

杰瑞米真心诚意点点头："你去上班吧，我留下来洗碗，然后好好睡一觉。"他打开门，让皮玲和皮玲的手袋出去，忍不住站在门槛上又互相啃了，说："很快再见！"

皮玲没坐电梯，走扶梯下去，杰瑞米看她的背影，自言自语："她为什么这么香甜？"

皮玲觉得开心，她走到街上，下班的行人步履匆匆。皮玲朝夜总会走去，突然唱起了歌："一朵朵都在黄昏里苏醒／一粒粒红得像我的戒石……"

四

报社文艺版记者柳小青是个很多人想追不敢追的姑娘。她身材一级棒，尤其是腰板，长长的那么一弯，很多人的眼睛跟着溜下去就失速了。她身材好脸也有特色，皮肤不光白，是白得发亮，嘴唇不用唇膏就又红又滑。最了不得的是眼睛，一对黑里发亮的眸子看人的时候带着钩，竟然有点小小的对眼……她说流利的英语，是本地最好的大学国际新闻专业的毕业生。别走近她，她不用香水却很好闻！

柳小青接到任务，部主任要她去采访全新的现代玻璃工艺："有几个老外，带着中国玻璃技师在尝试，你去看一看。"

记者出现在玻璃加工车间的那个下午，自己和自己睡了好些个夜晚、去除了黑眼圈的杰瑞米主吹。杰瑞米的师父是个五十多岁黝黑消瘦的威尼斯人，有大大且无奈的蓝眼睛，他把杰瑞米从渐渐养不活他们的威尼斯带到上海来。现在中国钱还没挣到，另一个意大利技工决定暂时回米兰去，留下杰瑞米和师父省点开销。

他们没有钱，但不缺雄心，对这些年来让意大利玻璃师傅大跌眼镜的中国人，杰瑞米师徒根本不想再吹什么玻璃瓶和小动物，那些东西不能满足腰缠万贯的中国客户，中国人需要大气磅礴的东西。

师徒俩一起琢磨出一种中国人也许会喜欢的玻璃制品，他们突破了纯玻璃的结构限制，目的是让产品变大，变大就能卖高价。玻璃师傅现在一半蜕变成了铁艺师傅，多半时间在制作不锈钢的模具。为记者来访，师父花了差不多一周的时间敲敲打打，搞出个类似镂空了的地球仪的不锈钢圆球，杰瑞米看了，又出主意把圆球弄成椭圆形，有点像只巨大的破壳子恐龙蛋，壳子破得粉粉碎碎，碎片却巧妙地连在一起，破口有糖霜般的花纹。等杰瑞米在师父指挥下大吹玻璃，晶莹剔透的玻璃将会和恐龙蛋化为一体。

在苏州河边旧厂房区租下的这个工作室挺大，有三百个平方米，空空荡荡就放了一台小型高温熔炉，一个铁加工台和乱纷纷的一些原料。师父和杰瑞米各有一张松木办公桌，靠在临河的窗边，他们在那里画图纸，嗅嗅河水的怪味。

柳小青早到了一会儿，她想利用这一会儿的工夫到苏州河边走走，作为上只角长大的上海女人，她其实从来没身临其境嗅一嗅苏州河。她自然以为苏州河是一大缸子墨汁，偶尔平静的河面会被跃起的黑鱼砸出圈圈涟漪。

柳小青好奇地接近创业园区的苏州河堤，垂柳在面前飘，画着春风，她伏在石头河堤上，探出头去，看见一条半清澈的河，像做完化疗的病人安静而没有生气地躺在那里。河面映出自己的上半身，柳小青顿时失去了对河的兴趣，端详起水里的自己来。

红唇很个性地翘起在水里，看见自己的唇，柳小青怅然若失，城隍庙那个算命的瞎子多年前就问她是不是长了艳丽红唇？是的话要有心理准备，那是你的劫数！瞎子没错，这妖艳的红唇过早地给她招来幼稚的心无法把握的诱惑，现在，她心口上已平添了难以愈合的伤口……

杰瑞米做好准备工作，站到窗口透口气，他当即愣住了，柳小青正在河堤上仰着脸出神，咬着自己的红唇，好比一个闷雷，这个景色摧枯拉朽般冲进杰瑞米魂灵，爆炸出莫名的悔恨和憧憬。

柳小青伸手掩住红唇，一回头看见了目瞪口呆的杰瑞米，她像任何一个被人窥见隐私的年轻女人，刹那间红了脸，狠狠瞪一眼，转身从河堤下来，走开了。

记者到齐，互相之间本相识，嘻嘻哈哈走进玻璃工作室，看杰瑞米师徒表演吹玻璃。师父把空壳子模具放在工作台上，记者们凑上来看，柳小青也看，同时她睨了一眼杰瑞米，那腼腆地站在高温炉前端着吹火棍子的小老外。

杰瑞米打起精神，像个表演某种武术的运动员，他把头上沾有玻璃原料的棍子送进师父打开的高温炉，两手旋转着棍子，眼睛紧盯火焰，拿捏火候；柳小青打量杰瑞米的表情，在采访本上画素描，毕加索般画了两只鼓起的眼珠子；杰瑞米从炉子里抽出棍子，像要把一只滴水的拖把甩过地板却不让水滴下来，他赶时间跳上工作台边木踏脚，试探着把那团滚烫的热玻璃塞进椭圆的不锈钢模具，没有成功。他只好跳下来，气喘吁吁把棍子重新塞回火炉，又在炉边一个磨盘上竭力把玻璃球转出更窄的形状；柳小青画了张侧面像，老外的高鼻子下面一张紧紧抿着的嘴，然后，她在那画得特鹰钩的鼻子尖上添了一粒就要坠下来的汗珠，她笑了；杰瑞米又跳上工作台边的踏脚，小心翼翼往模具里塞热玻璃块，进去了，满缀汗珠的脸绽开一个微笑。他把棍子斜下来，对着自己的嘴，模具套着热玻璃块翘起来。他小心调整，让棍尖的玻璃块保持在模具正中，然后他吸口长气，缓缓通过棍尖的细口往里吹气，玻璃块膨胀成了小玻璃球，小玻璃球继续扩张成大玻璃球，各种色彩越来越张扬、越来越明显，犹如一只孵出的蝴蝶慢慢张开翅膀，玻璃球现在显出生命迹象，它在自由地填满不锈钢模具的内心，犹如爱情注入空虚的心。

杰瑞米竭尽全力把握后道工序的分寸，他没换过气，白脸憋得发红，头上的黑发一绺绺被热汗粘在线条刚硬的额上。色彩乱流的玻璃渐渐溢满模具那嶙峋奇巧的破口，堪堪又包裹住破口的不锈钢片，杰瑞米一个急促的送气，立马从嘴边拿开了棍子……记者们观看玻璃浆如凝脂般的最后颤动，恰好包裹了所有的不锈钢片，在表层玻璃浆下保存住模具特有的花纹和细节，不安宁的色彩横添不可思议的纹理……柳小青没再画什么，她瞪着那成形的作品，嘟起了常给她惹麻烦的嘴唇："好！"

杰瑞米舒心地深吸着气，脸上是不加掩饰的喜悦，算上仍往下滚的汗珠，整个面部就是个从水里冒出头来看见自己打破了纪录的游泳选手。柳小青的眼珠从玻璃球上转移到杰瑞米脸上，她打开采访本，飞快画个游泳的人，然后把游泳人身下的水全部添上了密密黑杠，变成苏州河……

杰瑞米的师父回答记者的各种问题，杰瑞米汗湿地站在那玻璃球旁，借玻璃球拥有了一点神秘气息。

五

皮玲在夜总会里不是小姐，她负责给客人和小姐倒酒、递茶送水，为他们点歌，她这种身份，一般被称为"公主"。区别在于客人可以碰小姐但只能看看"公主"，小姐有小费拿，她只得工资和开瓶费。当然，有些豪客也会给"公主"小费，如果给，她也拿，不过这不是交易，算作恩惠。假如客人故意装傻，要来吃她豆腐，她可以跑出去，让妈咪来掌控局势，然后她回来，继续为悻悻然的客人服务到底，或者，她有权换房，避开记了仇的客人。

这天房间里来个客人，带了另外几个和他类似的男人，每人叫两个小姐陪，唱："……九九那个艳阳天来哟……风车呀跟着那个东风转……"这客人不停让皮玲倒红酒，酒到杯干，他既浑浊又发亮的眼珠偶尔看看身边的小姐，却不停在皮玲身上溜冰。

"公主，我可不可以请你跳个舞？"客人说，"不白跳，跳一个舞，开一瓶酒。"

皮玲连开了三瓶红酒，客人凑在她耳朵边说："我不喜欢小姐，我喜欢你。"他亲了皮玲的耳垂。皮玲没动，任由客人牵她起身跳舞，跳着跳着，客人一转她的腰肢，从后面搂着她慢舞。她感到有个越来越硬的小东西向她无礼，一对粗糙的手掌从腰肢上往上一翻，罩在她胸脯上……

皮玲跑出房间，不知道为什么没有去找妈咪，她跑进更衣室换了自己衣服，没和谁打招呼就跑到街上了。春天的夜色像很多蜜蜂扇动的细巧翅膀，一嗅，那蜜色就填满了心脏。皮玲站在长满嫩叶的大梧桐树下，无声哭起来。她用手背抹掉一串串泪水，在牛仔裤上擦干，她拿出手机，拨了杰瑞米电话。

杰瑞米不在家里，他又在酒吧。他打扮得干干净净，坐在吧台上喝马丁尼，也不搭理人，想心事。电话响了，他哆嗦着手指掏手机，一看是皮玲。

"你又泡酒吧？"皮玲的声音透着愠怒。

"玲，你没在歌厅上班？"

"我在歌厅门口，你快来！"皮玲不说有什么事，挂了电话。

皮玲挂掉电话，回头看霓虹灯闪烁的歌厅，忽红忽绿的灯火在梧桐树苹果绿的叶子上燃烧，她想起自己的一管唇膏还在休息室桌子上，不过她不想再进去，算了，就当丢了吧！外面的空气多好，没有烟雾也没有客人身上各种各样的臭气，如果空气有营养多好，人能靠空气活着，就可以免去苦役，不想做的事情可以不做。几个小姐妹跑到街上在歌厅门口喊："皮玲！皮玲！"她们把细小可怜的手罩在嘴上，让声音传得远些，皮玲躲在梧桐树的大树干后面，仰起脸看见模模糊糊的星星，还有闪着暗光的飞机在星星间飞行。

杰瑞米迈着长腿从街的那头走过来，越变越大，皮玲看明白他是一个老外，和歌厅里的男人全不一样，他像是从天上那些星星里降落下来的人，他被这个城市里许多女人渴望，她们宁愿把男人们给的东西转送给他，只要他亲近她们。即便是此刻，他愿意听了她的电话离开酒吧，离开那些偷偷看他的女人，来她身边，皮玲也不知道什么时候他会转身离去，正如他离开其他女人来迁就她。

杰瑞米微笑着走到梧桐树跟前。皮玲像只蓄势已久的青蛙扑到他怀里，在他颈窝子里拼命嗅着："杰瑞米！我喜欢你的气味！"

写好的报道还没见报，柳小青就接到杰瑞米按她名片上的号码打来报社的电话，柳小青想这老外急于成名，不算个懂事的人。她礼貌地和他寒暄了几句，告诉他报道可能需要等段时间才会刊登，这要看版面的安排。

杰瑞米其实没有说话，他欲言又止，却不挂电话，柳小青以为自己明白他的意思，她看看周围，压低声音对他说："这是报道不是广告，不收费的，你不必担心。"杰瑞米说："我想请你喝咖啡？"

柳小青想也没想："不必客气，不必客气！你的作品很有创意，报社很感兴趣，等几天应该就见报啦！"

挂了电话，柳小青才有点怀疑这小老外是否别有用心？请我喝咖啡？是感谢我还是想泡我？

她摸摸自己那惹事生非的红唇，作了个鬼脸，就忘记了小老外和他的来电。

关于老外，柳小青不但不是没经验，恐怕属于太有经验。她不太愿意承认的是：她没有和中国男人谈过恋爱！不过，她长这么大，也仅仅恋爱了一次，他是她大学里的外籍老师，一个比她年长十五岁的比利时人。这恋爱轰轰烈烈，伴随着许多人的要死要活，到最后妈妈也无路可走让了步，她对小青说："你害了那么多好男孩子也不后悔，这世界上已经没有可以劝你回头的了！好吧，让这鬈发老毛子给你买房子买钻戒吧！"

妈妈不愧是上海丈母娘，这最后一招是杀手锏。柳小青万万没想到床上爱到不要老命，嘴巴蜜甜赛过蜜蜂屁股的老外一听买房子买钻戒就现了原形。他什么话都没给小青留就失了踪影，起先小青哭着跑派出所报失踪，等小青妈提醒女儿看看银行账户，她才发现两个人共用的账户里少了钱。细细一算，只剩小青往里存的钱扣掉一半家具款子的数额。同居的房子是租的，小青被扔在租来的壳子里了。

对于女人，岁月是把杀猪刀，小青还谈不上有岁月，所以伤口从脸上看不出。她对老外的免疫力却从此不是一般人能想象的了。

然而，周围上海男人的殷勤引不起小青的兴趣，妈妈讲："你们报社的那个男生不是挺好，你考虑考虑？"小青一般走开，走不开的时候，她就说："妈妈，我是被男人扔了，这不假；可是我被男人扔了，我还得再找个男人吧？你不能让我这辈子就和长不大的僵孩子过吧？"妈妈说："难道中国男人都是长不大的？"她说："这是你逼我说的，你看看我老爸！"

听完这话，妈妈一口气抽不上来，跌在藤椅里摸胸口，小青忽然就开朗了，心里没那么苦毒了。她明白当初是怎么掉进老外陷阱里了，那老外追她的时候说："青，你不是小孩子了，你长大了，你有自己的自由意志，让我们像一个成年男人和一个成年女人一样想一想，我和你是不是合适？"她醉在这几句话里，成年人的决定，多美妙的话语！她就像一只青涩的猕猴桃被放在一只烂苹果旁边催熟，那成熟的香气多美妙，以至于她急切地变软了，变得可以让人品尝了，可其实她没成熟，被提前消费了！

六

杰瑞米和皮玲站在春天深处的梧桐树下。

皮玲长长胳膊绕着杰瑞米的头颈，鼻子对鼻子看她的外星郎："我不去夜总会当公主了，我要换个干干净净的工作！"

杰瑞米说："公主也是干净的。换个工作更好！"

"杰瑞米，妈咪老劝我当小姐赚大钱，可我从来没想过要做鸡！"皮玲认真说，她脸上有种庄严的气氛。

杰瑞米闻到她那股好闻的口气，他环住她腰，亲吻她面颊："走！我们去酒吧，好好喝一杯，庆祝你的决定！"

皮玲第一次和杰瑞米走进他常去的酒吧，这酒吧在延安西路的拐角上，亮着昏黄的暖灯光，门口老有几个西方男人在抽烟，他们穿着牛仔裤，兴高采烈地低语着。

杰瑞米推开门，让皮玲进去，皮玲跨进门，看见整整一堵墙的酒瓶，花花绿绿像古老的药房。她鼻子里同时嗅到雪茄烟的焦臭和女用香水彼此绕来绕去的混合气味，她锐利地向香味袭来的方向望去，远远有好多个画了眼圈的女人孤独地坐着喝酒。奇怪的是，皮玲一下子就注意到她们快喝干的酒杯，吸管上染着肮脏的口红，女人们无助地吮吸着唇间细小的薄荷烟……"婊子！"皮玲无声地骂出这两个字的口型。

杰瑞米向酒保伸出手："两杯香槟！"他告诉皮玲："我们不坐吧台，我们俩要一个圆桌！"他环视酒吧，所有的桌子上都坐了人。杰瑞米端起两杯冒泡的金色香槟，向窗边一个女人走去，他微微鞠了一躬，和那女人说着什么，皮玲跟上去，想听明白杰瑞米的话。

女人拿起自己的酒杯，站起来给杰瑞米让座，她矜持地微笑着，还用白色餐巾纸擦抹了一下桌面。她扭着细长动人的腰从皮玲身边走过，高傲地打量了皮玲一眼，皮玲看见她眼角的皱纹，她已经瞒不住自己的年龄了。女人走到吧台上坐下，杰瑞米伸出手拉皮玲，皮玲甩了杰瑞米的手，自己坐下来，用一种冰凉的口吻问道："老相好？"

杰瑞米举起双手："玲，我们来庆祝……"

"不是老相好，她会乖乖让位给我们？"皮玲回过头又去看那女人，恰好那女人也回头来看皮玲，皮玲一下子转回头来，满面孔火色："你和那老太婆上过几次床？"

杰瑞米像一个缩在战壕里举手投降的士兵，他低下头不看皮玲的脸："玲，请你不要这样，你知道……"

他倏地抬起脸，皮玲和她那形影不离的手袋不见了，杰瑞米直跳起来，正看见皮玲走到吧台边那女人身旁。女人的背影僵直得像一棵圣诞树，她右手举着烟卷，好不容易向左侧转过脸来看皮玲，脸上还挂着难看的笑容。

"婊子！"皮玲大骂一声，一杯香槟笔直地全部洒在女人脸上，女人一把捂住眼睛，尖叫起来。皮玲傲然看着屋子里其余的女人，不管那些人是不是孤单，她大声喊道："你们这群婊子！"她把手袋向后甩到肩上，向杰瑞米喊道："杰瑞米，跟我走！"

杰瑞米吓得浑身发抖，他捂住自己的面孔，又放开手，喊叫着他的上帝，跟随皮玲逃出了酒吧。在酒吧门口，皮玲当着笑嘻嘻围观她的洋人，指住杰瑞米："杰瑞米，你永远不再到酒吧鬼混了！你给我记住！"她举起手袋，狠狠砸在羞愧难当的杰瑞米头上。她干这一手，如此自然纯熟，跟她家乡的女人教训自己偷腥的男人一样大鸣大放。

柳小青抓起散发着油墨味儿的新报纸，看一眼自己写的报道，她微笑了一下，因为她描述了小老外滴下汗珠的鹰钩鼻，这颇有异域风情，似乎是马可波罗亲自穿越时空来烧玻璃。

妈妈真讨厌，又逼迫她去相亲，上次是个在美国普林斯顿读硕士的眼镜哥，这次是香港中文大学的博士。眼镜哥见了小青就像小孩子见了糖果，馋样子越过厚厚的镜片如烧滚的白粥溢出锅盖，他说话时动不动就拍拍小青的手，真是又看又摸。小青笑嘻嘻和眼镜聊天，问他："我没去过美国，美国是什么样呀？"眼镜哥郑重地脱掉眼镜，干涩的小眼睛庄重地看小青："这么说吧，假如中国算你的土壤，美国就是你开出的花朵；假如中国能给你面包，美国就能给鱼子酱；假如中国只会空洞许诺，美国永不会让你后悔。"小青笑得露出两排贝齿，吐了吐舌头："大哥，你该找个美国妞，永不后悔！"

今天要跟香港博士说什么呢？小青想起香港那憋气的马路，楼房又高又密，碰上大地震根本没必要逃。一个水泥森林来的博士，能和上海女人谈什么？小青调皮地把约会地点放到了上海动物园，让博士看看大猩猩吧，多少有点消遣。

小青走出报社去相亲，没想到被杰瑞米堵在了报社门口。

杰瑞米穿整洁的白衬衣蓝布裤，刮干净的脸气色很好，他的棕色眼珠在阳光里像两粒猫眼石，又腼腆又神秘，手里拿了个旧报纸包裹的长盒子，向柳小青微笑。

"谢谢你，报道我看到了。"他说，把旧报纸撕开，一个素色的长盒子送给小青。

小青客气一下，打开盒子，惊诧地捂住了嘴。一朵威尼斯的玻璃玫瑰！红花绿叶，漂亮得要死！

自然，杰瑞米获得了请女记者喝咖啡的机会，意大利男人的热情足以让美国女人认定被骚扰，但用在中国女人身上，杰瑞米知道她们会受宠若惊，感悟男权社会的中国索然无味。

杰瑞米是个经验主义者，他一开始摆出的腼腆攻势在柳小青明媚的笑容里获得了阶段性胜利，按照普遍经验，接下来该来点加辣椒酱的东西。杰瑞米喝光卡布奇诺，棕色眸子以最大电量向柳小青发射荷尔蒙的闪光，他说："小青，我可不可以请你烛光晚餐？向你表示我的感谢？"

"我们？"小青带点讥讽的口气，"我怕和你烛光有被女人泼硫酸的危险。"她笑了，这质感的笑颜烫了杰瑞米。

一瞬间，杰瑞米想起皮玲，冰凉感觉让他背上发麻。不过，他面前是气质高贵面如朝花的女记者，皮玲黯淡下去，正如任何一个漂亮的夜总会公主，无法在太阳下和柳小青这样的上等女人媲美。

"这样吧，"柳小青不想拂去杰瑞米的美意，她提出一个折衷方案，"你若有空，现在陪我一起去动物园吧，你知道，有一个男人约我，但我并不真想去。"

杰瑞米心花怒放，这种表情在柳小青看来，就是长不大的男人特有的快乐。

七

香港中文大学的吴博士是个清瘦的年届不惑的男人，他戴眼镜，左脸颊上有粒黑痣，原籍杭州，著作等身，在他的学术圈子里很有声望。他看了柳小青的照片，说实话，他被那鲜艳的红唇迷住了，四十岁还没有婚配，他等待的也许就是这一抹鲜红。

他愣住了，美女记者和一位英俊的小老外并肩而来，吴博士立即料定一场大战迫在眉睫。

小青为双方作了介绍，仿佛她约了两个男生一起春游，毫无相亲活动该有的严肃性。她自自在在往公园深处走，留下吴博士和杰瑞米跟在身后，像跟班又像保镖。

吴博士问杰瑞米："你是干什么的？"

杰瑞米晃荡着肩膀看这个老男人："我是吹玻璃的工人。"

吴博士扶扶眼镜腿儿："你和小青怎么认识的？"

杰瑞米吹了声口哨，什么也没回答。

小青回过头："我们去看大猩猩吧？奔过去怎么样？看谁先到？"她脆笑起来，撒开腿就跑。杰瑞米一个箭步跟了上去，吴博士紫涨了面皮，四下看看，摘了眼镜，也跟着跑起来。三个人冲进猩猩馆，小青红了脸颊笑得欢畅，杰瑞米对着坐在玻璃墙里的大猩猩跳脚飞吻，吴博士追进来，把手撑在大猩猩馆的玻璃墙上，兀自低头喘气。大猩猩本来左掌捧着一只香蕉，右手�来吃，现在看着这三个人，它把香蕉往地上一丢，俯下大身子，两只大巴掌隔着玻璃合到吴博士手掌上，呆呆看吴博士……

杰瑞米笑得打跌，吴博士太不争气，跑几步路就喘不过气，还想追小青？他笑着吴博士，回头想和小青说句俏皮话，可是馆里只剩下两个男人和一只大猩猩，小青溜走了。

皮玲辞了工，这些天住在杰瑞米这里，杰瑞米今天说去吹玻璃，让她有点疑心：吹玻璃为啥穿得这么干净，还一个劲吹头发洒香水？不过皮玲按捺自己，不好逼人太甚，发生了咖啡馆里的事，她也后悔。家乡女人都吃辣，辣妹子办辣事受人称赞，这里却是上海，杰瑞米是意大利人，恐怕自己有点做过头。

房东朱明国本来看皮玲的眼光很复杂，皮玲觉得他有点色迷迷，更有点瞧不起自己，不过这算小菜一碟，对付朱明国这类男人皮玲绰绰有余，她大大方方叫声朱大哥，抢过朱明国的菜勺子，一屁股把他拱出了厨房。

被房客的姘头拱了一屁股的朱明国吃了这女人替他做的菜，食色性也，都沾点边，消停了，泡了茶，看皮玲一个人闷闷的，倒招呼她一起品一品。

"大哥，嫂子带孩子去了美国，你一个人过得真清静？"皮玲端茶杯。

"嗨，哪能跟杰瑞米比呀？"朱明国摇摇头。

"大哥，你帮妹妹我一个忙，替我看着点这小洋鬼子。他骚呢！"皮玲真心委屈，声音让朱明国可怜。

"你既然喊我一声大哥，大哥倒也问你一句，你年纪轻轻模样又好，何必找这么个不正经的老外？过两天他拍拍屁股说走就走，你还不伤心？"朱大哥给皮玲斟茶。

"大哥，你不懂！"皮玲说。

朱明国是个上海男人，女人说他不懂，他就把喉咙口排队的问号咽下去，只喝茶。

"大哥，其实和你说说也没什么，我倒是正憋得慌，和别人也没法开口。"皮玲有点忸怩。

"不要紧，"朱明国说，"谁没有几句心里话要吐出来呢？吐不出来难受！其实我和你算是陌生人，陌生人说几句又没地方传。你放心，大哥是过来人，保不定还能替你出出主意。"

皮玲沉吟。

朱明国就问："不瞒你说，我看见很多女人约会杰瑞米，我很想知道，老外为什么这么讨女人喜欢？"

"我们是外貌协会的呗！"皮玲笑笑。

"老外很美吗？"朱明国鼻子里哼一声，"看好莱坞片看神经了吧？"

"其实外貌也不是全部，"皮玲想了想，"老外透明，不像中国男人遮遮掩掩；老外性感，因为他们不自卑也不骄傲；老外实诚，讲感情起来不拉账本子。"

"透明？背着你搞女人向你汇报？讲感情？跟哪个女人都讲感情吧？"朱明国几乎听不下去，"小妹妹，你被人骗还替人数钱呢！"

皮玲不说话，看着朱明国，秋水盼兮，明国让她看得心头一颤。皮玲伸出手，放在明国膝盖上："大哥，我嫂子不在，要是妹妹我和你出了点什么事，你跟嫂子怎么说？"

女人的热手放在膝盖上，整套公寓里孤男寡女，朱明国一阵燥热，明白皮玲多半是在考他，他老实讲："当然不能和老婆说。"

"那你想不想风流一下呢？"皮玲问，"你我还是陌生人，说了没人给你传。"

"想。"明国认了，"非常想！"

皮玲热热的手收回去了："大哥，你是个男人，杰瑞米也是个男人，男人和男人，老外不老外，其实没啥区别。给男人机会，男人都会乱来。只是，老外讲感情，在外头搞女人吧，他也放点感情进去，玩儿真的；中国男人呢，全逢场作戏，把女人不当人。"

她看着朱明国："所以，大嫂只要小小暗示一下，大哥你跟妹妹偷情偷得再热火，也会夹着大尾巴逃掉的，不是有顺口溜吗？小蜜带回家，给小姐留电话，这在中国男人看来都是傻逼！"

"我是什么女人？"皮玲意犹未尽，"我是夜总会的公主，虽说卖笑不卖身，毕竟我是打工妹，好好儿的中国男人会和我玩真的？我不找老外找你们？除非我宁愿哪里来回哪里去！我当然找杰瑞米！我只要管住他的心，将来我就当意大利人！大哥，你的护照怕不能到处旅游吧？我当了意大利人，比你还强些！"

朱明国张大嘴巴只会点头，没想到这外来妹还挺会说、挺能用脑子！朱明国承认，她找杰瑞米游戏人生也罢浪费青春也罢，如果算冒个险，跟杰瑞米冒比跟他朱明国冒要有意思得多！哪怕此刻皮玲发骚，肯跟他朱明国上床，他实在都有点不敢，思前想后的顾虑太多啦：这女子干净不干净？会不会诈他钱？以后会不会缠他、破坏他家庭？若是真的什么都好，自己又怎么敢欠下这么大一笔感情债？

"的确，"朱明国喝口茶，对皮玲说，"中国男人的确不能性感，因为想了那么多，硬不起来了！"

皮玲看朱明国服了，反倒泄一口气，忧郁跑上心头："大哥，话是这么说了，其实我好难！这小老外花心着呢！我管不管得住他，心里一点没有底！"

"我看也是！"朱明国点头，旁观者清！

八

据说被女人同时甩了的男人，十个有八个会从情敌变成难友。

吴博士和杰瑞米现在变成两个男人约会，还是吴博士心大，他挥挥手："玻璃师傅，我俩去喝咖啡？"

天鹅湖风光好，不但有白天鹅，还有黑天鹅，不但有黑白天鹅，这里还有中国鸭子（mandarin duck）——鸳鸯。对着天鹅鸳鸯，一黄一白一老一少两个追小青的男人坐下来品咖啡说戏话。

吴博士其实倜傥，他幽默杰瑞米："女孩子送你来和我老头约会？"

杰瑞米喷咖啡："应该请她参加我们的婚礼。"

吴博士问："我是来相亲，就当是七分钟见面会。小伙子你怎么回事？"

原来吴博士不认识小青！杰瑞米是意大利人，生来要讲话的，讲起话来手舞足蹈不肯停的，这些日子见不到懂意大利语或英语法语的男人，早憋坏了，你不问就算了，既然好奇，杰瑞米竹筒倒豆子，把故事说了个七七八八。

"那么，你爱上这个放我们鸽子的女生了？"吴博士露出一个自嘲的笑容。

"我不知道。"杰瑞米收敛了所有毛孔里可能有的意大利式轻浮，"我看见她的一刹那，像一个大雷打在头上，就是那样。"

"那么其他那些女人？"吴博士睨着他。

"可能会冒犯你，博士。"杰瑞米说，"如果我谈论本地的女人让你不舒服，请你原谅我或者制止我，我并无轻薄之意。"

"放心说好了，我是香港居民，也不是这里本地人。"吴博士免他担心。

"这里的女人很压抑，她们在性事上得不到满足。"杰瑞米说，"而且很明显，她们喜欢白人，只要一有单独相处的机会，她们个个都不怕让你知道这种心思。"

"哦，是吗？是什么经验让你得出这么惊人的结论？"吴博士仿佛不敢苟同。

"哦！的确是经验，我只是从自己狭隘的个人经验来说。"杰瑞米露出一丝菲薄之色，"在欧洲，你也可以勾搭良家妇女，不过，那需要你奉献爱情，或者至少让人家觉得你有爱情。这里，我经验的良家妇女，个个有了不起的工作和职位，可她们不需要爱情，其实送她一支玫瑰也是多余的，她们只要……你明白，我不想说得露骨，她们太饥渴了，这里的男人满足不了她们？"

"你来者不拒？"吴博士笑道。

"博士，你知道异国情调是一种春药。"杰瑞米专家谈专业。

"不过，对于这一个，我是指今天那位女记者，你似乎产生了某种爱情？"博士点题。

"我已经糊涂了，说实在的，我在意大利还明明白白的，到了这里，和这么多女人邂逅，高密度的邂逅，我实在搞不清什么是爱情了。到底是下半身的爱情还是上半身的爱情？这里的爱情在肚脐眼上下徘徊！"杰瑞米说。

"你说得挺有趣，小伙子。"吴博士哈哈大笑，"听听我的经验？也许对你有点用？"

杰瑞米打个响指，又点了一轮卡布奇诺，洗耳恭听。

"世界上一切女性问题都肇始于男性制定的体制，或者说游戏规则是男人定的，女人在这游戏规则下进化，退化，或者既不进化也不退化转而挑战规则。你明白我的意思？"吴博士发布演讲。

"我明白，你是说这些女人是她们本族的男人创造的。"杰瑞米点头。

"你很聪明，"吴博士继续，"然而，我和你不同。男人创造出各种各样的女人，我在寻找女人中的花朵，你却沉溺于一堆潮湿的菌菇。"

回到朱明国的公寓，吴博士的话还在杰瑞米耳朵里打旋："一堆潮湿的菌菇"？那么谁是花朵？

杰瑞米认定柳小青是女人中的花朵，并非有刺的玫瑰，而是开在高处的上海广玉兰，幽香撩人无法采摘。皮玲也是一朵花？应该算一朵花，地面上到处种着的三色堇。

皮玲规定杰瑞米必须回家吃饭，她亲自下厨，开出了四菜一汤：夫妻肺片、干煸牛肉丝、宫保鸡丁、开水白菜和酸菜鱼。皮玲这些拿手菜找遍大上海也吃不到，杰瑞米只要吃上瘾，打耳光都不肯跑的了。做完菜，皮玲每样盛了一小碗端给朱明国，朱明国吃得摇头咋舌，端到自己房间喝酒去了。

杰瑞米和皮玲吃晚饭，辣得走投无路，高兴得嗷嗷叫，走投无路中狂喝红酒，饭没吃完就高了，看见一个亮晶晶挺拔拔的美女在身边媚笑，一把抱住了就推卧室门，推开门，朱明国红着眼睛在地上喝泸州老窖呢。原来走错门，道了歉，摸到自己的，闯落去，自然胡天胡地，皮玲是没喝酒的，享受着自己制造的效果，隐隐觉得自己像驯兽师。

夜的深处醒过酒来，杰瑞米心头酸楚清虚，像是搬空了家具的一个房间。月亮正从窗边滑翔过去，他看看睡得香甜的皮玲，闻到她鼻息中的蒜味儿，又悄悄揭开被子端详那丰满圆挺的两个乳房，他肉里觉着舒服，心里却有阴暗的鼓点在频密地敲，自己也不知道惹动了哪个魔鬼。

和酒吧里的女人过夜，他不能太太平平一觉睡到天亮，午夜醒转，那些女人个个露出鬼相令他厌恶，身体一旦消停，灵魂就会作呕。皮玲和那些女人全然不同，她竟是处女！那个从夜总会辞职的夜里，也许为在酒吧里吓到了杰瑞米，她带着一点致歉的态度把自己送给他当了出人意料的礼物，及时熔化了他对她的忌恨；半夜醒来，她睡得平平安安，带着良心的平静，绝无那些女人磨牙抠胸的惊悸；她呼出的气息是健康的，不像那些女人各有各的奇特臭味儿。杰瑞米想，假若自己没遇见柳小青，没那样一个闷雷般的第一眼，皮玲也许是他最好的选择，他满可以舒舒服服夜夜喝红酒吃辣子？

不过，现在尴尬了，酒和疯劲儿一过去，他耳朵里全是柳小青的笑声，红唇在回忆里一晃而过，她的眼神，那略有些斗鸡眼的眼神，取代了月亮。

他看着月亮出神，一只手忽然拍拍他的脸，皮玲醒了过来："杰瑞米，你在想谁？"

杰瑞米这时候的眸子是透明的，即便夜色也遮不住他的透明，他没有回答。

"你白天打扮那么风骚去见谁了？"她坐了起来，赤裸着向杰瑞米凑过脸，似乎想看清他的表情。

"一个女孩儿。"杰瑞米说。

"臭婊子！"皮玲的口水溅到杰瑞米脸上。

"她不是婊子。"杰瑞米说。

"你这只意大利鸭子啊！"皮玲抱住自己的头，她白嫩的乳房在月色里发出质地细腻的光，杰瑞米看了却感到恐惧，不敢触碰。

"我不是鸭子。"

皮玲开始哭泣，呜咽像一条在夜色里游动的蛇，慢慢爬出窗户，也慢慢顺着门缝溜出房间，杰瑞米觉得朱明国听见了哭声，整栋楼房也渐渐听见了哭声，中国人会聚拢来，拍打他的门和窗户，把他从这里撵走，并且用谴责的眼光来透视他不忠的内心。

但是没有人干涉，房东的房间有一些响动，却没有脚步声过来，楼下和楼上都有人关窗，却没人对着夜空喊叫，这些可能发生在意大利，今夜却没有发生在这里，人们好像把杰瑞米和皮玲关在私密空间外面，自己包裹起来继续他们夜的旅程。

杰瑞米抚摸皮玲的头发："我去找一个女孩儿，这个女孩儿对我没有半点兴趣，不是你想象的那样。"

"你看上了人家。你和我在一起，同时又看上了人家。"皮玲抽泣。

"玲，你多虑了。"杰瑞米说，"你看不上别人，别人很容易和你在一起；你看上别人，那就很难和那人在一起。无论在意大利还是在中国，都是一样的。"

"你看不上我，所以你和我在一起。"皮玲说，"你放心，天一亮，我就走！"

杰瑞米伸出多毛的手臂，搂住赤裸的皮玲："你不要走，我不再去找那个女孩儿了！"

皮玲的呜咽消减下去，暗夜里的妥协常常是有效力的，因为人往往不愿意违背协议从而去重温黑暗的历程。

九

酒吧少了一个亚平宁半岛的浪子，夜总会少个巴山蜀水的公主，朱明国终于敢打开视频，让在美国当金店营业员的太太看见一对规规矩矩的小房客。杰瑞米出门只是去吹玻璃挣钱，每天回家吃晚饭，有时也和皮玲一起出去逛街。无论决堤的水如何奔涌，它终将为某条河道所限，形成新的河床，最后安定下来慢慢流淌。

如此一来，朱明国成了一盏明亮的电灯泡，为了避免尴尬，朱明国只好把自己囚禁在自己的卧室里，因为皮玲在不停地洗菜做菜，洗衣服晾衣服，擦桌子抹凳子……一个快乐的主妇必定像一只嗡嗡的蜜蜂飞遍她的蜂巢，到处传来轻快的脚步。打扫完其他所有的房间，皮玲敲开朱明国的囚室，请他到客厅用茶，然后进去自作主张地把朱明国的狗窝也掏干净。朱明国觉得自己老了，成了杰瑞米的父执辈，享受皮玲的孝顺。

皮玲代表杰瑞米来找朱明国交易："大哥，我们东西多了没地方放，那个空房间能不能给杰瑞米当书房？房钱不多付了，每天的晚饭你吃我们的！"

三个人一起用川菜，杰瑞米很高兴多个男人说话："昨天那场球你看了？为什么中国不转播，要看只能去酒吧，那里才有卫星节目。"朱明国吃得满头汗，上海男人被川菜弄得没有吃相，他不好意思："我也装个卫星碟子吧！"

于是，每天晚饭后杰瑞米定点和朱明国坐下来看球看欧洲新闻，他们高谈阔论。皮玲收拾桌子，洗碗洗灶台，忙个不亦悦乎，有时偷偷看一眼两个正为球呐喊的男人，嘴角漾起薄薄的笑容。朱明国说："皮玲，你也来看电视！"皮玲说："哎！我再给你们削几个苹果！"杰瑞米沉浸在球赛里，把朱明国儿子遗落在这里的一根宠物狗啃的橡皮骨头拿在手里晃……

每次烧完玻璃，杰瑞米都给皮玲一个玻璃小礼物，有非常纤细的玻璃蜘蛛，有大摇大摆的玻璃非洲象，有苗条的玻璃美女，他还偷偷做了个绿色玻璃的那东西……皮玲把这些礼物都放在梳妆台上，每天梳头的时候拿起来打量。

这天她梳了头，看杰瑞米有空，冰箱里已没什么食物，她想，拉上杰瑞米一起去逛超市肯定是件幸福的事。太阳当头照着，皮玲学上海女人，嗲嗲地偎在杰瑞米肩上，走过哈根达斯，皮玲说："超市出来我要吃冰激淋！"进了超市，皮玲选了日用品、食品、啤酒和各色水果，出门杰瑞米埋单，一个人拎着大袋小袋，简直已经和上海滩的模范丈夫一个德性了。

皮玲说："我们去吃哈根达斯。"

杰瑞米脸上没有什么表情："还是去找个酒吧喝一杯吧？"

"我要去吃冰激淋嘛！"

"我已经很久没喝上一杯啦！"

两个人为了这一点小事闹了个不欢而散，皮玲空手坐在哈根达斯吃杰瑞米买给她的冰淇淋，杰瑞米买完冰淇淋，拎着大包小包去了马路对面的小酒吧，喝他的威士忌加冰。

冰淇淋店出来刚在路边一站，杰瑞米就钻出了小酒吧，笑着向皮玲穿过马路来，从来没见过一个老外提着这么多家庭用品和蔬菜水果，竟然还有一包卷筒纸妨碍他走路，路上人都看他笑，皮玲也绷不住脸，笑了。他俩互相亲了一下，还是偎依着回家。

这天杰瑞米又去烧玻璃，皮玲说："我想要一条玻璃金鱼。"

"要什么颜色的呢？"杰瑞米问她。

"要梦的色彩。"皮玲说。

杰瑞米走了，房东朱明国也笑呵呵上班去了，皮玲把两家的被子都翻出来，在阳光下晒。午饭吃了一碗自己做的抄手，她打开电视，看电视剧《潜伏》。大约下午三点多，有人在门上犹犹豫豫地敲，皮玲打开门，一个四五十岁的女人在门口吃了一惊，她问："杰瑞米在家吗？"

皮玲看这女人打扮像个办公室的经理，穿着端端正正的套装，手里一个 LV 包包，听得出台湾口音，单眼皮画着浅浅眼影，脸色紫涨。皮玲觉得有一层刚硬的鬃毛在自己背脊上长出来："杰瑞米不在！"

"您是？"女人用一种非凡的客套语调问她，身体也做出谦恭的姿势。

"我是房东太太。"皮玲嘴一溜，说出这句话。

那女人明显松弛下来，她甜蜜地对皮玲说："麻烦您一下下，帮我转这封信给杰瑞米好吗？"她从手袋里摸出个牛皮纸信封，上面有一个跨国公司的标记。

皮玲接过信，看那女人转身走下楼梯，僵硬的背影上短发在逛荡，皮玲关上门，靠在门背上发起抖来："婊子！臭婊子！臭老太婆臭婊子！"

她毫不犹豫打开女人给杰瑞米的信，里面是一张大大的白纸，洒了香水，一股腻人的气味儿，纸上写着英文：我在酒吧，我一直在那酒吧，酒吧几乎成了我的国家。骑士，你能飞马来拯救我吗？

"婊子！老婊子！他会给你一鞭子！不要脸！"皮玲放声大骂。

朱明国总在五点到家，他打开门，以为什么地方着了火，慌忙到处看，只看见皮玲在盘子里烧信。皮玲说："大哥，你觉得杰瑞米是不是该娶我啦？"

朱明国愣了愣，点头说："早就该这样，女孩子就像一朵花，花要配上花瓶才有腔调！"

杰瑞米带着一条金红色的玻璃鱼回到家，他拿出来给皮玲看，朱明国也凑过来赞美，然后朱明国以一个上海男人的热心和聪明说："杰瑞米，下一次你应该给皮玲一个漂亮戒指。"

皮玲看杰瑞米，她的眼光哎呀真难描难绘，杰瑞米总是透明的，他竟然失手把玻璃金鱼掉到了地板上，砸掉了鱼尾巴……

十

柳小青注定了要让妈妈目瞪口呆，她掩人耳目地上班下班，却偷偷参加了一系列考试，录取通知来了，她去美国哥伦比亚大学读研究生。

柳小青知道这一去就是一去不回，人心都是肉长的，其实她惦记那些被她伤过的心呢！说一声再见太随便，必须留个永久的纪念，默哀那些被她无意中摧毁的青春。她的哀怨要通缉那个逃跑的自私老男人，她自己却不愿意扮演无情角色。

送什么给那些曾经用情在她身上的人呢，最好是相似却不同的礼物，不要厚此薄彼，免得他们知道了有遐思或有愤恨？小青收拾办公桌辞职，忽然翻开了杰瑞米的礼盒，一朵漂亮的玻璃玫瑰。

没有留小老外的电话号码，说起来，要送礼物也缺不得杰瑞米，不过，他只是擦身而过，送个皮钱包什么的就够了，不过要请他吹些玻璃花玻璃鹰出来，玻璃花送给小资情调的上海男人，玻璃鹰送给那些强势进入上海滩的新上海男人。

计较停当，柳小青叫一辆大众出租车，把自己送到苏州河边的创业园区，她沿着夏季的河岸走，柳树上知了喊出一浪又一浪，比柳叶的波涛更有炎夏的气势。小青忘记了玻璃工场的门号，但记得自己第一次看见小老外的那个河堤，她站到河堤上，一边看烈日下发黑的苏州河，一边寻找那个窗户。

玻璃的东西经不得砸，砸碎了就是碎了，补也补不起。杰瑞米失手砸碎了玻璃金鱼，没想到皮玲当朱明国的面，把杰瑞米送她的所有玻璃礼物都拿到窗口，一样样扔了出去。剩下那只碧绿的玻璃阳物，她笑嘻嘻举了起来，让朱明国看，对杰瑞米说："杰瑞米，其实你就是这个东西！"她把这玻璃块儿对准自己的嘴巴，让杰瑞米难堪，她说："我该一口咬死你！"然后她背诵被她烧掉的那封信，说那个台湾婊子在酒吧等你，等你这个骑士去骑。

皮玲走了，当夜就走，带走了她所有的东西，丢弃了杰瑞米给她的一切纪念品。朱明国送了她一程，回来对杰瑞米说："杰瑞米，你就是一个老外，根本弄不懂中国女人！"

杰瑞米这些天都在玻璃工场里起早摸黑，他需要工作，需要高温炉送出的热量，加上上海夏季的气温，一起来让他忘记皮玲的体温。他晚上不敢回朱明国的公寓，那里的房间太空旷，无法久呆。

他听着师父的指挥烧完又一只大玻璃球，跑到窗口去透气，一抬头，一个大雷，他又一次被柳小青电到了。

柳小青说明了来意，她数了数，需要十三支玻璃水仙和九只玻璃鹰，水仙之间要花样不同，鹰之间要翅羽分别，这是柳小青一部分青春的留念。

杰瑞米和柳小青靠在苏州河堤上就着柳阴喝冰啤酒，杰瑞米问："小青，我可以去纽约烧玻璃么？离你近一点？"

"何必？为了挣一朵玻璃水仙还是一只玻璃鹰？"小青笑笑。

"你让我有被雷击的感觉，小青。"杰瑞米说。

"你还是个孩子，杰瑞米。"小青淡然看着河面。

"我真的爱你，小青！"杰瑞米说。

"杰瑞米，"小青转过脸来，"听姐姐一句话：你爱的不是我！总有一天，你会长大，长大了你就明白啦！"

小青把啤酒瓶放在河堤上，向杰瑞米告辞，她笑得鲜艳："杰瑞米，既然如此，既然你怎么也憋不住，装不成男人，那你就选吧，多做一朵花或者多做一只鹰，我算上你一个！"

师父对杰瑞米的私生活历来不发表评论，他自己没有在上海找过女人，每天都同威尼斯的老婆讲几句电话，好像那是他的能量棒。杰瑞米卖力烧制了不少玻璃球，满足了报纸报道后涌来的客户，他说要回意大利，师父大大的蓝眼睛仍然是无奈的神色，他说："那就让马蒂快从米兰来帮我吧！"

杰瑞米分了工钱，请朱明国到酒吧喝一杯，缴清他的房租。他问朱明国："你知道玲的下落？"

朱明国品了品加薄荷叶的龙舌兰，皱起了眉头："小老外，你自由了，还去想她干吗？"

"我要回意大利了，想和玲告别。"杰瑞米年轻俊俏的脸有一点憔悴，喝了威士忌，眼眶红了。

"马可波罗也没你这么多情！"朱明国下巴对准角落里几个莺莺燕燕，"难道和她们你也要依依惜别？"

"玲不一样。"杰瑞米说，"玲是一朵鲜花，那些只是潮湿的菌菇。"

朱明国目瞪口呆，听得痴笑不止。等小老外一搬走，自己终于可以向视频里的太太和盘托出这不同一般的故事，他决定以杰瑞米的这句妙语开始他的叙述。"老婆，"他会说，"你不在家的时候，上海滩上的花和菌菇都在我们家过夜……"

不过，朱明国没笑多久，他看见杰瑞米哭了，哭得并不像个孩子，倒像个男人，他紧闭眼睛，泪水瑟瑟滚下来，掉在酒杯里，他扬起脖子，把酒和泪水一饮而尽，他说："明国，我在你的国家和自己恋爱了一场。"

朱明国更稀奇这句话，可是他想不明白，他一直想，把鸡尾酒喝干了，觉得有些轻飘飘，一个女人扭着腰肢向他们走过来，她向杰瑞米递过一个眼波，说："借个火？"

杰瑞米掏出打火机为女人点火，女人斜过脸，瞟一眼朱明国，对杰瑞米讲英语："送我一支玫瑰？"

杰瑞米从泪水后面发出一个笑，他指指朱明国："我的玫瑰送完了，问问他吧。"

朱明国云绕雾旋，他伸出手摸在女人柔软细腻的腰肢上，也来说英语："我送你玫瑰吧？我和小老外住在一起！"

女人放下左手酒杯，把细长的薄荷烟交在左手里，右手"啪"地打掉了朱明国的毛手："赤佬，吃豆腐呀你？"她悻悻然瞪了杰瑞米一眼，扭着腰肢走开了。

朱明国失意地远望着那了不得的水蛇腰："臭婊子！倒贴老外的臭婊子！"

朱明国也把钱包拍在吧台上，又喊来一轮洋酒。他和杰瑞米碰杯，一个劲儿要杰瑞米答应："我准备准备就去意大利找你，我租你房子住好哦？你行行好，到了意大利酒吧帮我当几次翻译，我也尝尝你们的菌菇和鲜花！"

杰瑞米笑眯眯答应他，他举起酒杯，三次喊叫：

"再见了！"

"再见了！"

"再见了！"……

喊叫的再见往往还担当不了真正的诀别，两个喝高的男人互相搀扶着横过定西路回去他们的家，拍打着电梯到了家门口。有个戴红帽子的小厮抱着膝盖在明国家门口打盹，他揉着眼屎看杰瑞米："吹玻璃的意大利老外？"

杰瑞米好像看见鬼一样颤抖起来，面色雪白。小厮立起身，递过一个信封，一溜烟从楼道冲了下去，像一只出笼的麻雀。朱明国抢过杰瑞米抖个不停无法拆开的信封，从里面抽出一张红请柬和一张金卡来。

他们向请柬怯生生望去，上面印着皮玲的舞台照。她秋波宛然，身段起伏。请柬写道：

本夜总会新晋头牌，巴国丽人，双语美女
皮玲自己的笔迹添了一句话：
送你001号贵宾卡……

门没有打开，杰瑞米跪在楼道口大吐特吐，朱明国拍着他的背，苦着一张脸……

无香可识

一

我和方志是多年老友。在市少年宫生物组我们一起剥过一个巨大无比的臭牛头，我被腐尸的臭味熏到天旋地转，蹲在地板上呕清水；方志捏着手术刀，慢条斯理把兜头翻过来的那张牛脸刮干净。他从假眼眶里挑出两只鸡蛋大的绿眼睛，在生出两只空洞的牛脸上比划。记得他死样怪气地对我说："有洁癖就不要做标本嘛！"

我有洁癖，不过这洁癖不像一般人那样表现为爱洗手或在餐馆烫碗筷，我的洁净感在胸腔里，直截了当说就是我的嗅觉好，对不洁净的气味深恶痛绝。

放屁这种事是不能不让人做的，可我会在事主放屁前的一秒钟推开周围的一切人与物，以一百米速跑的爆发力冲出建筑，一定要跑到开阔地上才恢复安全感。有人因此顺水推舟把臭屁的所有权归给我，我满腹委屈，但觉得总比留下来闻屁好。

方志能发现我的秘密源于一只老鼠。那是生物组开张的第一天，我踏进少年宫，前前后后倒退着看这栋洋房，它从前属于蒋宋孔陈之中的某一家。老地板有一种隆重的蜡味，墙壁缝缝里藏掖着旗袍味儿和女人的脚臭气，旗袍是旧旗袍，脚臭是老标本，几十年的光阴遮不住旧人的气息。我走进生物组大教室，看见三面墙壁放满了福尔马林水罐子，里面浸着让人想起杀人犯的零碎东西；一排鸡鸭鸽子的标本点缀着十来个大木桌，它们是嵌了假眼珠的不腐尸体。木桌狼抗得很，个个怀孕似的挂满大抽屉。从各个学校选来的二十来个男女中学生凝视着辅导老师石老头。老头眯着小眼睛在笑。

我说："有死老鼠，臭掉了！"

石老头瞥了我一眼："搞清楚动物尸体的气味是有区别的好哦？这里有几只鸽子要剥制标本，不是老鼠。"

我不认识所有女生，她们开始笑我。我看看男生，他们鄙夷地斜睨着我，只有一个白皮肤的高个四眼正眼端详我，他就是方志。我靠近他，压低声音说："桌子下面有死老鼠，不信我掏给你看！"方志点点头，我低着脑袋满屋子走了一圈，指指石老头当办公桌用的那一张。方志把手举到头顶上，像是要去够日光灯，他喊起来："石老师，你办公桌下有只死老鼠！"

大家困惑地瞪着他，他朝我一笑，扑倒在地板上，脸贴着桌子腿往里看，然后他把长手伸进去，拎着干瘪的死老鼠站了起来。我飞快地推开旁边几个傻大个，飞也似的跑进少年宫庭院，一直跑到那个著名的"勇敢者道路"角落。

方志和我考进同一大学同一年级生物系，他学遗传工程，我学植物学。为什么学植物？因为植物一般有花有叶有根须，芳香宜人，动物的腺体很臭，我受不了。

　　我离开自己家住进校园，用不了多少天就证实自己是个怪物。一个男生寝室住七个人，且不说放屁或者上厕所不擦屁股这种隐私吧，就说说他们那些管不住的嘴，吃蒜，吃韭菜，吃洋葱，吃臭冬瓜海菜菇，什么臭吃什么，房间里飞满了在舌头里温存过、胃里发酵过的蒜味儿、韭菜盒子味儿、葱味儿，间着股混沌不清的青春期浊气，互相滚动，化学反应阵阵，我怎么待得下去？

　　这也算了，接着，我总算明白在这个国家每天洗脚是个奢侈习惯，有些脚丫子是长年累月煳着它们的动物腺体的，好比老踩住五七万个死蟑螂走路。一到晚上上了床，我的噩梦就来了，脚丫子们在方寸宿舍里无声地起哄、尽情地抖动，让我持续梦见走进大茅厕，立不稳脚跟要跌下去……

　　方志家里并非富户，不过他有本事来钱。他吃过晚饭就在八号楼走廊里摆四个椅子，一块小方黑板，打完哈欠，倚在墙上嚷嚷："一缺三！一缺三！娘的！你们看得下去吗？"

　　他麻将一流，据说人品也一流，黑板搁在八个膝盖上赢了钱，大家有吃有喝人人有份。不知道他怎么运作，还能剩下钱来投资。

　　圣诞节前头，方志在八号楼三一三宿舍门口挂了个牌子：圣诞卡批发中心。各个系的人都跑来跟他要圣诞卡，总有四五十种，塞在军用书包里窜教室寝室去吆喝。过了圣诞节，方志在走廊里拎着一瓶上海啤酒瞎逛，他看见我躲在走廊尽头的窗户下看书，走过来说："闻得出天堂和地狱的可怜虫，你有福了！"

　　"干吗？"我闻到他满嘴酒气，依旧掩盖不住他中午吃带鱼的腥气。

　　"我来解放你！"他对着酒瓶喝了一大口白肥皂泡，"我在校门外租了一套小公寓房，暂时还没女生来跟我挤一张床，你来住吧，趁你没被你们寝室的臭脚熏死！"

二

受人恩德，当思回报。

我回报方志的方式还是靠我得天独厚的嗅觉细胞。

第一次那算个笑话。每天都有人到这个校外仓库来找方志批发文具和日用品，他那当街道党委书记的老子简直把街道企业当成了自家作坊。这个夏天学校学生自助商店缺丝袜，满世界找不到丝袜，只有方志他爸的街道丝袜厂有货。邻近学校的学生商店也打听到了方志的路道，怯生生敲我们的门，要货。

方志挣丝袜钱挣得好高兴，一高兴从俄国女留学生那里要来一双洋丝袜当样品，其实我可以证明他对丝袜没兴趣，根本就扔在书桌角落里，上面还压了好几本杂志。错就错在他的小后妈自告奋勇来给他送换洗被褥，方志不好意思麻烦这个才比他大五六岁的女人，就胡乱把包装得美美的洋丝袜翻出来送给了后妈。不长脑子的后妈回家跟老公说你儿子真孝顺，送了我一双丝袜，一边掏出来试给老公看。方志他爸正别扭着，一看老婆换上的丝袜傻了眼了：细丝黑纹的洋袜子本就扎眼，上了身竟是双连裤袜，故意开着裆！

他爸当场断了他丝袜货源，方志那时还不知道为什么，答应人家收了定金给货，他只好到处乱找。有个不知哪里搭识的安徽人说有好丝袜，上门来送货，方志马马虎虎看了看，正要付钱，我那时很不高兴地拦住他："我靠！你怎么这么堕落？女人穿旧的内衣袜子你也经营？"一句话免了他上当出洋相，也得罪了马路上不三不四的安徽帮。

"你怎么知道那丝袜是穿过的？"他赶走小贩，兴味盎然地望着我。

"闻到怪味了呗。"我看我的小说。

玻璃玫瑰

060

"那……"他转到我床头，"那我要是找了女朋友，你能不能闻一闻？"

"什么？"我诧异地放下书，"让我闻你女朋友？"

"闻一闻她规矩不规矩。"方志露出羞涩态度，"我可不想上女人当！"

女人规不规矩能闻出来？我倒没想过这问题，方志一说，我陷入专业思考，问题是我认识的都是规矩女人，似乎没什么不规矩的嫌疑。她们的味儿怎么说呢？自然各有各的不同，不过女人除了擦雪花膏或偷偷用啤酒给头发定型，一般身上没什么特别气味，就那种有点热烘烘酸酸的女人味啦，我倒没特别琢磨。

"哪里有不规矩的女人，你先带我去见识见识。"我开了条件，继续看我的书。

哪知道方志认真对待了我的提议，周五的晚上，我本来准备回父母家去，他拦住我："回去干吗？我请你吃晚饭！"

我们在学校附近一个五条路交汇的商业区找了家小店喝啤酒，方志要了三大盘辣椒炒螺蛳，说："放开吃，吃了我带你去闻闻不规矩的女人！"

"你认识不规矩的女人？"我嘲笑他，小男生们都爱吹牛，他不是第一个。

"这里对过弄堂就有个地下妓院，"他神秘地说，"本市足球队那位老上电视的队长就是在那里被工纠队抓住的！"

一个辣螺蛳差点直接滚进我喉咙，我浑身发热，血朝额头上集结："真去？"

"为什么不去？放心，我有钱。"他说，"你不用出钱，你是为我办事。"

我为了他去地下妓院办事？这什么逻辑？万一被工纠队捉牢，这逻辑管用吗？我咬住筷子头迟钝地想着，他拍拍我肩膀："你他妈的怕是只童子鸡吧？该掌握掌握人生的知识了！"

我"啪"地把筷子拍在桌子上："那好，把三盆螺蛳撤了！"

"这他妈的和螺蛳有屌关系？"他差点把啤酒喷到我身上。

"辣炒螺蛳！吃过辣，我的鼻子什么都闻不到，只有鼻涕的清香。"我说。

方志心甘情愿换了菜，我们带着虔诚的专业态度，干掉了一盆丝瓜蛋花汤和炒青菜，吃了一大盘精白馒头，站起来向马路对面进发。

所谓地下，真的就是楼梯朝下走，是个防空洞改的娱乐场所，门口挂的牌子是五路场歌咏中心。我俩摇摇晃晃沿着水泥台阶往下走，我闻到湿霉味和老鼠换毛的那种类似雨后阳泥沟的气味。

方志推开歌咏中心的玻璃转门，我们逛悠进去，里头是个挂着紫色珠珠灯的小厅。厅里长条沙发上坐着三个虎背熊腰满面孔油条肉的小平头，左手墙边有个柜台，里面坐个三角眼粉头，是老板娘。

一股又酸又腐败的气息从老板娘身上溅出来，我倒退三步，一后跟踩在一个小平头脚上，他的脚像石头一样硬，钢爪般的手一把抓住我胳膊："看见老板娘脚就站不稳？你这小四眼！"他开心地笑了，一嘴烟酸。

方志像个老江湖，掏出牡丹烟发了一圈。老板娘接过烟，跟男人一样往耳朵上一放："小方你个杀千刀的！你来一次就勾掉这里一个魂，再这么下去，我生意还做不做？"

方志撩起衬衣袖口："这怪我？我不付钱？"

那几个小平头怪笑起来，老板娘站起来，她浑身真是酸臭，夹杂一种我从来没闻过的甜甜的腐烂气息，带方志和我朝里面走。里面有条狭窄的走廊，我们走进一个有音响、电视机和话筒的房间。

我拉拉方志的袖口："我要回去了！"

他拍拍我手背，大大咧咧往沙发上一坐，又斜靠在靠垫上，对那个三角眼罗圈腿的老板娘说："今天我们就是来认识一下，不必上酒水。我这兄弟是童子鸡，过分了要吓死他的！"

老板娘失望地撇了撇嘴，朝我撩了一眼，说："开老娘玩笑！"她嘴里散发出蘑菇云般的羊肉串气息，可我一边打呕，一边怀疑我闻到了野猫的肉膻。

她跑出去，一会儿工夫带进两个长得跟萝卜似的女孩来，那身材像直接从米罗的画框里跑下来。她们扭扭捏捏把手放在前襟上，好比要表演古典的万福。一股生蒜味儿从俩大萝卜鼻子眼儿里喷涌过来，梁山泊好汉从灌木丛里跳出来剪径，气势也没这般威猛，简直让我五脏六腑都来了个后滚翻！我接着闻到了她们身上的臊气，这不能说是骚味儿吧？纯粹是他妈的臊味！跟尿没擦干净的马桶似的。

我夺门而出，我隐隐约约预见到一个臭屁正在酝酿中，不管是来自方志还是来自他点的那两个佳丽，我先溜之大吉！门口三个平顶头跳起身来，下意识地伸手拦住我："走了？"

方志捂着鼻子甩着头颅从走廊里飞跑出来，大喊："晚了一步！晚了一步！"他扔了一百元钱给老板娘："你也缺德！我兄弟第一次来，你就让他被臭屁吓跑了！"

我们在小平头们抽搐的笑声里跑上地面，我深深吸了口混杂油烟和汽车尾气的城市空气，没好气地告诉方志："你要把这种女朋友带回家，我就住回宿舍去！"

你根本想不到方志谈的本校女朋友是如此一个大家闺秀！那天我

正穿着裤衩背心躺在我靠窗的单人床上数麻雀，有人敲方志小公寓房的门，敲得像啄木鸟啄一块木头。

我开门一看，立马又把门"嘭"地关上了，我靠在门上，抱着头喘气，我记不起自己的长裤和衬衣扔在什么地方。等我把自己裹木乃伊一样包成一具僵尸，我打开门，朱岚穿着淡紫色的连衣裙，笑容可掬地问我方志在不在。

我找不到可以让她用的茶杯，她一进房间，房间弥漫开茉莉的淡香，她一定用茉莉花香的香皂洗了澡，而且，她一点也不热不潮不酸，在茉莉花香里我闻到一股让我沉醉的微辣的气息，这气息圆鼓鼓如珠子般在我周身滚动，让我说不出话也找不到东西。

朱岚笑了："不要客气，我就在这里等他一小会儿。"

我安宁下来，终于找到一个挺好的苹果。还好我很会削皮，我把削了皮的苹果递给她，苹果的香味在我手指上缭绕，像绿色的豆娘在荷叶边上款款地飞，我心里觉得这一点香配得上她带来的气氛。

"你就是嗅得出天堂和地狱的那一位？"朱岚快乐地绽开一个酒窝。

"听他瞎吹。"我有点被冒犯，不是被朱岚，而是被随便谈论我的方志，他谈论我，必定如同谈论弄堂口算命的那个瞎子。

"你真神！"她向我伸出那只没拿苹果的手，"我是朱岚。"

我好像碰触女王一样无力地在她指尖上沾了一沾："谁不认识你？朗诵女王？"

朱岚笑笑，耸耸肩，我看到她的马尾扎着好看的蝴蝶结，她穿着发出柔光的丝袜，腿如同雕像那般匀称。

"我中午吃了什么？"她调皮地侧过脑袋，不大不小亮闪闪的丹凤眼挑逗我。

我特意做了个猪鼻子，在风中嗅她，然后我说："你没吃大蒜，没吃韭菜，也没吃大葱。"

"这谁都知道。"她不以为然地说。

"也没吃我们学校那著名的油炸大排。"我说。

她笑了，有点狐疑地看着我。

"我闻到了小馄饨皮子的那股淡味儿。"我瞥了她一眼，她张大了嘴，她的气息像五月的紫色大蓟花，带着暖暖的令我想发疯的气味儿。

"小馄饨不光是鲜肉的，还放了虾仁。"我卖弄道。

她的脸刷地红了："你什么都闻得出，这样的话……"

我明白她想到了什么，我可是正人君子，我板起脸，对她说："我是专业人士，这能力完全是一种专业能力。女士！"

她被我急中生智的"女士"逗乐了，我们相视而笑，笑得很高兴，也不知道为什么笑得停不下来，恐怕这就是青春吧？方志进门我们都没有发觉，他好奇地看着我，说："你真有本事，能让我女朋友笑得这样痴头怪脑！"

方志追到了朱岚，这个事实乎让我整个星期怅然若失，当时我以为我嫉妒，多年之后回过来看，我才明白我是惋惜一朵鲜花插在牛粪上！这么说方志当然很不够哥们，不过我跟他算哥们吗？只不过我没从他身上闻到什么让我明显过不去的异味罢了！我是个怪人，我注定不可能有什么哥们的！

方志不是不想把朱岚带回到公寓来过夜，我也不是不懂眼色的傻瓜，可朱岚从来没让他带回来过，这使得朱岚在我心里的形像始终穿一袭紫色长裙，飘飘若仙。

逼我从方志的公寓里直接搬回寝室的是一件对他而言无足轻重的小事。那天他和我一起去隔开三条街的外国语学院，我们在英文图书室翻了一会儿《国家地理杂志》和《时代周刊》。他捅我一肘子："喂，想不想尝尝西餐？"他的眼神像青蛙吐出来的舌头，射出去黏在两个金发女留学生身上。方志挑衅地问我："你闻得到她们身上的骚味儿吗？"我使劲向远处吸了吸鼻子，摇摇头。方志说："你用鼻子嗅不到的，我一看就看穿了！"

他走过去和两个洋妞搭讪，我不太敢相信地看着他，小子勾搭女人的本事真是出神入化，我英语比他好得多，可他竟然能自如地运用他词汇拼盆的破外语，对两个女生不断强调"双份约会"。金发女郎惊讶地抬头看着方志，又向我眺望，臊得我恨不得找个地缝钻进去，就在我走投无路的时候，方志风一样卷过来拿起书包，在我头顶拍了一下："快！搞掂了！"

我热头胀脑跟着方志跑出图书室。简妮是个和方志一样的高个，苗条玲珑，阿尼塔比我矮一点，丰满得有点过头，像个加多面粉烘出来的圆餐包。阿尼塔大大方方和我打了招呼，她算是派给我的约会对象。方志一边和简妮打趣，一边回头问我："好不好？要不要换？我哪一个都无所谓！"我对他摇摇头，不过他没懂我的意思。

方志选的酒吧就在留学生宿舍对面，看样子他是常客，他进了门，对我们说："先来个披萨吧，吃饱了好干事。"他打起响指，要了两个大的香蒜披萨。

我竭力敷衍着阿尼塔，她浑身洋溢波浪般力量，伴随她的一言一动。一股毫不羞涩的膻气从她两只腋窝里浓烟般冒出来，把我熏得像吃了十棵青薄荷。方志对我使个眼色，悄然说："我点了蒜披萨，吃下去你就闻不到她们的气味啦！"

记得他点了两瓶红酒，不停请洋妞喝，司马昭之心，路人皆知！我陪着喝了几口，心里一直在打小算盘。天哪，看这个架势，今天要玩真的了，可是，可是，我真的还是只童子鸡呀！

阿尼塔追着我问中国人的遗传基因中有多少蒙古成分，两只眼睛分得很开的中国人是不是都是成吉思汗下的种？我指着方志说这是他的专业，我的专业是不说话的那一部分生物，我也不研究学术对象的基因，光分类就够我忙活一辈子了。

简妮凑过脸来说她对分类学有兴趣，说着她把她的黄牛皮书包倒提起来，"哗啦"一下把里面的东西都倒在吧台上，高高兴兴整理起来。我仔细一看，看见了一些朱岚那样的中国女生没有的东西，彩妆粉啦，眉笔啦，防狼喷雾啦，美国牌子的避孕套啦，还有一种白色圆片片的东西，我不知道干什么用的，就悄悄凑到简妮耳旁问她是什么。她看看我，她的鼻子近看起来，挺得像把涂过油的新机枪，眼睛亮得真像猫，她说："这是给你贴在屁眼上的。"我缩回脖子，不敢再多一句话。

我们很有次序地吃了每个人的那半张大蒜披萨，现在我们出去叫出租车，能把司机熏到闯红灯。"这样，"方志一口喝光他的红酒，"我改主意了，听着，我们这么安排……"

我们三个紧紧盯着他的眼睛，听他比手划脚用破英语乱点鸳鸯谱。方志说："我决定和阿尼塔一起回我的公寓讨论基因测序的问题。他么，"他用手指指着我的额头，"去简妮的宿舍，和她一起搞一搞分类！"

这个临时决定让我如释重负，虽然吃了大蒜披萨，阿尼塔在我喉头种下的薄荷还是越长越壮，简妮没什么特别的气味，她有点酸，不过在正常范围。我看看她，自尊心让我绷得很紧，也许她会说宿舍很乱没整理过之类的话，虽然那样我不必再担心童子鸡问题，不过她还是会敲破我的心。好在简妮用她的猫眼睛仔细看了我一看，露出一个微笑："不成问题！"

不成问题？她想说什么？我琢磨着她的调调，不由又看她一看，她实在很标致。

我们兵分两路，挥手告别，我心如鹿撞，跟着比我还高半个头的洋妞往她的宿舍走，我回头望望方志，他公然在马路上搂着阿尼塔的蛮腰，亲热得像找到了亲妈。

女留学生宿舍飘荡着一股女用香水味儿，夹杂着楼层洗手间飘来的浓烈的漂白粉气息，简妮用钥匙打开门。留学生都是单人宿舍，把我们的宿舍比下去成了马厩，她一房一厅的宿舍整洁得像个刚做好的奶油蛋糕，天蓝色基调上点着白色。简妮耸耸肩："我喜欢分类。"

我们就此谈起了分类，她基本了解大多数欧亚常见庭院植物，对这个城市的植物，她仅仅对香樟树和金银花树表示毫不知情。我把欧洲树木分类直接对比了美洲树木分类，我告诉她这里满大街被喊成法国梧桐的大树其实在植物分类学里的学名是美国梧桐，是法国梧桐和英国梧桐的杂交品种。简妮猫眼睛亮闪闪地发表她的意见，建议这个城市引进美洲的金合欢树和欧洲的栗树，这样春天和夏天的色调就不至于如此单调。

我们一小口一小口喝着她煮的美式咖啡，倒是相谈甚欢。我觉得她很俊，她乳房不大，身材骨感，躺下来像自然博物馆修长的恐龙骨架。我说："简妮，可不可以在你享尽天年之后，让我收藏你的骨架？"她认真想了想，说："人一老，骨架就收缩，变脆，不好看也不好摸了，要不，就让你收藏我的头盖骨吧？你如何分类呢？"

我绞尽脑汁，想说句幽默的，简妮把咖啡壶和咖啡杯收拾到一边，对我说："废话说完了吗？"她有点生气地瞪着我，咬着自己的嘴唇。

　　我心狂跳，我愚蠢地摸摸她的脸颊，摸了一手毛茸茸的汗毛，又去拉她的手，她把我手一甩，粗暴地一把握住了我的裆，那里早就硬了，比任何其他身体部位都实诚。她叹了口气，叫了一声好听的，脸就凑了过来。我吻着她，不如说她吻着我，让我透不过气来。我挣脱开，满面羞惭地用英文告诉她我是一只童子鸡，她困惑地看着我，终于听懂了，她说让我们把意外当成惊喜吧，她说我们不如这样，她跪了下去，解着我的裤子扣，我抬起脸，感到一塘温热的沼泽，沼泽里所有的植物都膨胀开枝叶，飞旋起来……

　　回到公寓已经很晚，方志一个人坐在我靠窗的单人床上抽烟，送一个个烟圈到窗外去，他疲惫地看着我，脸上有条条汗迹。他问我："怎么样？吃掉童子鸡啦？"

　　我点点头，不知道说什么好，于是也问他："阿尼塔？"空气里已经没有阿尼塔种的薄荷，也许她早就离开了。

　　"我没有同她做爱。"方志说，"没打算和她做爱。"

　　我嗅到房间里有一股淡淡清香，让我想起什么悠远的情怀，方志说："我和朱岚做了，就在你的单人床上。就是这个傍晚。"

　　我的心像被他一把揪住，刺痛得想弯下腰去，我说："你不是带着阿尼塔？"

　　"是呀，我是特意带着阿尼塔，她当观众，这是我的主意！"方志拿着烟屁股，打量着我。

　　"啊？"我觉得喉咙里长了毛，毛在气流里动。

　　"你不懂吗？朱岚像一块金枪鱼刺身，单吃太寡味，需要一块芥末，阿尼塔不单是块好芥末，她那气味儿，简直是块法国奶酪！"

　　我一下子到达了我的极限，我以我能表现的最大的冷酷说："闭上你的鸟嘴！"

我飞快拿了我自己的东西，剩下的几本书拿不了了，我转身走出了方志的公寓，结束了我们的室友生活。

他在我背后喊道："走吗？可惜了！我还想着让你当下一个观众呢！"

我回过头，给他一个中指。

三

一直到毕业，我和方志都若即若离。他在毕业前夕和一个本班的女生在小树林里折腾，由学校总务部门人员临时组织的校卫队巡逻时撞上他的好戏，他放下女同学裸露的大腿，对着那怀有捉奸激情的中年男人一个右勾拳，登时打落了两个大门牙。方志被学校记了大过，毕业没单位要他，只好自己花钱去了澳大利亚，听说落魄在一个赌场里当21点庄家。这吻合了他在寝室楼里大喊"一缺三"的形象。

我没有成为什么达尔文型的生物分类学家，而是被分配到这个大城的园林局，研究到底使用哪五十种树和哪一百种花卉来妆点城市。品种超过这个数目是不经济的，少于这个数目又过于单调。为了体现与时俱进，我还负责向上峰推荐新的引进品种，隔开两三年让城市的树木花卉出现一点新面孔。

引进植物这件事让我有机会去了几次澳大利亚。躺在悉尼园林部门安排的小公寓房间里，我百无聊赖地把脚搁在阳台栏杆上，用傻瓜像机拍摄自己的旅游鞋，换上不同的热带花卉当鞋子的背景。我已经结过婚，又离了婚，个人生活就像一个数月没打扫过的餐桌。我已经没有校园里那种洁癖和矜持，如果这时候有个什么澳洲女同行来访问我，我是不反对和她调调情的，只要她看上去还是个女人。

突然，我想起了赌场里或许站着我的老相识方志！

我去了赌场，灯火璀璨，人头济济。里面几乎一半赌客是中国人，有男中国人，有女中国人。男中国人赌钱时表情很丰富，女中国人赌钱拉着一张脸，像在做面膜，筹码像山一样堆积在她们面前，充当这些温州婆娘的首饰。

我找了两圈，哪里有什么方志！我甚至向一个穿深色西服打蓝色领带、耳朵里挂着对讲耳机的警卫打听了一下，他毫无笑容地摇摇头，似乎识破我在耍什么花招。

我无聊地在吃角子老虎机上弄光我的小筹码，走出赌场，悉尼星光灿烂。我想走走，可马路太落寞，没什么行人，还是回去睡觉比较踏实。我打了个哈欠，扬招一辆白色的出租车，车溜过来，司机戴着一顶有檐帽，缓缓从车窗里探出脸来："你怎么在悉尼？"

我一瞬间感怀得稀里哗啦，方志显老了，他戴着一副无框眼镜，眼镜腿上挂着吊线，很沉稳地看着我，既不亲热也不生分。

他找地方泊了车，我们重新走回赌场。在赌场门口，方志问我："是要大赌一下还是弄点小钱喝酒？"我说："你还不了解我？"

他笑了，说："那就速战速决。"

我们靠在一张比较空的21点赌台上，他下了赌注，轻松地赢了一把，可是他不接着赌，收过筹码就和我聊起天来。原来他真的在这里打过工，管发牌，曾经好好琢磨了一下各种赌技。隔开几圈，他又下注，又赢了，他看看我："你对赌博一点兴趣也没有，既然这样，喝酒的钱也有了，我们去那边酒吧吧？"

我喝着杜松子酒，这是他推荐的，我问他："太太等你回家？"

他点点头，说："你认识她。"

我怎么可能认识他在澳洲娶的太太？他沉稳地说："以前我都一

直单身，我怎么可能轻易结婚呢？后来我赢了一点钱，离开赌场去工厂当了生产技术控制员，想想结婚也好。"

"她是谁呢？"我眼前出现肥胖的女留学生阿尼塔，金头发，白得像练习簿，她是澳大利亚人吧？

"朱岚来了悉尼，我们就结婚了。"方志平淡地说。

朱岚？我都快把那清纯的紫色裙子埋葬在记忆的落叶里了。

我们喝着酒，我似乎找到了一个可以安全倾诉的人，方志在月亮上，我住在地球，对于他，我不必顾忌什么隐私。我说出了我对于生活的愤懑，凭什么让我在一个没有出息也没有入息的位子上一辈子划拉什么行道树和景观花呢？我的前妻瞒着我和她的上司眉来眼去，等有人告诉我的时候，我在人行天桥上花二十五块钱买了把带血刃的藏刀。我走进她公司找到那个瘦削的投资银行家，他第一眼看我就明白了怎么回事，他风度翩翩向我竖立两只手掌，想分辩什么。我把藏刀取出来，他的女秘书见了鬼一样尖叫着冲出门去，可我立刻意识到这只是一出闹剧，我哪有什么勇气把刀捅进他的肚子？我猛地把藏刀拍在他的文件堆上，连声音都没有拍出来，丑死了！我转身一步步走着逃了出去，特别不想碰到我前妻，可她慌慌张张从什么地方奔了出来，和我撞了个满怀。我一声抱歉已经跳到喉咙口，可是，她泪水一下子溅到我手背上，她拉住我："你！你把他怎么啦？"我一瞬间看见了命运的嘴脸，我不是冰了，而是从头到脚冻住了，我想说"离婚"两个字，可这不是像个枪毙犯硬要先喊一声"开枪"吗？我甩开她手，回家取了我的东西，再也没有见过她，再也没有接过她一个电话……

"去我家吧？朱岚对你印象可好呢！让她做夜宵。"方志沉稳地听着我的故事，没有说什么，他点着头，完全成了一个我不熟悉的中年男人。

"不想见朱岚。"我强调地告诉他。

他喝着他不带酒精的饮料，说："别钻牛角尖，女人就是女人而已，和其他无关。"

方志和朱岚的家在一个靠近海岸的公寓里，他们住在顶层，去往顶层的电梯里，有一股子让我想起铁锈的清洁剂气味。

朱岚已经闻讯站在门口的垫子上，她带着一种疲倦的亲切，笑看着我。我也使劲微笑着，不知道这个我不认识的肥胖的中年女人是谁。她闻上去像一个储藏室，里面有罐头、肥皂、保鲜膜、空气清新剂、杀蚊水、卷筒纸和猫粮。

朱岚张开双臂，披肩丝丝缕缕从她肩膀上挂下来，我极其不大方地让她拥抱了一下，她的胸脯并不壮实，而是柔软和隐退的，她说："又见面了！老朋友！"

我努力掩饰我的困惑，像要把被拉链拉破的线头塞回裤子洞里那样徒劳，我呻吟般说："真是不好意思见你！"

朱岚大笑起来，她的笑声打着旋，迅速地在楼道里翻滚，好像洗衣机的泡沫一下子淹没了我们三个。

方志去倒酒，朱岚端坐在我面前的布艺沙发上，将裙子拉向膝盖："你的鼻子？还是闻得出一切真相？"她的表情不是调皮，而是一种认真，带着些虔诚。

"连串的日子有千奇百怪的霉味！"我并没觉得我答非所问。

朱岚又咧开嘴笑了起来，她的牙齿洁白而珠圆玉润，可是，我并不认识这个妇人。我认识的朱岚穿着紫色的裙子，这位太太绝不合适穿紫色的衣服。她能穿什么颜色呢？酒红？铁锈红？绛色？还是鲜红？

方志请我喝的是威士忌，我们大口吞咽着被冰块搞得外凉内热的酒液，终于放松下来。我先是认出了方志，接着我就认出了朱岚。

"你以后来悉尼，不要再去旅馆，就住在我们家。"朱岚脸颊添了一层红晕，她甜蜜地哄着我。

"就像那年我们住在同一个宿舍？"我有点挑衅地问方志。方志眉毛一挑，看看朱岚，回过眼来对我笑了一笑，要多端庄有多端庄。

"你快乐吗？"趁方志去洗手间，我借着酒，粗鲁地问女主人。

朱岚愣了一下，她更深地绽开脸上的笑纹："别孩子气呀！问这种青涩的问题？"

她站起来，把我扔给方志，方志又打开了一瓶新的威士忌："我喜欢威士忌，听上去老掉牙的东西，可是真能让人暖和！"

"悉尼的夜很凉。"我点点头。

不一会儿，朱岚就在厨房里嗲悠悠地喊起来："夜宵好啦！吃上海馄饨！"

走出公寓，夜空里布满了明亮的星。我的臂弯里留着朱岚肉桂般的温暖体味，她结结实实拥抱了我，向我告别。

"要去找美女吗？"方志问我，"悉尼我熟，按你的品位……"

我的骄傲荡然无存，我已经有两年多没近女色，每次都是自己解决。我的沉吟告诉方志我的欲念，他把我塞进他的出租车，载我到海滨一个近乎完美的高档红灯酒吧。

我看上了高个妖艳的露西，她有一头红发，她的腰肢和丰臀中间有个急转弯的弧度，她优雅如同一个贵妇，气味儿清香带着咖啡的涩。方志的英语长进很多，他说："我亲爱亲爱的露西，请你安慰我的兄弟，他在女人那里遍体鳞伤，请你一定要整晚陪着他，直到明天一早我来接他！"

一夜风流，男人和女人，互相不问过去，不谈伤痕，完全而纯粹的性事，凝练得像块水晶，浓烈得像陈年花雕酒。

一大清早，我喊了出租车溜之大吉，绝不和方志再打照面。我没有留他手机，他也没有我的，这样正好！

澳大利亚，就像一个梦。

四

日子久了，我怀疑我和方志不是同一种人类。

上帝造人的时候，一定按他老人家的意思，做了不同的批次。每个批次放的料是有仔细差别的，每代人降生下来，上帝如一个妙厨，拈起不同的批次，浑成我们的世界。

我把女人当成一只在伞状花序上飞舞的蝴蝶，我远远看一会儿，慢慢挪动我的脚步，伸出手去够它，轻轻柔柔地一捏翅膀，举到鼻尖上仰头崇拜那神奇的花纹和粉鳞。然后我不知道该怎样对待那蝴蝶，生怕沾掉它的彩色碰落它的尾型，只好张开手，放它飞去，看它在花枝上起起伏伏，让我心痒难熬；方志如果也把女人当成漂亮的蝴蝶，他就抄起一张捕虫网，劈头盖脸地罩下去，把蝴蝶从网兜里生生拎出来，甩动它们的翅膀，让它们在他手心里扑腾，欣赏动感和绝望的美，心里充满占有的快活，然后，看看蝴蝶折断的翅膀，他轻蔑地把它往草丛里一丢，又兴高采烈抄起他的网，向新的目标直跑。

事实上，女人喜欢被方志这样的人占有，却对我无知无觉。

慢慢我也消耗了我的荷尔蒙，浪费尽了自生自灭的青春，我觉得自己有了中年人的步履，走路摆动手脚渐渐有了鱼划水的雍容，我在安静的水里生存，嘴一张一合，吐出空气。

和方志一起在小树林里被校卫队撞破的那个女生命运多舛，坐上了那架万古神秘的马航班机，躲藏进了时间的空隙。我班同学百般等待之后，终于在学校召开一场追思会，准备会后再去附近古城的公墓地拜祭她的衣冠冢。

　　方志算是有良心的，他从澳大利亚飞回来参加她的追思会，当然，没有带太太。我事先知道他要回来，自告奋勇开车去机场接他。方志高兴万分地挽住我的肩膀，我们像一对同性恋密友，搂搂抱抱地走出机场大厅。

　　第二天在学校开完追思会，他从一大堆老男生当中跑出来，找到我说："去她坟上拜祭完后，你开车带我兜兜风吧，好多年没回国，都要把故国忘记了！"

　　我们从万坟山上逶迤下来，清新的风吹拂我们的面，让我们有再次年轻的感觉，至少，我们还没有上背后那座山丘的必要，我们挣脱了那座山亘古的吸力，还算自由地向前方飘去。这样的日子真该有些风花雪月的故事，好让我和方志怀怀旧。

　　我们进了江南古城，在一个又一个园林里看千篇一律的太湖石假山和粉红荷花，坐下来喝据说是明前的龙井，嗑着无可推诿的西瓜子。我看看兴致勃勃的方志，从头问他："我们在少年宫剥牛头那会儿，难道你喜欢那种恶臭？"

　　方志连续不断地嗑着多年不见的西瓜子，找到一个间隙："我早就同你说了，我没有洁癖。荷叶香是过日子，牛头烂了，也是过日子。"

　　"那么，记得那个地下妓院吗？那里从老板娘到女孩子都是烂污臭的，你难道觉得能一边和她们混一边追求朱岚？"我躲在荷叶风里，锐利得像一把剪刀。

"怎么同你说呢？"方志露出少有的认真神色，"我知道理论上来说，你和朱岚更适合当琴瑟和谐那一种古典情侣，不过，上帝没有这样子安排。"

方志看我不依不饶地瞪着他，只好又说下去："你不懂女人，女人也是动物，动物通过某种亘古不变的性心理寻找伴侣，不通过琴棋书画。"

"我只懂植物。"我萧瑟地说。其实我连植物也不太明白。为什么有的时候植物拼命开花拼命结果，有的时候却空戴一身绿，经年无花果？

"你知道，我并没有你臆度的那种追女孩子的经验，我不追女孩子，我是看女孩子。所有和我上过床的女人我都是第一眼就看出来的，看出来她心里想和我上床，你懂？"

我很嫉妒，天哪！我不能否认我嫉妒得要命！不过，他说的是真话。

"连朱岚第一眼看你也是那样？"我虚弱地问。

"当然，她是个处女，不是个荡妇，你能明白这个区别。不过，其他就没有区别了！"

"你这头大种马！"我脱口而出，"糟蹋不少好人家女儿！"

"呵呵，"方志笑了，"也不好说是糟蹋，彼此都得到了自己想要的。如人喝水，冷暖自知呀！"

按捺不住他久违故乡的情绪，方志开始向我大肆回忆他当年混乱不堪的艳史，反正事情都已经过去了，人事都变迁几十年了，他毫不避讳牵扯到我认识的女人。我听到瞳孔放大瞠目结舌，原来记忆中某些圣贤般的女师尊、呆若木鸡的傻姑子竟然也在方志的床榻上一展她们隐藏得天衣无缝的天姿！方志说："我后来意识到，我的能力的确是异乎常人的，有一次我在一个女人家里和她一起高潮到昏迷过去，一起无知觉地躺了半个多小时才醒过来。"

"不脏吗？"我叹息道。

"又来你的洁癖！"方志断然道，"洁癖太大就不好过日子了。"

我们在古城里吃过鲜甜重油的老菜谱，方志抹抹嘴唇上的油腻："去唱歌吧？"

我们进一家装修得古色古香的歌厅要了房间，莺莺燕燕的年轻女孩子走进来跟我们对对眼，我拿着歌本百无聊赖："你看看商业场所的女生，有一眼让你看出心里在要你的吗？"

方志说了实话："真没有，她们只要我的钱包。"

我挑了个娴雅模样的女生坐在我身边，方志看来看去，叹息道："老了，就单单唱唱歌吧！"

他一个人选了好多老歌，放开喉咙飙起响亮的高音：小伙子你为什么忧愁？为什么低着你的头？……

我身边的女生在我耳边说："他唱得真好，是歌唱家？"

"他是著名的唐璜。"我说。

我和那女生跳起了慢舞，似乎轻飘飘地回到了大学舞池，时间在这里哗变，血液哗哗流淌成春天河流。我一把搂紧了这个娴雅的陪唱小姐，她身材曼妙，是个长得顶呱呱的女人。

我一把兜住她丰满的臀部，在她耳边说："我想上你！"

她的鼻息烫起来，呼在我的胡髭上："好的。"她叹息道，"好的！我也想了！"

我们三个从歌厅出来，女人软绵绵靠在我肩上，我打开车，她立马坐到右边的前座上，一只热乎乎的手放在我膝盖上。

方志坐到后座上，他叹了口气："难得回来一次，明天就要飞，看来再也没有看得上我的女人啦！"

鬼差神使，我说了一句："什么话！她就觉得你歌声极好！"

"是吗？你真觉得我唱得好？"方志向前倾身过来，凑到女生长发旁。

"是啊！你唱得真男人！"女人由衷地说。

方志第一次在我面前对女人露出黏糊糊的表情，他抓着自己的头皮，让我恶心地说："可惜你看上的是我兄弟，否则……"

女人乖巧地沉默，只是露出一笑，手轻轻在我膝盖上捏了一下。

"要不，我们一起去她家里坐坐吧？"我说。

"如果不让你觉得反感的话。"方志迫不及待。

车驶在古城狭窄的石板路上，女人抓住我膝盖的手指慢慢僵硬下来，放开了。我们走进她的家门，这是一个简陋的租来的房间，卧室一张大床，客厅里放着一张八仙桌，连沙发都没有，是啊，她确确实实是一个出售人生的女人。

方志尴尬地看着我，女人也偷偷看看我，我挥挥手，说："我在客厅里看杂志。"

方志完全不像那个在发臭的牛头前泰然自若把牛脸翻开刮掉烂肉的少年，他用一种恶心的腔调对我说："要不，一起上吧？"

女人转身进了卧室，我拿起一本奇怪的全是发型模特的杂志，觉得对女人身体的渴望还留在我的小腹，心里已经漾起了一阵又一阵的恶心和反胃，方志愣了一会儿，也钻进了女人房间，关上了门。

这个门是如此瘠薄，挡不住任何的声音，我如同一个孤独的听众，听着一把胡琴和一支竹笛，胡琴拉得虎虎生风，竹笛幽幽噎噎，我浑身燥热，把杂志翻破。一股股又酸又腥涩的气味从门缝里钻出来。几次三番，我站起来想走，可是怎能把方志一个人扔在这么个地方？

他的能力不但使我惊诧，让我汗颜，居然还使我愤怒起来："为什么他这种人天生有这样的能力，什么样的女人到了他这一出戏演出来的时候能够不着迷呢？那个卖春的女人现在已经不在工作而是在发狂地享受了，她的静夜曲能把所有的邻居唤醒，甚至把我们这几个不名誉的夜虫扭送到警察局去。他停不下来，他纯粹是一头种马，他带着羞耻对女人说："我要赶紧了，我弟兄还等着呢！"

女人喊叫道："不要，不要停下来，不要你的兄弟碰我！"

我静静走出房间，站立在楼道里，一片漆黑，我问自己这是什么样子的人生，谁抛弃了我？谁把我扔在这个奇怪又羞耻的地方？在来这里的路上，我还期盼着和这女人取乐一番呢！我满头沁出了汗，觉得自己浑身挂满了木牌，上面反反复复写着一个字……

终于，天露出了微微鱼肚白，方志从门口探出头来，艰难地说："兄弟，我实在对不住你了。"我摆摆手，走回去。女人的卧室关着门，我敲敲门，进去，看见她虚脱地靠在床栏上，披着被单。我把皮夹打开，把我所有的钱币拿出一半，放在她床沿上，我知道方志给过钱了，这是我想要给的。

女人哀怨地看了我一眼："这怪你自己，本来是你把我勾引起来的，本来我是准备给你的。"她指指钱："我不要钱，我只是个坐台拿小费的。"

我们从这栋灰蒙蒙的房子出来，坐上车往大城方向开，我不说什么，方志也不开口。很多很多日子已经在我们之间流过去，我们是打小认识的，就算不是朋友，也是老同学老熟人，而且互相不隐瞒自己的隐私。我们是两个男人，不管活得窝囊不窝囊，女人自始至终都是我俩的灾星，让我们没有当男人的自豪感。

方志住在市中心的宾馆里，我把车开到旋转门口，他从车上下来，我想下来和他道别被他拦住了。

他居高临下看着我说："悉尼见！"

我仰望着这个非同一般的老兄，用尽我所有残存的幽默感说："不见不散！"

他的背影从我视线里消失，我把车开下车道，也不知道往哪里去，就一直顺着这条大道往前开。一路上那气味儿真让我不好受，我闻见种种不存在的臭味，它们从我四肢百骸里冒出来，直到我看见一道红砖墙。我打开车门，连锁车都忘记了，我干渴得要命，又觉得快要淹死，我跑进国际礼拜堂，对着一位穿白袍子的说："牧师，求你给我一杯水！"

他给了我一本《圣经》，我跪下来，把脸埋在书页里，泪水湿了书页的香气……

电车咖啡馆

一

大马路车流如潮，拐角上特意保留一块绿地。绿地外侧是拐弯的人行道，里侧紧靠同芳里一排三层楼房子，房顶有露天晒台。

规划绿地的人纠结于私密感，在绿地和楼房之间移植了高大的松树、柏树和水杉，绿地不光是树木镶边的一片草地，草地中间还种了橘黄色的美人蕉和高杆红百合。

爬到十字路口过街天桥上，来个三百六十度环顾，风景是这样的：近处是快一百年的老住宅，间着不高的新式商务楼，远处拔地而起一支支玻璃剑，全是这十来年外国财团投资的摩天大厦。东西向大马路，车流像熔化的金属碎末，淌个不停，南北向马路窄，流通不畅，看上去就是满员的停车场，而绿色只有拐角上这一块，宛如一枚孤零零的翡翠嵌在水泥地里。

园林局对商业局屡战屡败，市民原以为这块象征意义大于环保价值的绿地能为园林局挽回点脸面，爱好绿色的环保人士可以面对车水马龙躺在草上晒晒日光浴，结果却是一辆七十年代的老电车被分段运到绿地上，一群灰衣灰裤的工人电焊着把车厢重新组装起来，细细的电车辫子翘向天空，长长的车身中间镶着手风琴式的纯黑折叠缓冲橡皮，车窗玻璃是老式单片，可以用手上下扯动……这是搞哪门子花样？

好奇了一礼拜，答案出来了，绿电车肚子刷上白油漆写了黑字招牌：老电车咖啡馆。

二

老电车咖啡馆开张了，天上落下条大蜈蚣趴在袖珍草地上，前门外头支了张木黑板，白粉笔写字：试营业，所有饮品八折，消费一百元送老上海邮票。

费冬佳面白如玉，戴阿玛尼玳瑁架眼镜，穿白衬衫牛仔裤，他一次次把额头的软发撸到头顶，又任它们掉落回来。他是在东京大学留学的中国学生，刚向东大请了半年实习假，其实是回上海歇息歇息，什么都不想，什么也都想一想。他慢吞吞走近老电车，踩上前门踏级，往里头张望。

小小吧台占据了老电车车头，就是驾驶座和驾驶座旁边由前横档隔离出的那个空间，拆掉了发动机和凸起的发动机盖。车身加高过，搞出一个二楼，客人可以从车身中间的窄梯子爬上去。费冬佳是九〇后，没见过这种七八十年代有辫子的电车，站在门口觉得憋气。

"欢迎光临！"吧台后一个妇女对冬佳一笑，"随便坐！"

"老板娘好，"冬佳像东京人那样客气地欠欠身，"我是大学生，问问这里用不用服务生？"

女人脸形变了，从客套的圆变成迟疑的蛋，她用铅皮夹子把几块杏仁蛋糕送进小玻璃柜台，抬头看看高个子的冬佳："工资蛮低的哦？"

　　冬佳的笑很耐看，带点羞涩的优越感，他下意识把手伸进牛仔裤口袋，握住自己的皮夹，里面有好些大面额的日元和几张信用卡。他嗓音很磁地回答："不计较多少，就是玩玩。我没见过电车，爸妈以前一直坐电车上下班，所以我想看看电车。"

　　"你样子蛮文雅，我喜欢。"老板娘点点头，"今晚就来上班好了。"

　　"我没事，现在就可以。"冬佳先下车，绕过去从原先驾驶座那边的门进到吧台后，拧开水龙头洗手："我在东京干过咖啡店，不必教我。"

　　才下午两点，深秋有点凉，若是呆在阳光下便不觉得。客人一个都没有，老板娘说："你没见过电车？到处看看好了！二层是加出来的，实际上老电车只有一层，人站直了头碰到车顶。"

　　冬佳从车头位置看过去，电车车厢和地铁车厢差不多宽，前半车厢现在留了六个座位，两两面对，中间三个小小圆桌。老板娘挥一下手，讲："开电车的那些年，车里塞满了人，跟沙丁鱼罐头没两样，座位都是向前的，两旁各一排，紧靠窗，中间可以挤人。"冬佳视线向前爬，又见车厢中间面对面两个长长香蕉座，座位蒙着深红色的人造革，发出淡淡亮光，座位前巧妙地立了几个环形高脚杯托，可以放咖啡杯。香蕉座后面是黑色的折叠橡胶皮。老板娘指指那里："这是电车转弯的软腰，电车常常需要九十度转大弯的，乘客在转弯的时候有的会摔倒呢！"车厢的后半部和前半部一样布置，但座位多了些，尤其车厢底是个长条座位，可以坐四五个客人。透过后车厢长方形玻璃，冬佳望见草地外大马路的车流，一种处身交通洪峰的错觉油然而生。

　　冬佳也顺着铁扶梯上到顶层看了看，其实上面是隔开的几个雅座，透过玻璃窗可以欣赏同芳里的老楼房，或者看看另一侧的车流和马路对面的老字号。

老板娘卖的不是现磨咖啡，车厢里摆不开那机器，也没法通自来水，现在用来洗手洗碗碟的是储水箱里的水，冲泡咖啡有桶装的纯净水，对于这点，老板娘并不在乎，她虽然长相平庸，却有种本地人见过市面的淡定："来电车咖啡馆喝咖啡的人都怀旧，六七八十年代哪有现磨咖啡？都是冲泡的，还没咖啡知己呢！"她每天从南京西路的凯司令进新鲜蛋糕，也是老上海口味。

"有件事我是讲究的，你要记牢！"她用指节敲敲冬佳肩头，"台布不要不舍得换，一定要干净到可以擦脸！每个桌面上有固定的玻璃小花瓶，一支红色的康乃馨，绝不能蔫头，你看到不精神了立刻换掉，这点钱我出得起的！"

冬佳为这个细节有点佩服老板娘，甚至有点喜欢她，他眼睛里亮着小火花，翘翘大拇指："阿姐，侬气派大的！"

"尽量说普通话！"老板娘笑了，"电车曾经得罪过全国人民，你大概不知道？"

三

下午三点十分的时候来了个脸很胖皮肤有点黑的老头，戴一副变色眼镜，身上倒不肥，穿了中式对襟白短褂，挂着斯蒂克。上车的时候他用力拉门口的铁扶手，呼噜噜出粗气，面无表情看看老板娘和冬佳，自己往前车厢窗边坐下来。

冬佳走过去，问老头要什么，老头说："哦，那就来杯随便什么热的东西吧？"

老板娘呵呵笑起来："爷叔，随便什么热的东西？你不会是要喝麦乳精吧？"

"麦乳精？"老头茫然地重复一遍，"咦？还有麦乳精卖？我要麦乳精！"

老板娘从柜台底下抓出个桔红色铁皮圆罐："爷叔，麦乳精现在叫作阿华田了啊，你知道哟？"

老头哦一声，两道花白的粗眉毛垂了下来："我讲呢！哪里还有什么麦乳精？都过去了，唔没了！"

冬佳恭恭敬敬用一只漂亮的棕色托盘送热饮料给他："阿爷，侬当心烫！"

老头抬起脸，变色眼镜在车厢里淡了色，看得见他眼泡上深褐色的老年斑、几粒散发的肉刺和一对浑浊带白雾的眼珠："谢谢侬小阿弟。"他俯下脸慢慢闻杯子里冒起来的热雾，鼻子抽了一下，又一下。

冬佳看见一滴发白的泪珠从老头眼眶里坠出来，掉进杯子，他回头看看老板娘，老板娘也看着老头："爷叔，做啥啦，吃杯麦乳精也要落眼泪？"

老头微微摇晃头发蓬乱的脑袋，头发又细又蔫，白里杂着焦黄，他举起杯子，干裂发黑的嘴唇碰碰里面的热饮，大声对准老板娘说："日脚（日子）过得真快呀！我是在电车里认识我家老太婆的。那时她才二十多岁，现在她没了！"

"阿弥陀佛！"老板娘低下头，咕哝了一声。她飞快地用铅皮夹子夹出一块白奶油蛋糕，放在小花碟子里，对冬佳使个眼色。冬佳小心翼翼把蛋糕和小匙放到老头面前："阿爷，老板娘送侬吃奶油蛋糕，侬慢用！"

"我当时就坐在对面那个位置，在售票员后面，"老家伙伸出抖动的手指，指着对面，"我看见小姑娘上车来，长腿，笑眯眯……"

中门探进一个瘦瘦的脑袋，有个四五十岁的男人笑嘻嘻上了电车，他环顾一番，向冬佳招招手，在香蕉座位上坐下来。

冬佳送上饮料点心单，中年男人的头发老长，向后背厚厚地滑下去，眼睛比嘴更会笑，他看也不看单子，劈头就对冬佳说："哎呀呀，多少年没坐这个香蕉椅子啦？哎呀呀，这不是在做梦吧？"没等冬佳回答，那人两只手摊开在屁股边的人造革上，用力抚摸，仿佛要感受人造革的纹理，他抬起头看褶皱的顶篷，指指脚下铁制带摩擦凸珠的半月形地板："看这个看这个，电车打弯的辰光它会动的！有时候人会滑倒！"

他要了杯咖啡，说："我喜欢坐中门，这个是电车最有特色的地方，有坐电马的感觉！"

老板娘对走过来冲咖啡的冬佳说："好玩吧？城里的怪人都会来的。你年轻，没见过电车。"

被打断抒情节奏的老头看看老板娘，老板娘对他笑笑，老头说："我那天胆子大，一直看小姑娘，看到伊不好意思。她下车我也下车，她倒没当我流氓，问我侬盯牢我做啥，我讲呒啥呒啥，像是从前认得侬格？"

"好意思讲！爷叔，侬花小姑娘有一套！"老板娘托着腮，伏在吧台上，像姑娘般忸怩了一下，肥肥的屁股还甩了甩。那中年人端起热咖啡，歪头听他们讲。

"缘分。缘分罢了！"老头开始喝他的阿华田，"没有了！结束了！辰光过得赛过落雨天打霍险（闪电）。"

中年人头更歪了，盯着老头看。

"勿要伤心，爷叔。"老板娘温柔地说，"看上去侬夫妻感情蛮深，人一辈子，有感情才应该满足了！"

"老太婆罪过（可怜）呀！儿子女儿不孝顺，我又没有铜钿！"老头没接老板娘的嘴，他自顾自把头低下来，啜他的"麦乳精"，"哎呀！才结束了！呒没了！结束！结束！"

冬佳听得心慌，他看看老板娘，老板娘用眼睛向他摇摇头，镇定自若。冬佳压住心跳，站到吧台前，老头长叹过一番倒太平了，一门心思用小匙吃起了奶油蛋糕，他发黑的黄牙有时候露出来，让读东京大学的冬佳看了心里一抖一抖，难受。

喝咖啡的中年人远远对他们三个人开腔："这部电车是几路呀？"

老板娘放下托着腮的手，慢慢站直了："应该是21路。"

"21路？"中年人想了想，"虹口公园到中山公园？经过静安寺和愚园路的？"他兴奋起来，"对格对格！我记得！高峰辰光挤得要死。"

老板娘对这客人比对那老头矜持，她微微笑一笑，并不接他嘴。

"小阿弟，"中年客人就对冬佳说，"侬年纪小，勿曾看见过电车呀？"

冬佳客气地欠身："是的，那时我还没生出来。"

"哈哈，哈哈，电车上故事老多格，多得我今天想都想不全！"客人说，"以后有空，我一点一点告诉你！"

他喝光咖啡付了账，再见也不说，扭身从中门跑下去了，一眨眼就在马路边发动他的马自达，因为喝咖啡时间短，警察没来得及过来请他吃罚单。

老头吃完蛋糕，阿华田还有半杯，冬佳说："阿爷，我帮侬热一下阿华田吧？"

"好的，侬热一热这杯麦乳精。"老头同意。他看看老板娘，老板娘看着他，他说："我勿大（不太）出门，窗门里辣么桑头（一下子）看见这部电车，喉咙里叫也叫不出，眼泪水喷出来了！"

"爷叔勿要激动。"老板娘说，口气平缓矜持、话里有话。

"我快老年痴呆啦，眼前的事情记不好，以前的事倒样样明白。"老头接过半杯热过来的阿华田，"一看见这电车，就像死人都从地里跑出来活了，过去的事情排着队跑到我脑门里，像看通宵场电影，停也停勿下来。"

他抖抖豁豁立起，摸到自己的斯蒂克，在地上使劲撑着，一步步走下前门楼梯去，老板娘讲爷叔慢走啊走路要当心，老头咕咕哝哝，在车门口回过头来看空空车厢："车厢哝没人怪怪的，哪一天电车勿是挤满人？挤得前胸贴后背！"他摇摇头，佝偻身子，像只在草地里用长喙捉虫的仙鹤慢慢走回同芳里去。

四

老板娘有冬佳做帮手，方便回家去做饭了，她关照冬佳有急事打她手机，如果不嫌弃，她给他带热饭热菜来。

老板娘走的时候没客人，车厢里斜进来大幅的夕阳，把一切裹得金灿灿，冬佳置身于市声喧闹中一个废弃的梦境。他倚在吧台上，怔怔地望窗外下班的车流和人群，这样稠密缓慢的人群他只在两种地方见过，一种是现实里，东京和上海的上下班高峰，另一种是电影，人在广角镜头里逃难。

好比一群兴奋的雀鸟，草地上忽然来了几个中年女人，她们尖叫着吐出连环滚珠的本地话，跌跌撞撞从中门和后门涌进了冬佳的梦境，他绷直了，想欠身鞠躬说欢迎光临，不过他愣在那里，凭直觉，太客套会吓到这几个乐不可支的婆妈。

"电车咖啡馆，真是好主意呀！"一个微胖的老阿姨咧开嘴对冬佳啰嗦，"我们这几个以前都当过电车售票员！你说，可不可以给我们的咖啡打个折？"

"是吗？！"冬佳想提醒她们试营业咖啡打八折，不过，话到嘴边，却成这样了："是售票员吗？天天坐在这车厢里卖票？真有意思！咖啡打八折，我再请各位阿姨吃块蛋糕？"

小鲜肉送蛋糕给老女人，今天什么日子？老阿姨高兴到合不拢嘴，她们四处看半天，决定到楼上坐雅座，冬佳打量她们，一共五个，打扮朴素带怪，譬如贝雷帽上坐个小熊、西式套装前襟粘个蝴蝶结，衬衣背上写英文，黑裤子下又露出小姑娘穿的松糕鞋……冬佳上去送咖啡蛋糕，上头正热闹：

"我当售票时间最长，当了二十年！一千两百万上海人，大部分搭过我这辆车，买过我的票。"一个尖利嗓子。

"上海滩所有小偷都在阿姐侬眼皮底下摸过皮夹子。"某个柔和的声音嘲讥讥的。

"呵呵，别说笑话。"另有哑哑喉咙说，"我记得最牢的是司机把车子从南京东路直接开到区公安局，因为车上有老流氓。"

"哈哈，嘿嘿……"五个女人前仰后合笑倒在桌上。

冬佳欠身致礼，放杯盘，他觉得十只发烫的眼睛都在他脸上舔，让他有点害羞有点难受。

"这小男生请我们吃蛋糕，我们怎么能白吃呢？"一个刚才没听到的挺磁性的声音说，这女人年纪最大，心疼地看着冬佳。

"不客气，"冬佳说，"这是各位阿姨有美好记忆的地方嘛！"

"侬有女朋友了哦？"年纪最大的女人问他，其他几个咧开嘴笑了。

"我们帮侬介绍！"她们七嘴八舌地说，甚至伸出手在冬佳臂膊上拍拍。

有新客人在下面招呼，帮冬佳解了围，冬佳下来一看，一个高大的男人，约莫四五十岁，戴无框圆眼镜，皮肤雪白，气色红润，在车厢最后的长椅上坐了，问："这里有台灯吗？"冬佳打开阅读灯，客人先掏出一本放在大衣口袋里的书，又摸出中华烟和打火机，跟东佳要个烟缸。

"我来过一次，"他点点头，向冬佳咧咧嘴唇，"你们这里没我习惯喝的咖啡，我自己带了磨好的咖啡粉和咖啡壶，你会不会煮？"

"我会，我刚从东京回来。"冬佳说。

"看来我运气好！"客人把一个布袋子交给他，拿起了书。

东佳煮好咖啡，送去，想了想，站到楼梯旁，好兼顾上下客人。楼上一直在笑闹，看书的男人在烟雾里开始慢慢喝他自己喜欢的咖啡。

"20路、21路和24路都有很挤很挤的路段，哎哟那个挤呀，"柔和的女声说，"我才没办法去给每个人卖票呢！白坐车的人多了去啦！"

"现在回头看，不能说人家白坐车，那么个凤尾鱼罐头，挤要挤出心脏病，还要人家付钱？"一个没特点的声音。

"我傻，"那尖利嗓子的女人叹道，"我每趟车都挤着去卖票，车队数我卖的票款大！每年评我先进！"

"你被坏人摸屁股也最多！"某个声音急急地说，女人们哧哧地笑。

"那个年代，不算坏人的男人也在摸你屁股！"尖利嗓子又说了，不像控诉，倒像和解。

年纪最大的女人说："车一挤，人人前胸贴后背，也难怪男人三条腿。"

老阿姨说笑一点没顾忌，声音传得车厢里到处能听见，东佳知道她们在谈论电车痴汉，他看看那个读书的男人，男人听见了楼上的谈论，放下他的书，把手里一支烟吸得云山雾罩，东佳觉得他饶有兴致地在听女人的私房话。

"刚才谁说她的车直开公安分局抓老流氓？我搭班那个司机送了个中学生，真正作孽！"年纪最大的女人说。

"这个故事我知道。"一个女人附和道。

"小男生是被那女人的老公逮住的……"年纪最大的女人又说。

"那个老公也真辣手，"附和的声音兴奋地插进来抢故事，"一把捏住人家小男生的嫩椒椒……"

"这太惨了，这小孩子以后还管不管用？"嬉笑的嗓音。

"倒不是管用不管用，送分局一查，小孩子前途毁了，成定性的流氓了！"年纪最大的女人说。

"我可以继续往下说吗？"她卖个关子。

"说。"大家催她。

"别忘记我是售票员，我旁观者清。"她说，"其实被摸屁股这女人自己才是流氓，我都看见好多次了，存心穿了最骚的裤子，勾引男人蹭她，有一个夜里我都看见她回头让身后陌生男人亲她呢！"

"咦，真恶心！"退休女售票员们集体发出嘘声。

"有什么办法？那年头又没妓院，男人没地方去，女人更没方向！电车里可以挤成一堆，你情我愿的话，抓也没法抓！"年纪大的女人说。

冬佳听得不自在，他走去后车厢，看见读书的男人不但没捧起书来，还伸长脖子往上层张望，好像想知道那些叽叽喳喳的女人是谁。

冬佳为他倒咖啡，说："不好意思打扰您了，楼上有一群以前的女售票员。"

男人点点头，掏出红烟盒，递给冬佳一支烟，冬佳说我不抽烟，男人把烟放在咖啡杯边上，问他："你这年龄，挤过电车吗？"

冬佳说："电车没坐过，坐过巴士和地铁。"

"我没说坐车，我说的是挤车，显然你没挤车这概念。"男人笑了，他伸出右手让冬佳看，无名指上有个伤疤，"这是那个冬天我想挤下车来时让车门夹的。"

"有多挤？"冬佳想到东京地铁，人和人之间只有一个拳头的距离，那算挤吗？

"多挤？"看书男人自言自语，"怎么说呢？"

楼上女人又喧哗起来，尖利嗓子在说："是哟，在又闷又热的车厢里挤着，吵架的人太多了，打起来的都有。"

"呵呵，吵起来无所谓，上海人互相能打起来，那算挤到一定程度了。"另一个女人说。

男人用手指往上指指，又拿另一只手掌在耳朵后圈一圈，对冬佳笑："她们才清楚有多挤嘛！"

"不过，"他说，"你的确常常像热恋一样紧贴着前面那位女士的胴体，后面还有一位女生那样体贴着你。"

"想象不出。"冬佳说，他脸红了。

五

老板娘给冬佳带了自己做的饭盒，大米饭上有笋干红烧肉和炒青菜，她让冬佳到楼上空着的小包厢慢慢吃，这样，冬佳似乎隔开一道板壁参加了女售票员的聚会。

这会儿她们在回味当年的工资。

"夫妻都这么几十块钱死工资，要养活自己和小囡，唉，这日脚哪能过来格？"

"所以阿姐侬要有成就感嘛！"

"阿拉一辈子有许多天是在马路上兜来兜去，身边人上人下，像粘在蜜糖上一大团蚂蚁。"

"这叫天天荡马路，人气交关高！"

那个柔柔的嗓音说："今天没找到宛虹，她应该来吃吃咖啡，伊是当年上海滩电车第一美女嘛！"

"哎呀，多少年没见过宛虹了，伊现在做啥？"年纪最大的女人问，"我和伊搭过一年班，前后车厢卖票，交关多风流男人专门来挤阿拉电车，就为了看伊。"

"啥叫看伊？现在说法叫想泡她。"尖嗓子的女人说。

一个神秘的声音，好像前头都没说话，现在开口了："你们都不知道吧，她被男乘客泡了！"

"啊？"

"你们嘴太快，我松松口，过两天她就会找我兴师问罪的，我不说！你们自己问她。"说话的女人咯咯笑。

"我能说的就是当年泡了宛虹的男人现在是个名人，而且年纪比她小很多呢！"她又忍不住吊别人胃口。

"依讲勿讲故事？"年纪最大的女人问，"不讲也行，我把依第二句话录音了，放给宛虹听。"她开始摁手机放录音。

"哎呀，"吊人胃口的女人喊起来，"阿姐，侬太坏了！"

冬佳吃完了，收拾收拾自己的好奇心，赶紧下去帮老板娘，这时又来两对水嫩的情侣，分开在前后车厢点咖啡谈心。

看书的男人在看书，冬佳过去看看有什么需要服侍的，男人抬头对他一笑："楼上女售票员谈兴真好！"

"打扰您看书了吧？"冬佳说，"前车厢安静些，要不要换个位子？"

"不用不用，"男人说，"我在听她们讲电车，自己也回忆。"他摸摸刮得发青的腮帮子，"她们说到我的熟人了！世界真小！"

"是吗？是这样啊！"冬佳不知道如何回答，就学日本人的虚应。

男人的眼光很遥远地向秋日还留点青白的暮色望去，他点点头，欲说还休，喝了口咖啡，又翻了书页。

这天很晚时候，老板娘差不多想关店了，下午来过那个长头发的中年男人又从中门钻进来，他的两只长长的眼睛笑着，有点口吃："我……我……我要一杯咖啡。"

应该是在哪里喝了酒，这人脸颊红红的，他环视四周，拉着铁栏杆爬到上层包厢去了，老板娘有点担心："赤佬喝醉了吧？不会拿这里当旅馆？"

冬佳送咖啡上去，长发男人高兴地说："电车咖啡馆太好了，我每天都想来！"

"您住附近？"冬佳问。

"我住得好远，特地开车来的，"长发男人吐出一股酒气，"我把车停马路边了。"

冬佳说："我们快打烊了，不是通宵营业。"

"没关系，我坐一会儿就走。"男人和气地说，"没想到这辈子还能到电车来。"

"您这么喜欢电车？"冬佳觉得不可思议。

长发男人伸出右手抹自己油腻腻的长头发，他的笑容真的很有特点，眼睛如桃花般温柔如月色般明亮，嘴角却只有淡淡笑纹。他腼腆地说："我不好意思讲，我年轻时候天天要挤电车。"

"上学挺远？"冬佳转身想去和老板娘说声客人不会久坐。

才转过身，长发男子拍拍他手臂。冬佳转回来，男人说："我还没回答完你的问题。"

冬佳赶忙欠了欠身："不好意思，我失礼了！"

"没事，"长发男人眼睛放飞出一堆互不相容的表情，像小孩准备卖弄什么糖果，怕人家骂他，又按捺不了自己，"我上学不远，我爱挤车的原因你能理解，我……我……我是一个电车色狼。"

冬佳睁圆眼睛看长发男人，男人的眼睛又单纯快活地笑起来，他说："今……今天没有时间，以后我讲故事给你听。"

他仰起脖子喝干还满烫的咖啡，瘦而坚硬的喉结上下扯动，他放下纸币："我的车停在路边，不知道会不会被警察抄牌？再见！"

老板娘和冬佳透过玻璃窗看长发男人发动自己的破车，他跑路的时候拱着背，一颠一颠，长发从后脑披散下来，老板娘撇了一下嘴："这人走路没走相。"冬佳收拾最后的杯碟，说："世上有很多人有动物相，这个人跑路的样子，让我想起在北海道见过的雪地狐狸。"

老板娘关熄夜灯，在车门上挂环形锁，说："不会有小偷，没值钱东西。"

"万一小偷想喝杯咖啡暖暖手？"冬佳早会了东京式的幽默。

"你注意到没有，"老板娘借着路灯看看冬佳，"这个世界上没有人不付咖啡钱，哪怕他是个贼，咖啡钱不会不付的。否则人会瞧不起自己。"

冬佳琢磨老板娘的话，一个人慢悠悠走在马路边，他给了一个盘腿坐地的老乞丐一元钱，叮当扔在他脚尖前破碗里，老乞丐像个八音盒唱了起来："积德行善，老天保佑你……"

冬佳愣住了，乞丐手里攥着一杯星巴克咖啡，咖啡在深秋的夜色里冒着热气，乞丐尴尬地看看冬佳："天冷啊！"

冬佳笑了，在口袋里乱摸，又摸出一个硬币，本来是往乞丐碗里放，自己也不知道怎么搞的，硬币滑出手去，拉出根软软弧线，竟然掉进了星巴克咖啡杯！乞丐看看手里的咖啡，看看冬佳，扯开嗓门："积德行善呀，老天保佑你……"

六

早上十点，冬佳和老板娘在马路拐角上正好碰到，老板娘笑笑："你可以晚点来，年轻人缺觉，又不是大公司上班打卡。"冬佳耸耸肩："我习惯准时。"

老电车好模好样原封不动趴在草地上，翘到半天高的铁辫子保持四十五度角，老板娘绕到后面门口去开锁，就叫了起来："哪里来的？"

地上一溜放了五盆仙人球，花盆形状各各不同，不过都是紫砂盆，仙人球有大有小，有的密布金黄色小刺，有的疏疏落落挺起干硬的大黑刺，长得非常精神。五盆仙人球挡在门口，到底谁放的？什么意思？

老板娘戒备地四周看看："不会有人对这老电车不爽吧？"

冬佳轻快地笑了："阿姐，我觉得这是谁偷偷送你的礼物。"

他动手挪开仙人球盆，这些盆都仔细擦干净过，有个盆上还有"幽兰"的题字。他们把车窗玻璃放下来通风，秋日高爽的天气带来充足氧分子，如果不是有汽车放黑屁，这个咖啡馆本来算很有园林风味。

上午只有一个客人，就是那个文气的看书男人，他还是付钱让冬佳帮忙煮他自带的咖啡，然后坐在最后一排看书。老板娘瞥一眼冬佳："他带的咖啡那么香，会不会让其他客人觉得我们咖啡不好？"冬佳点点头："会的。"

不过老板娘没再说什么，仅仅撇了一下嘴。到午饭时分，客人合上书，笑说谢谢，走了。冬佳问："我们不能卖中午快餐吗？这样中午就会有很多客人。"老板娘勤快地用一块热水烫过香喷喷的新毛巾到处擦抹，她说："不卖，会把桌子搞得油腻腻。我受不了。"

　　冬佳没话找话说："阿姐，为什么你昨天说电车得罪过全国人民？"

　　"人家挤在车上没办法买票被罚了款，恨上海人欺负他们。"

　　"上海人不被罚款？"

　　"本地人有经验，买票就拍拍前面那人，互相摆渡，钱出去，票慢慢传回来。外地人攥着钱等车空些，哪里等得到？"

　　"查票员应该了解吧？不该罚呀。"冬佳说。

　　"你那样子说是因为你不沾这钱，查票的工资奖金跟着罚款跑，他们坏着呢！"

　　老板娘意犹未尽："有次我看见个北方人带着一大篓子苹果挤电车，时间么是选得不好，人家急着上班，他倒好，去哪里送礼，篓子在静安寺附近挤破了，苹果滚了出来。北方人着急，想捡苹果，人贴人的车厢，他一动，旁边人必定吃了他肘子，被屁股拱。他着急，也不看身边前后是男是女，手乱摸苹果，说不定就摸到哪个的大腿，一片骂声。上海人不可能拿普通话骂人吧？北方人听不懂，只喊苹果苹果，篓子越挤越破，苹果全出来了，滚在大家膝盖上等机会往下跳，他乱摸，旁人急躲，苹果就逃远了。等到了中山公园终点站人呼啦全下车，我都看不懂了，车上只剩几个戳手指骂这北方人流氓的女人，苹果剩下一只，在售票员手里捏着……那苹果真好，又大又红，皮子光闪闪，是上等的国光！"

　　"苹果去哪里了？"冬佳傻傻地问。

　　老板娘瞥他一眼："只有现在的小孩才能问出这么可爱的问题。"

午饭还是吃老板娘带的饭盒，放在微波炉里转热，一起在前车厢吃。吃饭的时候天色转阴，下起了淅淅沥沥的雨，雨越下越大，冬佳放下饭盒，赶着把所有的车窗关起来。老板娘定定心心对付几块红烧带鱼，一边用细碎牙齿咬掉边刺一边说："还好加了一层，顶是新做的，否则肯定漏，老电车的顶上是一排天窗，坐电车未必次次淋雨，不过碰上漏雨也没人会大惊小怪。"

雨水大，客人反倒多起来，先来一拨嘻嘻哈哈没带伞的学生，占了大半个车厢喝咖啡喝阿华田，摊开练习本做习题，当中来了位女客，年纪五十多岁，山青水绿的长相，点点头，要咖啡，在原先后门售票员那个位置坐下来，一直看窗外。下午两点左右，冒雨来了两个戴蓝色大盖帽的城管。

"老板娘，生意不错呀？"年纪大些个头矮矮的城管摘下帽子，往地上甩水。年轻那个高些，不言不语很严肃，戴着被雨淋湿发黑的大盖帽。

"冬佳，两杯咖啡两块奶油蛋糕！"老板娘满面笑，像朵塑料花。

"楼上雅座休息一下？"她扭动矮胖屁股，亲自端着蛋糕带城管上楼梯。冬佳做好咖啡送上去，老板娘正在说话，城管听着。

"哪里能挣什么钱？你们站在这里看一天好了，没几个客人！"

"这电车老大，占地方，有人反映绿地被占了。"

"这和我没关系，谁敢自说自话把这么大个车厢弄到马路上来呀？上头不点头可以吗？又不是天方夜谭！不过，我不能跟你讲上头谁点了头，不告诉你是爱护你，对哦？"

"老板娘会说话。好，我们只是来坐坐，暖一暖身子，摊费用的事情先不提罢了！"

"谢谢老阿哥，有空就来坐，咖啡蛋糕我请客！"

"喔哟，老板娘看勿起我们？咖啡钱不付我们脸往哪里放？喏，钱我先放在桌上了啊？"

老板娘脸红扑扑走下来，对梯子旁立着的冬佳挤挤眼："我昨天说的吧？没人敢白喝咖啡，咖啡和自尊心有点关系！"

那山青水绿的妇人一个人呆呆坐了好长时间，也不起身，冬佳过去问她要不要一杯热水，妇人笑笑摇一摇头，冬佳看见她额头和眼角细密的皱纹，她的眼睛还是亮的，不单亮，几乎还留着夏日的某种炙热，让年轻的冬佳心头一动。冬佳还是倒了杯热水给她，她的咖啡早喝净了。

雨不但不停，反而倾盆下来，仿佛不是秋天，夏天又杀回马枪，只是没了隆隆雷声，光剩下蚕豆大雨点。雨花如黑白蝴蝶在马路上和行驶的车辆上明明灭灭，学生们在雨水泼下来以前走了，现在只剩下城管趴在雅座上睡觉，唯一一个女客托着腮望着雨的世界。

一把伞，一把庞大的银色的伞从南面斜着走过来，打伞人的黑色高筒雨鞋和银色伞面配得很好，伞上是跳舞的白雨，伞下迈动着穿黑雨鞋的颀长的两条腿。

伞到了电车前门，高大的男人倒背身子上车，收了雨伞，又是那个文质彬彬读书的家伙。他似乎无家可归，要来投靠街头的这辆旧电车。

他刚露出雅致的笑容，老板娘就伸出手："你自己带的咖啡？拿来，我帮你煮。"冬佳接过那把大银伞，放在门边的塑料桶里，可惜桶是红色的，把银色衬平庸了。

男人向他车尾的老位子走去，他走几步慢了下来，手扶住旁边的小椅面，他停在中门，宽宽的脊背挡住了冬佳视线，看不见后座的女客，冬佳和老板娘听见那女客一声奇特的叫喊，如同白色水鸟从荷叶上飞起来的感觉，男人喊了声"是你"，车厢里就平地飞出一股气浪，两个客人在气浪里，冬佳和老板娘被气浪驱赶到角落，边缘化了。

读书男人给人一种从车厢地面悬空起来的感觉，他的声音浑厚地发出嗡嗡回声，他低头看那孤独的女客："这些年你到哪里去了？"

冬佳听见女人回答说去了秘鲁开农庄，她站起来向冬佳招手，问道："楼上有地方坐吗？"读书男人对冬佳说："多拿一个杯，就喝我自己的咖啡。"他眼睛闪了水光，差不多要溢出来。

"老情人？"老板娘困惑地问冬佳，"在老电车里碰上啦？"

冬佳做着咖啡，眼睛仿佛看见盛开的丁香花和蜜蜂沾满花粉的细腿，他看出去，看见大雨中的树木，如同毕加索的画，他看见树的年轮。时间呀，流淌着又不让人看见的时间，它就是男女间的秘密吧？

送上咖啡去，车厢里飘着温热的好咖啡的香味儿，城管们听见了响动，从下午的瞌睡里醒来，摸索自己的帽子，站起来要走。读书男人和那女客此刻面对面坐着，手握在一起，冬佳觉得他们互相填满了对方的眼眶，无论是城管还是自己，都不能走近他们。他默默放下咖啡，立刻退后，跟着城管下了楼梯。城管看漫天的雨水，老板娘客气说再坐坐等雨停，两个城管却咕哝一下，高的跟着矮的，一头跳进了雨雾，拔腿向马路上冲去，无论是老的还是少的，都发出孩童般的尖叫，快活地在雨里跳脚……

老板娘骂了句神经病，开始在湿润的空气里拿一块干布到处擦抹起来，她看着冬佳，向上面努努嘴，问道："在干吗呢？哭还是笑？"

"都不是，"冬佳说，"互相看着，好像日本人看樱花。"

"这么美？"老板娘露出小女孩般憧憬的表情。

冬佳看了一会儿雨，不由轻轻走到楼梯上，探出头看楼上的客人：女客手里攥着一条白手绢，在眼角轻轻吸掉泪珠，她嘴角弯弯笑着，看那男人；男人把眼镜拿在手里，正在独白，他称呼这女人宛虹。

冬佳下来，告诉老板娘这女人以前是个电车售票员，是最最好看的一个电车售票员，这是昨天那些女售票员说的，冬佳记住了她的名字。

"那这男的是谁？"老板娘问。

"一个想泡美女售票员的乘客吧？"冬佳说，"如果那些女售票员没瞎说的话。"

"电车是酒吧吗？"老板娘噗哧笑了，"难道电车真是个酒吧？"

应着她的话头，雨水里又噗哧出一条怪鱼，一顶黑色破伞像只大甲虫越过草地，那个长发怪客又来了，他裤管全湿，眼睛在笑，老朋友一般向冬佳招呼："阿弟，来杯滚烫的咖啡！"他四处看看，想往上头去，老板娘伸开手臂拦住他："上面雅座，带女朋友才能上去！"

"啥么事？侬讲啥？"长发男人忍不住哈哈笑起来，不过他马上坐到了香蕉座上，"开始定规矩了嘛！电车上讲规矩啦？呵呵！"

冬佳送咖啡来，长发男人从口袋里摸出一个西班牙式样的扁铁皮酒壶，往热咖啡里倒，然后低下头飞快啜一口，发出满足的喉音。

"这是什么？"冬佳问。

长发男人把扁酒壶拧开，直送到冬佳鼻子上，一股洋酒气："威士忌！威士忌而已！"他笑得真是很妩媚，几可谓巧笑嫣然，冬佳无法同他对视，慢慢走回吧台。

雨不停不休，下得真大。雨里，天阴下来发黑，电车咖啡馆下午就打开了晕黄色的灯，如果谁搭电梯到对面喜来登酒店的四十楼往下看，电车咖啡馆是无数蠕动的钢铁车流中一个有灯火的孤岛。电车里，没有新的顾客了，楼上一对男女，楼下一个怪客，加上老板娘和男侍者。

突然，老板娘拍脑袋，想起了早晨车门口那些仙人球！仙人球耐干旱，放在大雨里淋就是逼猫去游泳了，她让冬佳打伞，一盆盆把湿透的仙人球搬进了车厢，四只眼睛一起找地方放，好像从来没用过首饰的脸第一次戴首饰，空着的地方可多了！放完了盆，看起来比从前多了一点味道，多了点意思，讲是讲不出来的。

"不好！"长发男人抿着自己的美酒加咖啡，"漂亮肯定是漂亮了，不过有点不像原汁原味的电车车厢了，那么多刺，人怎么敢挤？"

"你还没挤够？"老板娘嘲讽地斜了他一眼，"怎么一股酒气？"

长发男人眼睛漾起更浓的笑意，他又拿出扁酒壶，给自己一口再一口。

这时候，冬佳接到中学老同学王亚明一个电话，说在冬佳家门口找他。老板娘挥挥手："快去快去，拿我的伞。大雨天上门的，要不是借钱，就一定是老朋友。"

东佳踩着水花回了家，王亚明在弄堂口的小超市门口抽烟，他不是借钱，他开门见山："我和老婆吵得分居了，侬帮我拉拢拉拢！"冬佳中学里坐在王亚明和他日后的老婆后面，从小为他俩拉拢。

回到店里，差不多八点半光景，楼上那对老情人已经走了，长发男人还在香蕉椅上喝着，多了四五个第一次光顾的客，全在上层包厢热烈地聊天。老板娘说："冬佳，我把钥匙交给你，你负责打烊吧！下了大雨，我早点回家看看，明天你开店。"

冬佳说好，问："那位读书的先生和最美的女售票员后来怎么样？"

老板娘捂住嘴笑了："还能怎么样？电车咖啡馆顶多放放老电影，还能让时光倒流？"

冬佳还是望着老板娘，老板娘说："哭哭啼啼浪漫两个小时，女的先下来，不要男的送，男的站在车门口，看她雨里去了，回上去又要了一杯咖啡，喝完才下来拿他的咖啡壶，谢了半天，硬是多付一百元，去了。我看这两个人都不会再来的了！"

"这样啊！"冬佳说。

"能怎样？"老板娘放下折好的围兜，"我先走啦？"

冬佳欠身致礼，看老板娘在小下来的雨势里去远，他到上层照看一番，按客人的意思送了几块蛋糕，下来看长发男人。长发男人的扁酒壶喝空了，笑嘻嘻说："你来听我讲故事吧？"

冬佳给自己倒了杯热茶，在对面的香蕉座坐下来，看着长发男。

长发男说："我是一个电车色狼，这我已经告诉你了。"

冬佳点点头："您为什么总笑得这么真诚？"

"因为我无所顾忌。"

借着醉意，长发男打开他的潘多拉魔匣："你知道我为什么爱来电车喝咖啡？这里到处是我的记忆！每个位置都让我想起荒唐的往事，曾经发生过的故事，千真万确的事实。

"我现在还能闻到那些女人头发里的气味，我紧紧挨着她们，我嗅着她们的热气，我和她们耳鬓厮磨，我知道她们明白我在她们颈窝里嗅来嗅去像一只吐着舌头的狗，不过她们不露声色，她们目不斜视，任由我越来越兴奋……"

"没人干涉你吗？"冬佳说，"在东京地铁，会有人拍照报警的，他们抓了好多地铁痴汉哪！"

"那么多年，我都好好的呀。我告诉你，只要女人自己想被你骚扰，就不会有麻烦。那时候，三十年前，女人哪像现在的女人？她们比男人还憋得慌哪！"

长发男人嘴角冒出几星小的白色唾沫，他竟然露出一丝羞涩，用手摸着下巴："我慢慢挨近女人，看苗头对不对，如果女人很敏感，转头看我，用手肘顶我，甚至轻轻踩我，除非她美如天仙，我就识相挪开，不过这样子的女人十个里才出一个，也未必是美女。大部分女人在你挨近她的时候她就绷紧了，我一般慢慢等待车停靠新的站点，等涌上来越来越多的人，顺理成章地把她拥在怀里……

"没人看得见你垂在拥挤的人堆下面的手，只有那女人自己知道，其实是她们自己决定我可以做什么，越过限度她是可以制止我的，不过，我是个足够有耐心的色狼，我不是粗人，我知道我的舒服取决于女人是否也满足……"

冬佳不安地握住自己的茶杯，茶杯烫手，他连忙换了一只手。

长发男人安静片刻，他不笑了，眼色有一丝迷濛，他看着空空荡荡的电车车厢，慢悠悠叹出一口气。

"我没有告诉过任何人我是一个电车色狼，一个资深电车色狼，"他说，"说出来感觉真好。这是千真万确曾经发生过的事呀！"

冬佳觉得丹田里有一股燥热，浑身不舒坦，这个长发男人一开始出现就带给他这样的反应，现在渐渐强化了，他站起来，出于好奇他问道："您天天来这里，太太不觉得您奇怪？"

长发男人没听见冬佳的话，他还在记忆的某个车站逗留，脸上是一种微微苦痛的表情，然后，他回过神来："你说什么？"

冬佳重复了一遍问题，长发男人笑了："我是单身汉。"

七

王亚明一早就在老电车门口等冬佳，冬佳准时走进绿地，他电话过老板娘请她放心，留一个人应付早晨够了。老板娘说那我带午饭你吃。

"又哪能了？娟娟回娘家了？"冬佳问亚明，递给他刚在三阳盛买的热腾腾的鲜肉月饼。

王亚明耸耸肩，眉毛倒成八字形："这次不一样，估计要离婚收场啦！"

"为啥事体啦？"冬佳打开车门，走到吧台里，又打开车厢门，让王亚明坐到前车厢门口。他先为亚明烧热水。

"呒啥具体事体，老夫老妻格事体。"亚明说。

"你们结婚才两年，又算得是早婚，有啥老夫老妻格事体？"水开了，做咖啡。

"侬学堂里坐在我们后面，我们的事侬才看在眼里的，"亚明说，"那时候我很馋她。"

"像一只发情的宠物犬。"冬佳笑了。

"不过现在倒过来了。"亚明黯然。

"啥？"冬佳问。

"我不馋了！一点都不馋了！自然而然，甚至有点烦了，怎么办？"亚明打翻了刚送上去的热咖啡，直跳起来。

两个人抢着抹地擦桌子，忙完了，冬佳继续去做一杯咖啡，亚明接下去："她生了孩子，我简直不认得她，像一块奶油蛋糕，甜甜腻腻的，我不太想吃呀！"

"那么你看上了别的女人？"冬佳自己也做了杯咖啡，端起来抿一口，并不看亚明。

"倒没有。"亚明说，"否则我也没这么难受。"

"我不太明白。"冬佳说，"你大概瞒着我什么？"

"不瞒你。"亚明看看窗外，"我只是对着娟娟完全没兴趣做那件事。"

"那么？"冬佳小心谨慎地说。

"对于女人我还是有胃口的。"王亚明一副把话说完了的表情。

"是这样子啊！我明白了！"冬佳又寄托于日本腔，因为实在不知道说什么好。

两个人开始扯别的，足球也好，网络游戏也罢，哪怕回忆不少同学往事，都是胡扯，主要是等娟娟来。可怎么拉拢呢？冬佳想：拉拢男女，为的是让他们百年好合，如果合不好了，拉拢为的啥？

娟娟没等来，来了个意想不到的客人：高大的读书男人竟然又来了，带着他自己的咖啡和咖啡壶，冲冬佳雅致一笑，坐到老位子看书。

冬佳尽力把他的咖啡煮得完美，端过去："您看咖啡如何？"

男人嗅了嗅："香气袭人。谢谢。"

他拿起书又放下，对冬佳说："老电车是个奇妙的地方。"

冬佳不知如何回答他，眼前又看见丁香，飞起来酿蜜的蜂，那不是多雨寒凉的秋天，是春日。他微笑说："我也喜欢意料之外的一切。"

男人温煦地看了冬佳一眼，低下头去读《霍乱时期的爱情》。

娟娟把自己包裹在一件淡咖啡色的羽绒大衣里，如同一条梧桐树上跌落的皮虫慢慢在草地上爬过来，她对站在电车门口向她张开双臂的冬佳绽开一个疲倦的笑："你回来了？好像半辈子没见了！"

冬佳执意拥抱了她一下，像抱住了一床被子，毫无热情和活力从大衣里出来，凉凉的，温温的。冬佳把他们请到上层雅座，在吧台上做咖啡。读书的男人说："是你朋友来了？喝我的咖啡吧！"

三个老同学啜着好咖啡，冬佳坐在夫妻俩对面，看见做丈夫的头发蓬松眼泡肿胀抓耳挠腮，当太太的黑着眼圈灰了嘴唇勉强挂个苦笑，他不由得问："怎么把自己弄得这样子？"

娟娟从来不是个飙眼泪的女生，她有一张刀子嘴，薄薄的嘴唇一扁，总有人会遭殃，不过，今天她嘴一扁，是可怜自己："黄脸婆了，没人要了，有什么办法？"

亚明举起手，像从碉堡里爬出来，灰头土脸："都是我不好！我该死！"

娟娟淡淡说："没有人该死，婚姻要爱情死，不死也得死！"

冬佳说："你们俩像掉了魂一样，男的不俊女的干巴巴，我看着也爱不起来。旁观者清，只要你们把自己变回以前的俊男靓女，好日子就回来了。"

"回不去了！"娟娟冷冷说。

"冰冻三尺，非一日之寒啊！"亚明附和。

冬佳挠挠头发，像个小农民对着有点不得劲的苗。

下面传来"嘀笃"声，是那个住同芳里的黑脸老头来了，他拄着斯蒂克，在车厢里逛一圈，看看仙人球，又从后门下了车，慢慢绕着老电车转圈，也不搭理冬佳，朝弄堂走回去。冬佳暗暗好笑，这老头也是个寻花的，老板娘不在，他连坐都不坐一下！

才走开一会儿，上层雅座已经争吵起来，亚明两只肥厚的手掌死死捂着耳朵，嘴咧开着，露出两排带犬齿的白牙，上面粘着青菜细末。娟娟像一个突然报时的闹钟，尖利地骂着："你去找你看得上的骚货好了，不要忘记给她们一点前戏！"

冬佳在梯子前止步，站在梯子的阴影里。看书的男人发出温厚的声音："不用去管他们，这是每个人都要经历的，好像发尽根牙。"

"真是每个人都要经历的吗？"冬佳问，感到寒凉彻骨。

"如果你愿意真正活着的话，你必定会经历。"读书男人说。他请求冬佳再为他做杯咖啡。

冬佳把滚烫的咖啡端给他："这小说是什么故事？"封面上一个金

发女郎，长发如瀑，画得像团火。

读书男人合上书，他迟疑了一会儿，说："一个热带的男人爱上一位姑娘，姑娘没有嫁给他，嫁给了一个医生，他等呀等，等到七老八十，医生死了，他才把老太太追到手。"

冬佳发生了浓厚兴趣，他摇摇头："这是完全不可能的！"他想到雅座里正在互相憎恨的娟娟和亚明，想到总是有点风骚的娟娟被亚明折磨成了一块没人要的橡皮擦，他又一次摇摇头："不可能！"

"不可能？"读书男人把两只手叠着放到后脑勺上，"如果他爱的是那位姑娘，也许是不可能；不过你想一想，如果他爱的是他自己呢？"

带了午餐盒让冬佳吃，老板娘惊诧读书男又若无其事地在电车尾部读书，她摸摸他那只不锈钢的高级咖啡壶，又摸摸他带来的自己磨好的咖啡末子，显然那是用新鲜咖啡豆磨的。她抱歉地对冬佳说她想去医院看一看医生，下午还让冬佳看着店，晚上来替他。

冬佳说："您尽管去，我晚上留着也行，反正是度假，只要不读书就是休息。"

娟娟和亚明一起下来，娟娟说："佳佳，我就不请你吃饭了，等我们的事情处理掉，我再请你。"

亚明心事重重在冬佳肩头拍了一拍："兄弟，回头再说。"

他俩走出草地，一个向南一个向北，就是绕着地球走一圈，他们也未必能再见。冬佳目送他们，心里想着某个东京的女生，她仪态娴静端庄有礼，说一口漂亮的关东话，不知道在未来哪一天，冬佳也会看到她烦躁厌倦的表情？

长发男人如期而至，他中午喝酒，脸红得发紫，眼睛笑得奇特，神似正在射击的老式机关枪，眼皮乱眨。

他不用说就坐到香蕉椅上，打了个响指，冬佳送来咖啡，坐到对面。

"今天我要告诉你更有趣的故事，一定让你睡不成觉！"他眨着眼睛，表情既不猥琐也不邪恶。

他看一眼读书男人，不过他并不避讳谁，他对冬佳说："你不会没有年满十八吧？"

"那是个差不多现在这样的秋天下午，不过三四点钟，我不知道那辆 21 路车为什么那么挤，不过事实就是如此，我从前门挤上了车，往中门方向进去。我看见左手边、差不多前门和中门中间的位置上有个中年女人拉着头上的铁杆摆出一个奇怪的姿势，凭我老牌电车色狼的直觉，这有点意思。我前后左右全是人，我必须很有耐心才能慢慢挤过去靠近她。大概挤了五分钟，我终于挤到她左后方，这时我弄明白了她那有点像螳螂的姿势，她正在偷偷享受呢，有个瘦小的男人在她背后，正红着脸往她臀部上顶。我乘着下一站上来更多人形成的冲劲，一个送胯把那个可怜的瘦小家伙拱开去两个体位，我一下子站到了那女人后面，我扭头看那小男人，他脸上又是舍不得又是害怕，一扭头索性朝后门逃走。我觉得女人动了一下，她感觉到了变化，可她意犹未尽，胃口吊在空中正难受呢！我放肆一摸她的臀部，那里被那男人弄得发烫，这女人又柔软又大的屁股现在对我挺着，她都不舍得换一个姿势。我想了想，就像继承一份遗产那样顶了上去，她马上知道换了人，不过她可不在乎，她渴望着公交车带给她的无限可能性吧！我比那小男人大胆，乘着拥挤无人注意，我伸出舌头舔她的耳垂，她还装傻，一动不动凝视车外的马路，像是个大思想家。于是，我咬她耳朵，把她耳朵咬得湿淋淋红彤彤的……

"车慢慢空起来，我及时从她身上分开，离开两步观察她，女人站直了，她朝前门走去下车，我赶到中门，也下了车，她向后面虚看了看，有点不挑路地走，我知道她早过了站，于是我紧跟上去，走到她前面，回过头看她。

"那女人长得不好看也不难看，是坐办公室的模样，她不敢看我，斜过脸看行道树，我又看她，她瞥了我一眼，忽然自言自语起来，说什么样子看看挺文雅，做出来的事情实在让人没法说，跟着我想干什么……

"您是过分了！"冬佳听故事听得心砰砰跳，不安地看了读书男人好几次，那人却一直低着眼睛读书，好像没在听。

"呵呵，"讲故事的人停下来抿了口咖啡，"过分？我从来不做过分的事，这些女人全部是良家妇女，她们这样做是因为那个年代所有女人都憋坏了，她下了车，就恢复正经的面孔，她还要回家当老婆当妈，她可没准备怎么样！"

"你记住，小伙子，"长发男人伸出指甲很长的手指着冬佳，"要让女人欢迎你，首先你要明白女人心里的意思，然后不折不扣顺着她。

"我明白那女人的意思，我做了件冲动又很大胆的事，我那时真是色胆包天，我拿出我自己的真名片，上头还印着我工作单位的详细信息，我停下脚步，伸出手，面对着她把名片塞到她的手袋里。然后，我看她一眼，就穿过马路走了。

"我塞名片的时候，我就看出我搞掂了她，她的目光都迷蒙了，名片代表了一种无限可能性！然后，我就开始等电话，等那个女人打电话给我，等待她的空虚熔化她的矜持和恐惧……"

"后来呢？"冬佳问。

"后来？后来重要吗？我只说电车故事，离开电车我保留故事的结局，这是我从来不叙述的部分，好比……"

"好比海明威说的冰山，他只叙述露出海面的那个尖角，海水下的部分留给读者自己想象。"读书的男人忽然插话进来，他对他们两个笑笑，又低头去看书。

长发男人打量着读书男人，他脸上露出忘乎所以的笑容，这次他眼睛没有笑，肌肉在笑："我想我认识你？"

读书男人抬起头，他的眼睛里有一种可以称之为勇气的光线："没错，我也记得你。

"每个人，无论男人还是女人，心里都有魔鬼。你应该怜恤自己也怜恤别人，不要去引逗那些魔鬼，因为魔鬼醒来就会毁坏人。"他对长发男人说。

长发男人挂着一个防御性的浅笑，他的嘴角牵动了几次，没有开口。

读书男人犹豫了一下，他低下头去看书，不再说话。冬佳站起来向吧台走去，这两个客人互相认识对他而言成了谜团。

就是远在吧台，他还是听见了长发男人带着酒意的声音："你和那个漂亮的售票员后来怎样啦？"

八

后面一段日子，又来过些新客人，这些客人对电车都有自己偏爱的话题，有人告诉冬佳电车上有很多扒手，那时候，扒手都是单干的，你的钱包要放在胸口里面的插袋里扣上扣子才放心。

扒手扒到人家的血汗钱溜之大吉，往往给电车留下一两个呆若木鸡的男女，钱丢得多了，那些人恍恍惚惚很难保证不会往汽车轮子下钻，这种作孽就是扒手的可恶。

不过扒手有失手的时候，扒手往往都是单薄纤细的男人，一经捉牢，人像面条一样软了，那副卖相就在讨打！打扒手像是打死不偿命的，人人都雀跃，文雅人撩起来一记耳光，打完了弯下腰揉手；剽悍的就挑凹门痛的地方下手，一拳下去，扒手"嗷"一声开架橱，红红绿绿都吐出来。往往人群簇拥着扒手，扒手被反剪手，浩浩荡荡往附近派出所走，一路走一路打，打到派出所门口，很多扒手已经被架着拖了，头垂下来，一路吐血，没有人同情。

不过，抓到耍流氓的，待遇完全不同，没有人打流氓，大家感兴趣的是让流氓曝曝光，去派出所的路要慢慢走，一边一个好事的男人架着电车上捉下来的流氓，后面一个高大些的男人负责把流氓的头发揪住，逼他昂起头来让人人看清他脸面。"流氓！电车上调戏妇女！"人们张扬地喊着，希望所有居民都跑出来看。流氓在被捉住的时候往往有个地方很硬，游街的时候他只剩下嘴硬，一路喊："捉错了！捉错了！"大家都捂嘴笑，没人在意，像一起演一出戏。

长发男人有天夜里没喝酒，直接过来喝咖啡，车厢里没其他客人，他对冬佳说："阿弟，我也被捉牢过一次哩！瓦罐不离井上破，将军难免阵前亡。那天我正快活呢，两个男人挤到我背后，一边一个扭了我的手，把我拖下车。"

"警察？"冬佳问。

"他们把我拖下车，就从口袋里拿出红袖章往自己臂上套，我一看不对，马上大喊打击报复呀，打击报复！很多人就围过来，我请大家帮我报警，我在电车上坏了小偷的事，小偷现在报复我。其实我也是病急乱投医，哪里知道这两个实在只是纠察，身上摸不出警员证的，他们想解释，又讲不清楚，我抓住时机，大喊抓小偷。几个鲁莽的男人上来一把扯掉了他们的红袖章，推推搡搡的。我乘机挣脱了，站到人堆里，但我有胆识，我不逃，我就在那里信口编故事，说他俩结伙扒窃，我喊起来，结果就被他俩扯下车来打。一说打字，围观的人就动手动脚，他们肯定很久没打过小偷了！那两个家伙不还手还好，他们冤哪就吵吵，事情一发不可收拾，人群像潮水涌了上去，我不喊小偷了，可是越来越多人喊抓小偷，把那两个纠察扭送派出所，一路上互相扭打着，好大一片声势，没人还记得我，把我扔了，妈的！"

"您真不是一个好人。"冬佳叹口气说。

"你说得不错。"长发男人点点头，"也不知道怎么就成了一个坏蛋，好不了了！"他眼睛笑了，特别邪气，看着冬佳。

"我不是好人，不过我算个真小人，不当伪君子。"他说。

"伪君子？"冬佳不解。

长发男人朝车厢后座努努嘴："那边老是看书的那个，他就是个伪君子！"

"怎么了？"冬佳不以为然。

"不相信？告诉你吧，当年他才真正被人扭送过派出所，他还是个学生呢，女人的老公亲自抓的！"

"为什么抓他？"冬佳惊奇了。

"还不是和我做一样的事？我是资深色狼，没事，他是业余冲动，完了！"长发男人说。

"你看见了？"

"我凑巧正在附近，所以认识他，他的相貌没怎么变，就是人现在老成了。"

冬佳捂住嘴："天哪！电车是个什么地方呀？"

长发男人笑了："是个学校，我们这一代人浅薄和错误百出的性知识，学理论靠人家晾出来的内衣裤，实践就靠挤车。"

"他遭了什么罪？人家怎么处理他啦？"冬佳问。

"他没遭殃，他有逢凶化吉的命，"长发男人无奈地咂咂嘴，"有人救了他，那个美女售票员自告奋勇为他作证，说经常看见这孩子规规矩矩上学，倒是车上那女人不正经，老是漫无目的挤车，勾勾搭搭的。弄得人家老公一口酥，溜了。"

长发男人摇摇头，酸溜溜叹口气："我知道那卖票女人看上了读书郎，想勾搭上跳龙门呢！嘿嘿！"

"您说的这个不能作数！"冬佳说，"她是售票员，一定也常常看见你干坏事，可能你忌恨她。"

长发男人愣了一愣，欢笑起来："有道理有道理，也有可能她恨我没去骚扰她！"

"他们前几天在这里偶然碰见了。"冬佳说。

"真的？"长发男倏地挺起身子，惊讶地瞪着冬佳。

"不可能！"他笑了，"你开我玩笑！这女人已经失踪好些年了，我找过她好多次！"

"就是下雨那夜，你在！"冬佳说，"不过喝醉了！"

"老板娘不让我去雅座那次？"

"就是，他们在上面谈心。"

"啊？"长发男人露出崩溃的神色，抱住了头。

"您和那位女士又有什么瓜葛？"冬佳小心地问他。

"我？和电车无关的事情我历来不说。"他口气顿时阴郁起来，以致冬佳欠身为礼，走了开去。

看书的男人好多天没有来，后排的位子老空着，没有人喜欢坐后排。

九

老板娘又在车厢门口发现了别人送来的礼物，这次是三盆郁金山草，结着红豆子，三盆绿萝，长得很婆娑。老板娘把这些吃足了养分的绿植放在车厢上下的空位里，咖啡馆更有气质，有一点点布尔乔亚的味道了。

客人并不至于一天天多起来，来过的人渐渐也不来了，新来的客人也像前几拨，一段时间里常常光顾，像在放纵他们的某种偏好，一旦到了限度，就慢慢禁足不来。

"毕竟，这只是一辆旧的电车。"老板娘说。

东京大学给的学间假期也慢慢过到头了，冬佳给旧电车里里外外照了不少相片，想带给东京人看。

飞东京的机票已经买好，老板娘昨夜打烊的时候送给冬佳一个古董怀表："这是给你留念的，你下次回来，也许这电车咖啡馆已经不见了，谁知道呢？"

不过，还有今天和今天晚上，冬佳是个安静有规律的年轻人，他愿意在车厢里度过他的最后假日。

王亚明孤单单来了，娟娟带着孩子出去旅游了。冬佳和亚明坐在车厢外的草地上，远处是城市里让人走投无路的钢铁建筑和钢铁车流，月亮本来在树梢，不一会儿就消失在办公楼明亮的玻璃幕墙间。

"亚明，你到底出了什么问题？"

亚明把马尼拉草一根根扯起来，嗅着草根的清香："我不再新鲜了，我一条死弄堂走到墙了。"

"不能和娟娟过下去了吗？"

"不知道，我闷啊！透不过气来，吃饭也没有滋味。好久了！"

冬佳眼尖，看见一位女士犹犹豫豫走过来，她手里拿着一封信，白色航空信封有一圈红红蓝蓝的花边，是那位曾经最漂亮的女售票员。她看见了站起来的服务生，她微笑了。

"你好，我不进去喝咖啡了，能不能麻烦你把这封信转给一个可能来的客人？"

冬佳点点头："是那位高高的自己带咖啡的先生吧？"

"哦，你都记得我们了。"女人微笑一下，有一点点羞涩，"我要出国了，上次没有留他的联系方式。"

冬佳接过信，他犹豫了一下，说："其实还有一位先生也在找您。"

女人转过脸，疑问从她眼波里荡漾出来。

"一位常来的先生，留着长发，眼睛老是会笑，喝很多酒。"冬佳说。

"哦！"女人恍然大悟。

冬佳拼命忍住自己的好奇，如果问这是谁，岂不是太失礼了？也许有许多奇怪的事，人们永远只拥有猜测、不明白答案。

"你想知道那是谁？"女人读出了冬佳的心思，温和地看着他。

冬佳点点头，是的。

"那是我的前夫，我第一个丈夫。"她说。

"哦！"冬佳忍不住问，"是因为您离开他，他才变得那样子了吧？"

"他都跟你吹了他那些让人难为情的故事了？他就是那种脾气。"女人有点窘迫，她的鱼尾纹集合成很质感的犹豫，不过她还是说："是因为他那种样子，我才离开他。"

她道了谢，转过身去，冬佳像日本人那样鞠躬，他抬起头，女人已经走到了草地边缘，冬佳突然拔腿奔了起来，他追上曾经最美的女售票员，不停道歉说："我非常冒昧，不过，我真的想知道，他说的那些电车上的事情都是真的吗？那位高大的先生他也在电车上碰到过麻烦吗？"

女人没生气，她好像特意要自己心平气和："那个年代你没有经历过，你不能懂。你知道每个月都有卡车从这条路上开过，上面有些男女被剃掉半边头发，头颈里挂着破鞋游街示众吗？只有在电车拥挤的时候，有些人才能放下心来偷偷尝尝他们被彻底剥夺的东西。所以，我并不怀恨那位前夫，而我那位爱看书的朋友，我当时不忍心他毁掉一辈子，所以我帮了他一把。"

冬佳目送女士远去，他年轻的心本来很轻，现在很重。

他把信放到怀里，走回王亚明身边坐下："亚明，我就要回东京去，我也不能给你什么忠告，我仅仅觉得时间会帮忙我们，你想想，假设现在是二十年后，你回想今天和娟娟的困难，你会怎么样？也许你能从这个角度找到答案？"

冬佳在旧电车里呆了一个漫长的假期，他觉得自己隐隐约约懂得了一件事：每一代人都有无法克服的东西，有怪癖，有罪愆，不需要别人原谅，时间会原谅他们，或惩罚他们。

亚明回家了，夜色阑珊，电车咖啡馆亮着灯，仿佛是大城中心一个小小的纪念馆，老板娘开始打烊前的清扫，她用力擦抹着所有的桌子和拉手："佳佳，你知道这些仙人掌和花草是谁送的吗？"她抬起头和冬佳对视着，俩人同时开口："那个拄拐杖的胖老头？！"

老板娘说："他刚才把他晒台上最后一盆菊花送来了，电车是他可以想念他太太的最后一个空间，因为同芳里的房子让给了儿子和儿媳，他就要去女儿家住了。"

"还有最后一个问题我没想明白,"冬佳把大衣披上,准备和老板娘告别,"老板娘,这个电车咖啡馆挣不到什么钱的,你比我还明白,为什么你还在这里继续努力?"

老板娘放下抹布,在围兜上擦擦手,她平庸圆润的脸上绽开一点明亮的色彩:"你怎么知道我是为了挣钱?你怎么知道电车里没有我的回忆?你怎么敢说我不在这里等待什么呢?"

左撇子

一

在下侦探，时髦的私家侦探。

这大城虽出没两千多万人，私家侦探尚属稀罕，不少人认定我们就是专业捉奸。

嘿嘿，捉奸么，当然也可以去捉，妒火灼心的顾客的确大方。不过，我个人更喜欢能挑战智商的委托。哪怕没得赚，打开浑身十二万只毛孔，竭尽全力过滤世界的表情，逐步逼近令人颤栗的真相，这游戏本身是种奖励。

我思故我在，诚然！

貌似哭泣无助的女人在法庭上站起来，嘴里吐出一连串天知道的秘密：半年里被告和小蜜开房的时间地点。时间精确到秒，地点只差没提供经纬度；她那始终神定气闲的丈夫瞳孔放大，在被告席上浑身发抖："你……你……你跟踪我？"

女人多分到八百万动产不动产，她不再流泪，对我论功行赏。之前，我没好意思跟她开价，她把现金支票放在丝绒盒子里，外头包上圣诞花饰的红纸。

凭我吃这碗饭的本能，我预感到圣诞老人的礼物一般拿不出手，而我现在该做的却是拿上这遣散费，尽快从她重新变金贵的自我感觉中消失。女人的辛酸事么，最好事如春梦了无痕……

走出她公寓，花里胡哨的盒子被我扔到公寓门口信箱上，我眼睛掠过六万元的阿拉伯数字，心疼我半年来用掉的汽油费。我终于甩甩头进了咖啡馆，喝一杯又清又苦的咖啡，确认委托人错误到无法纠正的婚姻终于带给我一笔日用花销。

正啜滚烫黑汁，手机响了，是认识了二十年的"怪胎"打来的。怪胎是我初中同桌，初中毕业后大家相忘于江湖，并无来往。直到两年前同学聚会，我们才互相拍拍肩膀抱在一起。拥抱完，知道他当了这特大城市刑警总队副队长；他对我的侦探身份露出一丝意味深长的微笑，活像个果农，站在水果摊面前。

怪胎在电话那一头窃笑，"侦探同学，在瞎忙什么？捉奸么？"

"捉完了，正和奸夫的原配睡觉。"

"明白，"怪胎语气悲悯："私家侦探一般挣不到钱，但有很多意外当福利。"

"怎么样？老同学？我这里有点钱你要不要挣？上头悬赏破案，我人手不够，聘你当外援？"

"是上峰限期破案吧？"我抹抹嘴角咖啡沫子，"关键时刻想了想，还是老同学可靠？"

"呵呵，"怪胎笑了，"立刻、马上、提上裤子，打双跳灯到我办公室！"

我跳起来，如果身下真是奸夫的原配，她会明白：作为男人，我对她同样没啥兴趣……

真他妈出了大事！一进市局大门，我似乎就嗅到了浓重的血腥味。这里穿制服走来走去的人平时属灯笼，外面绷紧皮，里面空悠悠。他们习惯给别人施加压力，自己乐得松松垮垮。今天这帮家伙看起来却像一根根灌肠，里面的颤抖，都透明到外面了！

出啥事了呢？刑警队长找我，必定刑案。

踏进他地盘，不能再叫他怪胎，得喊"林队"。林队两只眼睛镶满金丝红丝，烟缸被烟屁股插成刺猬，室内空气又臭又酸，一堆人围着他讨论照片。我凑上去一看，尽管肚子没食，一口咖啡也差点呕出来。那照片拍的全是切碎的人体，有女人头，单条大腿、半支胳膊，还有女人下体，上下都光滑地锯掉，只留黑三角，毛发蜷曲到质感……

情况严重就严重在：这些人体碎片拼起来不是同一个人！

碎片分布在城市多个区域，市区郊区都有。

难怪上峰紧张。

林队递过一支烟，我摆摆手，空钟已经弥漫一百支烟的亡灵，何苦再点一支？房间里的人个个捧着脑袋，说话有气无力，显然很久没睡了。不提防有个女警冲进来："市郊天麒山农民报案，发现新的女性尸块！"

林队激灵了一下，嘴角抽成一个充气的肉疙瘩："郭侦探，高见？"

我按住抽搐的胃，的确，早上再节省也得吃点东西，现在有点撑不住了。不过想到银行里那六万元现钞，加上现在这份差，往下半年，可以对胃好一点了。我兴奋起来，对林队嚷："地图！"

一幅大图挂满一堵墙，我把刑警队的针头小红旗插在地图上，上报尸块的地点渐渐组成一个不规则的、发散的 S 形。这些点互相有关联吗？是一个人跑各处去扔？还是各干各的？

"但愿是独狼。"我看看这伙专业刑警，"否则就麻烦了！"

多半为了陌生，也可能这些人根本瞧不起我这个私家侦探，没人接茬，都呆呆看地图。

我把林队拖到外面，走廊里的空气好得像别人的老婆，我说："给点条件！"

"你要什么？"林队斜睨我，"钱要破了案才有！"

"明白。"我从胸口口袋里掏出现金支票给他看，"奸夫原配给的。暂时我不缺钱。"

"那你要什么？"

"独立调查权。我不和你的人分享我的发现。除非有必要。"

"这样啊？"林队沉吟了一下，"可以。"

"还有，给我一张介绍信，盖上你的公章。"我向林队笑笑。

"妈的！你可别打什么小算盘！"怪胎瞪着眼睛打量我。

"得了吧！"我撇撇嘴，"总不见得出示一下你的公章，人家就给钱我、陪我睡？"

肩膀被这混蛋重重捶了下，我"嘶"一声忍痛。他转身走了："满足你！私家侦探？嗬，试试看，说不定有点用！"

我离开的时候，怀里踹着介绍信和支票，手里拿着卷起来的小号地图，上面标红了发现女人尸块的地点。

我这行，不适合普通人干。并非夸自己当侦探，这只有小男孩羡慕。我是说我独身，没老婆没孩子，剩个老娘住养老院，就是说，我倒像个独狼！

进银行存掉五万五活期，剩下五千元现钞，分了五份。第一份到养老院给了老娘，老娘在活动室角落里嗑葵花子，满头蓬乱的头发像芦花鸡。她看看我，问："钱都花野女人身上啦？"

第二份一千元我存了股市户头。我住的地方隔壁有家证券公司，要是里面的老头老太中午光打牌不吃饭，连续一个月啃金色玉米棒子，我就进去买点价格最便宜的股票，两元三元的那种，也不用弄明白那些公司干啥吃，最后多少能挣点烟酒钱。

第三份我塞给了楼下替街道孤老做爱心盒饭的胡阿姨。惭愧，我也吃开了政府的爱心盒饭。胡阿姨每天傍晚都在我铁门锁头上挂一荤一素两菜一汤的晚饭。我有一个微波炉。

第四份，我关上门，把马桶水箱盖挪开。里面有个小铁皮罐子浮在水面上，这是我的保险箱。

第五份放进了皮夹。我出门去找个朋友，他是摄影师。

我没花钱就从他手里要到了低空飞行服务公司的地址和电话。

二

直升机从院子里浮起来的时候，我没害怕；升上树梢我没害怕；噗噗噗的旋翼在头顶上发出轰鸣声，我没害怕。突然害怕起来，是因为飞机拐了急弯，向江水东岸的超高摩天塔群飞去。我分明觉得有一股吸力要把我拎出机舱，而直升机在直线下坠……

对付低飞公司的门卫，我的确用到了怪胎给的介绍信："谢谢，公安局刑侦队。"

我甚至没展开信，门卫一声不吭点头让我进去，脸上是杂牌军看御林军的复杂表情。其实他不是杂牌军，我才是，他顶多野鸡民团。

傻瓜才去经理办公室脱裤子放屁，我径直向停机坪遛达。机坪岗哨在铁丝网里面小木屋里，我把介绍信递进铁丝网小洞，面无表情的岗哨拿起电话。我做个手势，向那架蓝白色的直升机扬起下巴："找他个人问个事，不必惊动公司，你懂的！"岗哨点点头，拿对讲机喊："老三，公安找你！"

我捏着介绍信向打开舱门的飞行员走去，这老三胖胖的，脸颊发黄，看我时眼珠子像轮盘赌珠乱转。我笑笑："出任务哪？带我飞一飞？"

他看了我的介绍信，又看我标了红点的地图，刚要说什么，我掏出皮夹，数给他五百元粉红的票："我们穷衙门没飞机，帮个忙。难保你永远没事找我？"

我给了他手机号，坐他旁座，感觉像坐进一辆亮晶晶的出租车。老三想了想，叮嘱我："待会儿客户来了，就说你是我领航，把你那地图摊开腿上！"

他的客户是两个中年人，都没好好梳头发，手里抱两架美得像时装模特的大机器，上面全德文。他们钻进机舱，我们关上门，那其中一个说："等待指示。"

飞行员老三看看我的地图，回头看看客户，说："我先拉起来吧，飞一飞，你们也可以调整一下？"

两个客户面面相觑，有一个点点头："也好。"

我们在超高摩天楼之间快速移动，三条腿的电视塔现在成了个大球。我马上觉察了后座的亢奋，他俩一语不发，麻利地打开机器，装上去拆下来，对着机舱外的高楼瞄准。

老三伸手捅我，往地图上描红的某个点一指，我看这点在S形的最东端。透过机舱玻璃往下看，出现了沿海滩涂，滩涂光溜如镜，被盐碱土路分隔成大大小小的长方形，上面什么人也没有。远一点有个小小红牌子，我从挎包里掏出前苏联军用望远镜看去，一排歪歪扭扭的字："滩涂不许打鸟！"

没人打鸟，可几天前有人在滩涂挖毛蚶，挖到了人眼睛……

老三用动人的男中音向客户介绍飞机飞越的地标。我们正飞临连接东西城区的大桥，桥是那一汪水上打盹的蜻蜓。他用手指点了点地图上S反翘的底边。从大桥上往下扔尸块的人，扔完一定如释重负吧？不过，也许很容易被人看见的。

我脸贴舱壁往下看，直升机滑入了城市人口繁密的西区，那是人类的贝壳地，大大小小的廉价楼房鳞次栉比，比蜂窝广大，比蚁穴工整；公路和马路编织成有序的血管，路上汽车扮演流体；稀稀拉拉的树木是男人没刮干净的胡茬，说没有，总留着点。老三的手指弹钢琴般在地图上跳舞，这一区发现了最多的抛尸点，正当地图上S的细腰。

"指令来了！"后面的客户在手机上读取坐标参数，报告给飞行员。老三向我翘起大拇指，拐弯向东边金融区飞回去。我琢磨着西区纵横的街道，脱口而出："能飞低点，再绕这个区飞一圈吗？"

老三不理不睬，直升机却开始下降高度，他不停地斜着机身飞，飞机绕了一个大圈。我已经不再害怕，享受这飞行的弧度。我看着贝壳般的楼房变大起来，楼顶都很肮脏，布满乱七八糟的废弃物，甚至有女人粉色的旧裙子。

飞机重新爬高，向东飞行，我回头再看一眼。仿佛上帝伸出手指了指，我看见几辆绿色公交车从一个圆环里行驶出来，呈放射状飞出去。凭我的刹那直觉，这些公交车正飞向S的上上下下：这里有一个汽车区间站！

客户忙碌起来，他俩叫嚷着，指挥老三调整航向："那边，那边，靠右，就那栋宾馆！好好好，放慢速度，停，停在这里！"

我扭过头，正看见他俩竭力把奇怪的德国机器伸向舷窗外，小炮筒子对着一个宾馆房的窗户，那窗户密密拉着窗帘。可是，怪了，他们手里的机器生了透视眼，从液晶屏上我看见室内一对光溜溜的人正在床上折腾。不对，是三个人，一凤两凰，青天白日。客户的脸上显出疯狂的亮色，他们呼吸粗重，拉起了特写镜头，顿时，我看见了这个城市所有人都认识的那张脸！一反平日矜持，这张脸现在是啃骨头的狗脸，舌头贴在鼻尖上……我转过身，聚焦回我的地图。

下飞机的时候，我和老三帮忙客户往下搬机器，客户又恢复成为没有特征的两朵香菇。其中一个犹豫了一下，对老三和我摇了摇手指："你们什么都没看见！"

老三一把搂住我肩膀："我和领航员只看地图和航向！"

等客户的奥迪车开出视线，老三向我点头："你是冲他们那事来的吧？"

三

在我认为有必要向怪胎通报我的发现之前，我不打算说任何话、惊动任何人；不过，我还是和他通了手机。他告诉我，碎尸案已发现九个抛尸点，被害人至少三名。查找这段时间里全市的失踪人员，可能的对象有七个女性，年龄大多数在三十到五十。

我和"怪胎"达成共识：犯案人似乎对年轻女生没兴趣；此人，或这些人，似乎并不特别害怕暴露，甚至沉迷于抛尸之旅；地铁不可能是犯案人的交通工具，地铁有 X 光分检机……

怪胎决定在已知抛尸地沿线加强对轿车后备箱和货车车厢的抽

查，而我，沉默以对。不做任何预测是我的工作原则，我只顺着痕迹和灵感走。实地调查，满地闻，像猎狗一样往前奔。

"每天晚上我会电话你，让你知道最新进展。"怪胎挂电话前说。

"明白。"我犹豫了一下，告诉他，"我也有进展。"

我知道那个汽车区间站在哪里，那附近有个游乐场，每天都有人把自己绑在铁椅子上，满天旋转尖声叫喊。我搭地铁到西区汽车站旁，出了地铁不急着进去，推开麦当劳，坐下吃汉堡。

这家麦当劳有点怪，下午五点半，通勤者大批从地铁涌出来，店堂却没几个人。反倒是隔壁靠着汽车站的那家"吴迪油饼"挤满了客人。

我来寻找什么呢？我问自己。

一个经常提着沉重的包袋来搭车的旅客？对了，爱搭去不同方向的郊县长途车？

一个汽车站的雇员？担任多条通勤线路循环往复的差事？每次出勤会带一只有分量的旅行袋？

我想出这两个问号，觉得像买了两只股，如果不能两只都涨，哪只会涨呢？

西区汽车站的郊县巴士开往青乡、松泽和湾山，乘客随到随上，满员就走；不满员的车停留等候时间是二十分钟。汽车站没候车厅，上车投币或扣卡，便捷简单。

我走进汽车站，沿路到处是叫卖地沟油炸鸡和臭豆腐的男女，油锅发出地狱的气息；黑摩的头尾相衔，车手圆睁怪眼瞪着行人，仿佛行人是长腿的硬币。出站的车和进站的人黏在一起，调度挥舞三角旗，对准兀自在巴士间穿越的人喊叫……

很多人逆行从我身边奔过，去挤刚到的一辆驶往湾山的车。我好奇地打量乘客中的女人，她们和汽车站里的松树那样平淡无奇。唯一值得总结的是：大城市的女人，无论端正丑陋，一律细皮白肉。

车队经理室隐蔽在梯形车站的底边角落。我轻叩门，里面的人正兴高采烈打电话。我推开条门缝，见一个壮汉，右手拿电话筒，左手正发疯。

他歪着头看窗外，窗外没风景，是一堵赭色砖块的烂墙。

他的左手指整整齐齐在木质办公桌面上轻盈地跳跃，模仿一排《天鹅湖》里小天鹅，然后中指朝里折进去，食指和无名指你进我退……他结束指的舞姿，朝上伸出这左手，绷直手指，粗粗五根胡萝卜。那中指开始向后弯曲，如芭蕾舞者下腰，软到妖冶，食指和无名指在两旁抖着，软下去陪它。空中似乎压了面透明玻璃，手贴在上面慢慢后仰，舒展开，载蠕载袅……

正看得有趣，我后背压上一只热辣辣大手；大手一发力，我哎哟一声向前冲，推开门撞进了经理室，腰扭得火辣辣疼。回头看，一个瘦瘦的黑脸汉子站在门口狐疑地看我，经理"啪嗒"挂了电话，也牛眼瞪出，俩人像逮着一个贼。

我捶着腰，口袋里掏出介绍信。经理满脸不屑，像抖脏手绢一样抖开信笺，拿开鼻子老远，眺望信文。

一棵桃树在春天里沁出棕色树脂，看信的壮汉脸上分泌出越来越浓、越来越低三下四的笑容，他"喔哟"一声，跳出椅子，跑过来跟我握手，忙乱中伸的是左手。我眼明手快，也伸出左手和他握了握。

经理挥手让黑脸汉子出去，那家伙迟迟疑疑，身子都扭过去了，两脚还不肯转弯。经理泡茶递过来："您有何吩咐？"我当面看他，惊叹那跳舞的灵巧的手归属如此一个粗人！这人五十多岁，天方地圆虎头虎脑，两道粗重的卧蚕眉压得颧骨像柱子，面皮天生淤黑，淤得不纯，有点脏。

"调查命案。"我严肃地看着他。

经理吃一惊，左臂挥起来，手打飞桌头一盘盛开的水仙，淋淋漓漓，奇香乱飞。他没去扶水仙，惊惧地望着我，嘴唇哆嗦，一种灰白色从红唇里漾出："命……命案？"汗珠刹那间从他前额发际沁出，挂成一条散兵线。

"你不舒服吗？"我几乎觉得好笑，就算经理先生是命案凶手，也不该如此直白地暴露。

他的确被我吓着了，毫不掩饰地掏出一张皱巴巴的卫生纸来擦汗，手都在抖。

这里面总有什么名堂吧？我收敛了笑容，决定赌一把："你知道这命案？看你，我还没细说，你就害怕了！"

五十多岁的男人可怜巴巴看着我，眼光里都是乞怜，像条被狠揍一顿的狗，可不？他的膝盖也抖了。

"杀人碎尸，逍遥法外！"偶然逮住真凶，我满心窃喜，再给他来个最后一击！

"杀人碎尸？杀人碎尸？"这嫌疑犯重复着我的话，声音没一点活气，嘶哑而枯燥，突然，他瞪着我挺起了胸膛："碎尸案？"

我点点头，眼光里是我所能发出的最强烈谴责。

"哈哈，哈哈哈，哈哈，哈哈……"站点经理狂笑起来，手舞足蹈把水仙花从一滩水渍和稀烂的白棉花团里捧出来，放回盆里。他的左手指头灵巧地整理花盆底部的鹅卵石，弄得错落有致，水仙花又挺立了，绽放秀媚之色。

经理微笑着回头看我："刚才我吓着了，不好意思！我从小很敏感，怕血怕死人，家乡人都知道我这毛病，发作起来跟羊癫疯一样。包涵，包涵！"

我把疑心吞肚子里，感觉被这装疯卖傻的家伙耍了！我问他："有没有带重行李的人反复在这站点搭车？"

"带重行李的天天有，不过是否反复来，要问问调度员。"他怡然自得地回答。

我沉吟，还想等他好奇，然而他哑巴了，看着我，不说话，打手势请我喝茶。

"你的员工有带重行李反复在各条线路上跑的吗？"我问。

"我的员工？我的员工不可能和命案有关！"经理硬起脖子，扬起厚眉毛，不快地回答。

我笑笑："代人表白，何以见得？"

他拉长了脸："说了你不信，一个个都是实诚人，怎能卷入碎尸命案？"

"能和你的员工分别谈谈吗？当然，你可以在场，不需要回避。不过，也不能插话。"我说。

头一个进门的是老头，我一看，正是那吹哨子驱赶行人的调度。他一身蓝布衣，戴着深蓝袖套，手里拿面红绸布旗，瘦骨嶙峋，气色灰白。一个棱角像老菱的喉结上下滚动，老得皱纹缩起来的眼眶里，盘踞一对浑黄小眼。

我好歹是个侦探，直觉让我去回守刚才占上风时的位置。我看看经理，他漠然直视着调度员，我突然问："调度员，这个命案发生一段时间了，你了解多少？"

经理在他座位上蠕动，我扭头观察他，对了，他又局促不安了。

他左手捏住大腿，快速地按摩自己的肌肉组。

调度员在看他，看了几下，左手把小红旗交到右手，空出的手捏住了自己脸颊，在黑胡茬上粗鲁地摸索，一句话不说，眼睛不看我，看地面。

"问你话呢！我是公安局刑侦队的，你必须回答我。"我加油。

经理跳起来，拔掉热水瓶塞子，往空玻璃杯倒水，水倒在杯里，也滴在杯外，他把水递给调度员。

"我不知道。"调度员说。

"他不知道，他……"经理给我倒水，嘴里说。

"我问他，不是问你！他不知道，那你知道？"我劈头给他来了一句。经理一脸懊恼，坐了回去。

"我告诉你，"我伸出指头，点那个调度老头，"不知道就罢了，知道什么要是不说，将来会一起判监坐牢。"

老头忽然露出一丝诡秘笑容，他咕哝了一句："砍头不过碗大个疤！"

我听明白了那句咕哝。难道里面真有文章？他看定我，大声说："吾不晓得！吾去拉绳子，排队乱了！"

他把小旗子交回左手，回身出去。我问他："调度员，你是左撇子？"

他身体僵直站住一下，发倔脾气走了，不再理睬我。

"还有个女调度，你可以问她大件行李的事。"经理轻松了，几乎在调侃我。

女调度五十多岁，总体形象是一个包子，平庸而正常。面孔么，好比白纸上随手画过五官，不漏什么部件；身材矮小肥胖，腰是直筒，也穿蓝色工服。她一路咯咯咯笑着进来，也不看我，对经理放机关枪："老大，黑皮才跑了两个来回就撂挑子，讲头疼！头疼个屁！肯定是想家里骚蹄子！你不能放他去，今天人手少，行不出车，那还了得！"

经理不置可否，指我给她："公安局来问个事。"

"公安局？"胖女人泼辣的嗓子顿变平淡无味，看我的俩眼珠互相依偎。

我可不浪费一刹那机会，瞅准她："我调查命案，你看见那杀人犯杀人吗？"

"杀人犯？"女人浑身哆嗦一下，这个瞒不住我的眼睛。她如我所料，扭头把眼光投向经理，这眼光，可以理解为去看杀人犯本人，当然，也可解释成求助的一瞥。

"什么杀人犯？没有杀人犯！动不动就说杀人犯，难保这站每天来去那么多人里头没杀人犯！不过我没见过！"她气恼得很。

"谁动不动就说杀人犯了？"我问。

"谁？"她噎住了。

经理扭头不看我，硬插话："当调度都从妈当成外婆啦？废话多！公安局想知道有没有人可能杀了人，把尸体切开，放在行李袋子里，搭我们公交车！"

"嗯？"女人愣了，"我要是看见这个，还能不报案？"

我掏出笔记本，递给她："写个你的名字，我知道下。"她接过去，正找笔，我说笔我有，掏笔朝她左手边扔去。她一侧身，右手机灵如燕子，一把捞住了笔，就势俯首在经理办公桌上，写了"柳三芳"的名字。她不是左撇子？出乎我下意识的意料！

"还有谁？"柳三芳出去，我问经理。他说刚才推你一推的"黑皮"

出车去了，等他回来再审他。领导你既然来了，问话又挺不客气，那我们就不必要客气！在我们这里吃个便餐吧。

他开开心心朝东面一指："走，尝尝吴迪油饼！"

吴迪油饼，顾名思义是个姓吴的人开的，好吃吗？

店里挤满了人，一个个耐心排队等饼出锅。我的胃咕咕叫，顾不得站点经理在旁边，咽了几口口水。

经理递给我名片，的确，我还没顾得上问他姓名，他叫吴钟。吴钟说："我们站是饼店的房东，走，我们走后门！"

走后门直接进了饼店后厨，一幅奇景跃入眼帘：后厨只有三个人，都是女人，都戴白色厨师帽。白濛濛热蒸汽里，一个年轻的在揉面团；另一个年轻的在转木锅盖，让盖子底下油饼透气；那个奇特的中年女人站在料理台边擀油饼。

中年女人没有左手。她的左手是个金属架子，架子顶头装三个可活动的金属手指。女人低着头，没看见我和吴钟。右手一根擀面杖一滚，料理台上一个扁扁白饼。她放下擀面杖，把软的饼子拉起来一甩，左手金属架子朝天竖起，三根金属手指接住飞饼，把饼皮旋得急转。我看见那三只金属指头在饼下忙碌，有小动作。饼越旋越小，越旋越厚，后来就呈现一个白的面粉碗。女人右手在一缸肉糜里一挑，肉进饼碗，三捏两转，就势把怀了馅子的饼推到料理台那一头饼堆里。转木锅盖的年轻女人放下锅盖走过来，在做好的饼上洒芝麻和青葱……

吴钟笑嘻嘻端了两碟子刚出炉的油饼，和我走到后厨东头的小房间。年轻女厨师送来两碗热腾腾的咖喱牛肉汤，油星星金黄，喷香。我端详这牛肉片，着实细嫩，在白炽灯光里闪着令人垂涎欲滴的暗色肉纹……

吴钟说："吃吧！尝尝！这是我们家乡风味的油饼。吃饼的人，打耳光都不肯放！"我的胃从喉咙里伸出它的鼻子和手，我暂时把侦探公事放边上，大快朵颐。饼的滋味怎么说？一口酥？一口香？一口鲜？一口下去美在喉咙去到胃的路上。就是这么个好吃！汤暖暖的，肉尤其风味，比小牛肉还嫩，带着股令人难忘的清甜回味……

吴钟说："遗憾呀，不能陪你喝上两盅，要是就着白酒吃这肉，打你耳光真不肯放了！"

"哪里进的这种牛肉？真他妈的好吃！"我哑着，舔嘴唇。

"嗬，嗬！这女人会弄！一个饼店，生意好得不行，全选的好腰肉！"吴钟眯缝了眼睛，笑成一朵臃肿不堪的荷包花。

俗话说得好：吃人家的嘴软。我嘴一软，说不用再特地问那司机了，我就搭他的车回去，车上聊聊。吴钟送我出来，我警惕地看看拥挤不堪的乘客队列。不待我开口，吴钟凑到我耳边，喷出一股腥气臊热的口臭："领导放心，凡有大件行李形迹可疑的，我们会开包检查，给您电话！"

我上了黑皮的客车，坐到司机座斜后面。黑皮心神不宁朝我一望，手搁方向盘，扭头看窗外。窗外有啥好看？天都黑了，钢筋水泥的高架桥挡住了视线。

"吴迪油饼店是你们经理开的吧？都姓吴！"我问黑皮。

"不知道。"黑皮扭头看我，摇摇头。

"那女人的手怎么回事？"我问，"就是做饼的那个？"

"残废。"黑皮回答。

我笑了："妈的，你不说我也看见是个残废。不过，那铁手比真的还灵巧。"

黑皮看看我："你没见过她原先的手，那才叫灵巧！"

"哦？"我愣了，"你早认识她？她手啥时候、为啥事废了？"

铃声响起，黑皮发动客车出场，他点点头："我是听人说的，也不太清楚。"

我还要问："那……"

一个戴眼镜的乘客拍我的背："请不要和司机闲聊！一车人的安全！"

我没好气地回答他："知道了！请不要随便拍我的背，有伤！"

下车，和黑皮说声再见。黑皮有气无力点点头："今天得罪了！"

他在我背后关门，关门前说："你问那个女人的手？听说是她自己砍掉的！"

四

十来天之后，我拿市公安局的津贴，离开这大城，去调查这位车站经理吴钟。

离开两千多万人摩肩接踵的城市，坐在逶迤慢行的旧式列车上看我国的乡村，确乎是种让我深感抚慰的享受。我腿上放着怪胎给的厚厚卷宗，却不想翻开。望着休耕的褐色农田和农田间的小绿池塘，我疲劳的眼睛蓄满了泪水，全身感到放射状的倦怠。

列车驶过了平原进入山区，靠近路轨的山体都加了铁丝网罩罩；远一点的丘陵满身伤痕，开采石料的工人捂着耳朵在那里放炮。极目远眺，更高更深的大山蒙着黛色，在天际线上冷冷看我们这边。

吴钟的老家在更高更深的大山里。我倒了几次客运汽车，车辆一次比一次破烂，最后一辆呕吐黑烟的柴油三轮车把我撂在白墙黑瓦的村委会门口。我跳下车，四周寂静无人，左手一条小溪。很远的溪中，石板上有个红衣女人，蹲着漂洗白床单。

吸着长烟杆走进来的村长是个白发老头，已经够得上颤颤巍巍四个字。他眨巴着有白内障的眼睛听我讲远道而来的目的。他不发声音，只点头。我明白他是个左撇子，他的右手插在衣襟里没拿出来过，左手倒茶，拿烟丝，托烟杆，抓耳朵摸胡髭，在鼻梁上按摩……

"同志，"村长称呼我，"吴钟的伯伯（爸）是我堂侄子。吴钟原名叫吴赋之，出去很久没回来，好多年没见了。"

"很冒昧问一下，"我说，"吴家的事你了解吗？吴赋之家里有人有过杀人嫌疑吗？"

村长老眼浑浊看我，他点点头："说来话长，远来是客！先吃饭，慢慢讲。"

在阳光里穿越鹅卵石的小村路，路边晾晒着白萝卜片和干青菜，失去蜜蜂的空蜂箱一摞摞堆在墙边；菜地里一畦畦碧绿的菠菜、青菜和苋菜正使劲长叶子。村长家的女人在半温不凉的阳光下擦干净一张红漆木桌，摆了竹椅，泡上自种绿茶，水是山溪水。

不一会儿开上菜来：溪鱼冻、笋干红烧肉、蒸笼腊肉、炒菠菜。咸菜和腌萝卜下饭。村长让女人拿酒盅子，土产烧酒，喷香。我连敬三杯，吃菜吃饭，村长光喝酒不动筷，不停地叹气：

"村子在这地方好几百年了，我们姓吴，不过村子叫左村。你看出来了，我们祖祖辈辈天生左撇子，偶尔有些用右手的，并不多。

"深山老林，自生自灭。男人种地，女人织布。到山外就是买点洋火盐糖。地里出粮食出青菜，树上有果子有板栗，蜜蜂下蜜，肥猪下崽子，男人配女子，女子生孩子，日子清静。直到民国初年我们都没交皇粮。

"日本人打中国，我们这里才来国军，国军是被日本人打溃了逃进山的。

　　听说都城被鬼子占了，杀光男人奸死女人，我们害怕，跟国军讨主意。国军有个武术教师王长官看我们是宝，他说打过一个胜仗叫喜峰山大捷，那是国军用了大刀队砍鬼子。王长官说我们练大刀好，左撇子出手刀路怪，鬼子看不懂摸不透，头就掉了。王长官把青壮招在一起练大刀，村里一半人跟他上了战场，结果才活回来一个，就是吴赋之的爷爷。

　　"他爷爷回山闹革命，不用左手改用右手了！右手劈柴、右肩挑水、右手写字、右手按住他老婆敦伦……大家都稀奇，因为他凡事新派。我们山里人，人穷人富只差个瓦房大小。他爷爷没地主可斗，怂恿年轻人改使右手，我们这里就出了右手党，拉屎还练右手擦屁股。他爷爷生的独子就是吴赋之的伯伯，龙生龙，凤生凤，他伯伯接着用右手，当后一任村长。

　　"生吴赋之兄妹三个那阵子快到六十年代了，生下来个个左撇子。这事可笑得很，大家冷眼看他伯伯怎么与天斗。老天让你儿子用左手，难道你还犟得过天去？吴赋之他妈生女儿时亏了身子，没多久就枯了。他伯伯带大三个孩子，天天打骂，叫改右手。两个儿子还好，除了擦屁股老子看不见，台面上的事都改了右手。怪就怪在他们那个妹子，一只左手生得那个好！三岁会绣花，五岁能写成百上千的字。我们这里兴剥树皮煮了做纸，你看她剥起树皮来那双巧手，像是给小把戏脱毛衣呢！才丁点大帮她伯伯做菜，做得好啊，色香味俱全！不要说全村人稀罕她家饭食，她伯伯连公家酒都不吃，每天回去吃饭！

　　"她伯伯自然要她改用右手，不知道这次碰到个倔的。小妮子不会用右手，右手不绣花，绣出来是土豆；右手不写字，写出来是蝌蚪；右手剥不了树皮，手指冻得通红，在树皮上蹭出血，这要是给小把戏脱毛衣，小把戏肯定闷死了；右手做的菜，咸能把她伯伯咸得趴在溪里喝水，淡就淡得让他宁愿舔尿碱子……她伯伯揍了她好多次，小姑娘懵了，连左手也不会用了，成了个傻子。

"她两个哥哥，一天蛮似一天，动不动和人拌嘴顶牛。她大哥很早娶了老婆，是个外姓的右手党，家里打闹得不成体统。

"闹'文化革命'那会儿，村长是他伯伯当。山村没啥好兴风作浪，他开大会，要所有人改掉左手！妈的，这可逆了天了！折腾了自己子孙，又来折腾乡党。我们好好的不会插秧了，不会薅草了，不会收割了，不会杀猪了，不会喝酒抽烟了，上了床都摁不住婆娘了！一辈子左手，改得了？为嘛事改？

"不知道哪个怨气辣，反正有人给吴赋之的伯伯下了套，上乡里告他反革命。说他不让人当左派，全得当右派。他家两个儿子带头反，在村委会贴老子大字报，没想到这一来，送他们老子上了那条路。唉！"

老头村长说累了，扒拉几口白饭，又抽一窝烟，告退睡个白日觉去。他交代孙子带我到处看看这村子，渴了去村头茶馆喝茶，晚饭接着聊。

五

家像旅馆，还比不上旅馆，一股没人气的清冷，笼罩我业余生活。

我转热了挂在门上的盒饭，打开电视，正看见那张大家熟悉透了的脸又在说话。他老是在电视里说话，跟上了瘾似的。我认为他的人生和我的人生是一张树叶的正反面，我的生活是个空白，没钱没人缘没情没绪；他的生活忙不过来，玩心眼玩女人玩世不恭。不过，树叶的反面未必羡慕正面，我替他心慌！

怪胎的电话来了："大侦探，侦探一整天，不是瞎起劲吧？"

我字斟句酌："接近目标中。"

"呵呵呵……"他笑得放肆，"接近？告诉你，我们已经锁定了目标！我靠！这里头的事我倒不方便和你讲电话了，让我睡一觉找你当面说。你小子嗅觉是好的，这我知道！接近目标可以，千万别打草惊蛇！回头……回头再聊！"

他挂了电话，我关了电视。

躺在冷清清的黑夜里睡不着是我最大的恐惧。原来今天车站那帮人的奇怪并不算怪，怪胎的人一定打过草惊过蛇了。妈的，吃公家饭的愣比我们私家混的拽，他们有用之不竭的资源，要什么有什么，当然比我光靠灵感吃饭的有效率啦！

我辛酸地想起哪个外国大师写的鞋匠故事，我就是那个纯手工做皮靴的师傅，做得再好，也只能看着大工业流水线把我的客户抢光。我做的靴子不是用来穿的，是放在柜子里怀旧的，阴雨天没事拿出来，坐在熊熊壁炉前穿上脱下，聊以消磨时光。

我从冷飕飕的床上跳起来，穿上衣服裤子，推了旧脚踏车，一头冲进了夜色。

一个人过日子，你总得比有家有室的更会照顾自己。虽然穷，混得差劲，我洁身自好，不赌不嫖。不过，是个人，就有七情六欲。冷清的时候，我一样向往体温的温暖。我踩上脚踏车，去找她。

大城市的夜闪着霓虹灯不要脸的光，霓虹灯是代它主子出来勾搭钱财的电婊子，霓虹灯下不是我去处。

我绕过地上五光十色的媚影，拐进大马路边小弄堂，她的店子门口只有一个手写的墨迹，上面打盏橘色路灯：门萨茶室。

我把车轮和门口的小香樟树用环形锁铐在一起，就像我和她马上会被智力游戏的锁扣铐在一起。

我推开玻璃门，黄晕灯光里没几个喝茶人，她一抬头看见我，扬出清淡的微笑。

她把一张硬卡纸从吧台下拿出来，放到我面前，上面一连串纹饰般的图形："老规矩，找一找哪个图形和其他的合不来？找对了，免你茶费。"

我看看她时隐时现的酒涡，掏出皮夹，拿一百元放吧台："找对了茶水照付，给个吻，可以不可以？"随即我把那个和我一样自绝于人民只和自己玩的图形从一大堆貌似一致的图形堆里扯了出来。

她明媚地笑了："你有认出犹大的天赋。"

"我只是缺少异性的吻。"我指指脸颊。

她悄声说："你凑过来一点，那么多茶客看着。"一抹红晕上了她颊，在灯光里冒出热气。

我凑过去，脸颊奉送给她，她两手拢住我颈子，扳正过来，在我嘴唇上轻轻吻一下，犹如落叶飘进深谷。

"我还是你吻过的唯一茶客吗？"我笑问。

"喝茶的流氓少，只碰上一个。"

我们直白的调情到此结束，这是我们的前戏。接下来，我们敬仰的逻辑就会从额头空降嘴唇，吐出来，热烈而持久地在我俩之间的空气中跳舞、搏击、纠缠、挑衅……

有时候我俩的逻辑剑客八字不合、时辰错谬，只好及时告别，给下次见面留余地；有时候我们的逻辑却惊人一致，活像一对拼命恭维对方的相亲客，尴尬到无地自容，只好彼此说晚安……运气好，逻辑剑客淡淡来，好好说，斗而不破，引而不发，最后情关一动跳起探戈，极尽挑逗之事。那种夜晚，我们在最后一位茶客走出店门之后，就把逻辑甩掉，她打开留声机，我们跳身体的探戈……

今天，我的逻辑急不可耐，跳了出来："你说，左撇子落单正常，左撇子扎堆正常吗？"

她自顾自泡茶，白皙的手指在壶色里拨弄，放飞茶香到我鼻翼："这话有病。你先定义左撇子！怎样算左撇子？我这样生下来是左撇子，立刻被父母纠正成右手党的算不算？如果算的话，左撇子何曾落单过？地球上不是一半一半，也四六开吧？"

我呷一口茶，高山雨雾，放下杯："上帝在七天之中，既造右手党又造左撇子，自然有其奥秘吧！为什么人拼命把孩子改造成右手党呢？这里面什么阴谋？竟敢私改上帝造物？"

她托着腮帮子看着我，夜灯下两只细长的眼睛像豆荚，眸子成了明亮黑豆。我喜欢她这种动脑子的表情，这女人像躲避奴役般躲避婚姻，正因为她常动脑子吧？

"少数服从多数，这是人的逻辑。"她说，"上帝是少数派逻辑，大多数人下地狱，少数人去天堂。"

"是啊，"我敲敲桌面，"你被父母纠正成右手党，体会到可怕后果吗？"

她笑了，看自己漂亮的左手，又看同样美丽的右手："我不能回答你。逻辑上来说，假如我过天生左撇子的日子，应该比现在更舒服、更美好吧？"

"你够美好了。"我由衷地赞叹，抿着茶叶末子。

"请注意，这里是门萨茶室，"她掩饰不了心里的高兴，嘴里却还敲打我，"在门萨，大家说脑子里出来的话。"

"我偶尔也要说句心里话嘛！"我才不傻，女人脑子再好，也喜欢甜言蜜语。果然，这话奏效了，她看我的眼神，鬼才相信是门萨的智慧之光呢！

"私自把左撇子改造成右手党，大批大批地消灭左撇子，逻辑上来说，上帝要惩罚的吧？"我自言自语。

"是啊，"她含情脉脉看着我，"逻辑上，只剩下惩罚的时间和方式需要猜测。"

一个被改造成右手党的女人和我这个天生的右手党之间能产生被上帝祝福的那种感觉吗？我握住她温暖如玉的手，她如瀑的青丝散发既高贵又堕落的香气。

夜里，我从她二楼的旧式落地窗看到了月亮。如果我和她都是左撇子或者都是右手党，也许我们之间的舞步会更默契？不过，就算今夜这样，我已经很满足，很感恩那位没见过面的创造者。

她，在梦里保持着好看的酒窝，让我又甜又醉。

我又一次乘着黑夜幕布悄悄溜出她卧室。

我在树下咔嗒打开环形锁，自行车仿如不愿被任何形式拘束的我的心灵，滑向空无行人的街道。正当夜半，半夜该做半夜的事。我心里有个小野物在动，我意识到自己奋力骑向暗夜里的汽车站。

白天喧嚣的车站在静夜里如被丢弃的荒场，灯火都灭尽了。只有远处路灯的散光，让我勉强不撞到松树和铁栏。我把自行车铐在铁栏上，口袋里掏出笔杆手电，叼在牙齿间，小小白光落到经理室门锁上。我的肩膀挡住微光，我摸出一小截铜丝，插进锁孔，打开了门。是的，每个人心底都有偷窥和盗窃的欲望，只是我口袋里那份介绍信和我的动机让我有别于小贼。

我舒服地坐在吴钟吴经理的扶手椅里，谁说过：换位思考，才能想明白问题?

现在我坐在吴钟的座位上,我不忙打开他的抽屉柜子乱翻,我需要把自己当成他,作为嫌疑犯,想想嫌疑事。

他,不,我吴钟为啥要杀掉那些女子呢?为什么杀了还要分尸?为什么分尸了还到处乱扔?

首先,我吴钟是个色狼?嘿嘿,这答案强烈到就挂在嘴边,不能不说出来。我玩乐了那些女人,然后把她们杀掉。不对,为什么玩乐了就得杀掉她们?这不合逻辑,未必每一个都会告发我?

可能是强奸?那样杀了就没后患?吴钟可能是个连环强奸杀手!也或者是个变态?只能在杀戮中得到亢奋?好吧,推论一:我,郭侦探,现在坐在一个变态强奸杀手办公室里,准备检查他的办公桌,我需要找到足够证据。

我嘴里的手电对准了吴钟上锁的办公抽屉,铜丝轻易完成了任务。我拉开抽屉,对着电筒光,我着实吓了一大跳:抽屉其实是空空的,只放了三个玩具娃娃。三个娃娃被细麻绳一圈圈捆着,胳膊腿都快勒断了,娃娃边上有本日文的漫画书,里面是绑女人的绳法…..不过,吴钟看来是用左手绑娃娃,那绳结子有些反旋。

"变态,果然变态!"我锁上抽屉,再翻其他箱柜。无非是些车站的记录和明细账本,这种地方没独立的财务科,看来吴钟自己还做账。我看看他的垃圾筒,里面扔了些肉骨头和肉饼的残余。

我可能被误导吗?我用手电照照那棵挺香的水仙,水仙花白脸黄鼻子,一个推一个看着我。吴钟若是以强奸杀人为乐的生番,会钟爱一捧水仙?我看看整洁的水仙盘子,里面水清如镜,显然天天换水。

那么,连环杀手另有其人?会不会吴钟玩乐,却放任别人去杀呢?那个黑皮力气好大,还有那阴森森的调度老头,说什么"砍头不过碗大个疤"？他砍过？

我脊背上汗毛竖起来：这个表面普通的汽车站说不定是个可怕的流动陷阱。会不会这排办公房后还有什么机关？这里的地底下会不会关押着失踪的女人？我侧耳倾听，暗夜如凝滞不动的死水，什么声音也没有。夜长梦多，我还是赶紧离开这里！

六

怪胎约我傍晚在市局门口咖啡店见面。

接他电话时我还没睡醒，挂了电话又迷糊过去好几小时，醒来也懒懒。怪胎见面就问："晚上干什么呢？白天挂黑眼圈学熊猫？"

我有气无力，嘴里散发内热腥臭："混口饭吃容易吗我？"

他悄悄递给我一张折成方胜的纸，这年头竟然还有人玩这游戏？我打开纸头，上面写：酒吧说话小心，别说白了，到处是耳朵。

我提高嗓子嚷嚷："昨晚你泡的妞啥样？屁股白不白？"

周围几个喝咖啡的抬头看我们，我挑衅地朝怪胎笑。怪胎沉着地看着我，说："不白，是个花屁股！"

然后他撇撇嘴："你贼喊捉贼！"

我忽然心虚，这小子会不会让人跟踪我？

他要了两杯美式，还特地点了蛋糕，不能抽烟让他坐立不安，不过他直入正题："你要注意安全，为保住自己，那些人什么都干得出来！"

我点点头，心想不是还有你吗？关键时刻我报告方位，出来捕人的还不是你们这些鹰爪孙？呵呵，我才不去短兵相接搏命，我傻呀？

怪胎低头说："我有点后悔把你卷进来，不过一开始我不知道水这么深，光想让你挣点外快。"

"谢谢你，不怨你，"我笑了，"人为财死不是吗？这个时代没有士为知己者死嘛！"

怪胎抬眼看看我，这一眼看得像个老同学，我觉得他有点莫名其妙："好了，好了，别像送人上战场似的，说说你们的进展吧？"

怪胎喝光咖啡，把杯子蹾在碟子里，说："人都定位了，后台这么大，动不了手。"

原来这帮家伙后台硬。不硬，他敢杀人放火？我看怪胎不肯透露后台是哪方神圣，就说："最好找到直接证据，那样，后台没法打保护伞。"

"那当然，你们捉奸讲究捉奸在床，我们逮小偷要求人赃俱获。对于杀人犯，除非你能把他摁倒在他刚杀的尸体上，其他都是推理。"怪胎气呼呼的。

我有点受伤，私人侦探好当？帮人捉奸又怎么啦？你不用张口吃饭？

看来怪胎这队长也不好当，压力山大，我拍拍他手背："别上火，也许我能搞到直接证据。"我本想说借几个人用用，可想到那群打着哈欠散发口臭挤在他办公室里的家伙，终于没说什么。

怪胎笑笑，不置可否，付了账："你再坐坐，我先上去开会了。千万注意安全，万一有急事，打我手机，我二十四小时开机。"

他走了，我喝着咖啡排线索，找突破口。谁能给我当这诡秘汽车站的向导呢？必须是吴钟手下的人，又不能是他心腹一伙。我想了半天，只能想到那个不是左撇子的胖女人。

我想和胖女调度柳三芳搭话，脚却迈过杀人不偿命的化学臭豆腐摊朝吴迪油饼店走。我走进饼店，挤在一排顾客里买油饼吃。我打量生意特别兴隆的油饼店，店里每个人都俯脸到盘子里啃油饼，像春天养的蚕宝啃桑叶，只缺沙沙声。一半食客比另一半食客有钱，吃饼的同时，还喝咖喱牛肉汤。粉红色嫩嫩的小牛腰肉在汤里游泳，没汤喝的人偷看几眼迷人汤汁，这汤，真够性感的！

我捏着油饼袋子走过往青乡和湾山的人群，走到松泽线口子上，胖女人正在点一辆车的上车人数，驾驶座上那司机我可没见过。我倚在角落里，等车开走了，向她伸出油饼纸袋，一股香味直扑胖女人的脸。可惜，她的反应不是深呼吸，她惊惶地朝后扭头，然后再转回来看见我："你，你干什么？"

"不认识我了？请你吃油饼。"我耸耸肩。

她怒目瞪着我，不依不饶瞪着我，好像我是一个调戏她的陌生人。然后她回过头去，不再理睬我。

我吃着饼，慢慢等待，饼又香又鲜美，我这种缺少零用钱的人很少享受这般美味。每次柳三芳抽抽鼻子闻到饼的香味，就回过头狠狠瞪我一眼。

我吃完饼，找废物箱扔了油纸头，走到她跟前："柳三芳，我在麦当劳等你，不要告诉其他人公安找你，让人代你的班，这样我就请你喝杯可可。如果你不来喝可可，会有人请你去局里谈的。"

我朝麦当劳走，胖女人远远跟上来，跟约会似的，羞死人。我给她买了可可，请她在角落里坐，问她："为什么他们都是左撇子，你不是？"

"他们姓吴，我姓柳。"她看看我，看看远处的吴迪油饼店。

"明白了，他们是亲戚！"我一拍额头，"左撇子，常常一家子都左！"

"他们谁是谁的谁？"我打手势请她喝口可可，趁热。

"经理的大哥当着调度，还有个妹子，喏——"胖女人不屑地嘟起嘴，朝饼店方向一吻，"就是饼店那残废！"

"还有黑皮呢？他也是左撇子。"我追问。

柳三芳"噗哧"笑了："他哪里是左撇子？他是马屁精，见了左手人就用左手，见右手人就用右手！"

"是吗？"我沉吟，"经理要是不小心杀了人，我只是打个比方，黑皮会拍马屁帮他料理吗？"

"除非他不想活了！"柳三芳又笑了，"这小子天不怕地不怕，打起架力大如牛，不过他老婆一个电话，立马滚回家。帮经理料理事情？得先征求他老婆意见！"

"照你话里意思，你们这个吴钟未必没有杀过人吧？"我笑了。

柳三芳一把抹下胖脸："你说吴钟杀过人我不相信；可要说他家没人杀过人，我也不太相信！"她摸摸热可可杯，欲言又止。

"说下去。"我鼓励她。

胖女人猛地把热可可杯推给我："我没喝过。该说的我都说了，你自己有脑子，自己琢磨去！不要再来骚扰我，我会报警的！"说完，她怒冲冲立起身，屁股一甩一甩走了。嗬，我和女人约会还从没这么收场的！

这是典型的女人思维！我打开胖女人没喝的热可可杯，一口口又喝起来。她不是来被我审的，她是来利用我呢！吴钟没杀人，他家里有人杀过人，那会是谁？女人才不会在背后给男人下药呢，要背后下药，一定是给女人下。吴迪油饼那个女残废，吴钟的妹子，黑皮说自己剁了自己手臂的那怪女人！胖女人眼色里恨的是她！

胖女人为何恨女残废？我不知道。不过，我想知道，妹子为哥哥去杀女人的可能性多大？几乎为零吧？除非杀人动机不是情感。

不是情感的动机能是什么动机？不是情杀，一般就是谋财害命了！

热可可从我手里猛跳起来，"啪"一下掉在地上，炸了一大滩。一个让我战栗的念头突然钻进我脑子：女残废是干什么的？她是卖肉饼和肉汤的！

谁他妈的敢肯定《水浒传》故事不在现代重演？她要是当了顾大嫂，杀人卖肉，碎尸案岂不有了完美动机？

小小油饼店凭什么生意兴隆？连麦当劳都做不过她？她小本经营的店从哪来这些鲜美异常的肉？

我眼前沸滚起油饼店的咖喱汤，那些粉红细腻的肉片！胃顿时抽搐翻腾；吴钟得意洋洋的声音也浮到耳边："全选的好腰肉！好腰肉！好腰肉！……"公安局发现的所有尸块都缺少乳房以下和屁股以上的部分！

我冲出麦当劳，刚才吃下去的油饼，和着甜腻腻的热可可，吐了一地，黄绿色的苦汁都吐出来……

昏昏沉沉躺在自己的冷床里，盖着经久未洗的僵棉被，我害怕得病了。即便是什么私家侦探，难道就能不害怕？

我摆脱不了一种黑暗而黏稠的东西，它涂抹在我心上，像厚厚的柏油粘到衣服上，怎么洗也洗不干净。我曾反复做过的一个梦又出现了。

梦里，我在逃亡，后面马蹄声声，追捕的脚步越来越近。我嵌在岩石缝里，追兵过去了。我慌不择路摸回自己的小屋，我要去刨开床底的土，因为我杀了人，把尸体埋在那里！我打开床头灯，去看从土坑里刨出的尸，我真忘了自己杀掉谁。我伸手解开那脸上缠着的白布，尸体露了脸。我吓醒了，那是我自己！躺在土壤里，面色安详，灰白得像鸽子的羽毛……

半夜了，月亮满了，像一盏银灯照大城。我从床上坐起来，我是怎么了？我记不起刚刚做完的梦，刚刚过去那白天里的恐怖已离我远去。

我从衣柜里摸出从藏民手里买的匕首，握住彩色玻璃柄，连鞘插到靴筒子里。我带上手电，把自行车推上街。我不再是懦夫，我朝那车站骑去。

我必须解开心头压着的谜团，我必须在浓墨般的房屋阴影里走进吴迪油饼店的后厨，在怪胎的人到达那里以前，我必须发现直接证据！

让那些穿制服的混混知道一下：私家侦探，只在这世界平安无事的时候，才去捉捉奸！

寒夜依旧刺骨清冷。万籁俱寂，马路上一辆车也没有，地上一层白霜。我看表，凌晨三点，万物活力的低值点。我白天看明白了油饼店的机关，很方便，我撬开东边站务室的门，里面通饼店后厨那门没关。我潜入散发霉味的小走廊，打着小手电逼近后厨。

我一听到那声音，立马关熄了手电，把自己紧紧贴在走廊墙壁上。后厨房的门溜着一条隙缝，冷风从缝里灌到走廊，吹在我脸上，有一股难闻的腐臭味儿。"咯噔"、"咯噔"、"咯噔"，像有人在清理东西，又像思索着的人用指节敲打东西。

我的汗毛从颈窝里生长出来，冷风里招展。我向靴筒子里摸刀，平添一分胆色。我悄悄把头凑到后厨房的门缝朝里看：厨房一片漆黑。

声音小下去，终至于无。一种纷杂虚浮的脚步声夹杂吱吱的鸣叫从墨色里传来，原来是老鼠。我吐了一口气，拧开手电，朝厨房地上照去，大小老鼠的红眼睛都望着我。我推开门，走进去，又掩上门。

厨房里有一股腥臭使我反胃。我径直走向大冰柜。在打开冰柜前，我犹豫了足足三十秒。如果冰柜里有一个茹毛饮血的世界，我是否会昏倒在蛮荒时代面前？

我深吸一口气，拉开了柜门，迅速把冷冻箱也一一抽出：坏了！没有人的大腿、胳膊和头颅，也没有整块如女人腰肢的肉块，冷冻箱里只有一袋袋切好的冻肉片！还有做好的调料和一些绿色蔬菜……难道我想岔了？我感到冷汗从背上淌下来，内衣都潮湿了。

关上柜门，我沉浸在黑暗里，那种咯噔、咯噔、咯噔的声音又传来耳边，这会儿我在厨房里，不在外面走廊，愈发听得亲切。声音就在墙壁里面。墙壁是空心的吗？里面或者还有一个冰柜？那残废的女人正在里面切肉？

我咬住牙，闭起眼睛，对着声音传来的方向打起小手电。我睁开眼，手电光照在一扇和墙壁同样白色的门上，原来是一间储物室！声音更清晰了，正在这门里，"咯噔""咯噔"，我听见了人的喘息！

我熄灭手电，伏下身子，躲藏到料理台后面。料理台发出恶臭，透入我肺腑。我看见那储物室的门打开了，一个挽着发髻的女人伸出断肢，她的大红睡袍垂到地上。储物室不大，里面亮着灯光，女人回身关灯的时候，天哪，我看见那里面挂着好几支雪白的女人胳膊！灯灭了，断肢女人打了个长长的哈欠，心满意足地吧嗒嘴巴，打着她的手电，向门外走去……

我没有勇气在这个诡秘的阴间多呆一分钟。我的胃咬着我，毋庸置疑，我已经在无意中丧失了"同类不相食"的童贞，那鲜美腴嫩的"小牛腰肉"，曾让我咂出过性感的甜味！

等到女人脚步消失，我如一条逃命的灰色石龙子，四肢扭动着，飞快地滑到车站的空旷院子里。

七

一个左撇子的国度有何不同？我看见人人都在挥洒他们的左手，拱起我们没有拱起过的左肩，动作行云流水，像放幻灯放反了面。

人停下来歇息，都抬左手肘，抹额头汗；村里的马匹和牛驴左边屁股的鞭痕明显比右边多；砍倒的竹子遗留着竹桩，那劈痕都是左向右往下闪的……

村头茶坊热闹，周围有一条街的商铺。村长的孙子左手伸到右胸去掏钱请我喝茶。我张望风景，看见村里男女逛街，男人都走女人右边，左手搂着婆娘腰肢或兜住婆娘颈子……左手握右手……

"你认识吴赋之不？"我问茶馆老板娘，一个团头脸的中年婆娘。她一向在笑，挨个望她的茶客。

"认识，"老板娘笑出白牙，"我和他嫂子是表姐妹。"

"他嫂子？我没见过，"我搜索一番空白记忆，摇摇头，"是哪个？"

"三芳你不认识？"老板娘笑了，"我们村里有名的蜡嘴三芳哟？"

这名字好熟，我恍然大悟："柳三芳？"

"是喽是喽！你认识哦？"老板娘抑制不住喜悦，先咯咯笑了。

"蜡嘴是啥说法？"我笑嘻嘻问。

"话多嘴不干。"

原来如此，我想想，问她："柳三芳和她小姑有仇？"

茶坊老板娘愣了愣，眼睛从我脸上转开了："人家的事我们不好置嘴，先生喝茶。"

我喝茶，和村长的孙子看一群闲汉打桌球。农民虽然不是运动家，不过，真该让那些专业玩桌球的老外来看看这些左撇子，他们的左手削出一个个刁钻古怪的弧线，打得彩球连连落袋。

山里人热情，晚饭杀了鸡，还在溪水里专门抓起石蛙，炒得喷香佐酒。村长和孙子一齐陪我，女人下灶台，络绎送菜来。

"吴家当家人怎么死的呢？"我手里拿着装口供的档案袋，急切想知道吴钟三兄妹的笔录靠不靠谱，合不合得上村里众口铄金的公史。

村长咂咂嘴："不着急，喝酒喝酒……"

"乡里来了工作组，选了新的掌舵人，算是我们左撇子伙里的。吴家当家的除了当干部其他什么都不会干，新村长让他给村里管供销社，算给他待遇。可惜他在供销社不是喝酒就是睡白觉，把账胡乱记了。以后让他去看村里的榨油厂，日常榨些菜籽油、花生油、葵花籽油和蓖麻油，他又酒水糊涂，把蓖麻油混在菜籽油里，这还得了？自己做落了蠢事，怨不得人对付他，村里公议请他去放牛。

"这欺负人呢第一就是逼人降卑，他当过村长，你让他去放牛，不是把他往死里整？那时候没有出外打工的，有，他必定背起包走了。走不了，全国没流民，他任凭烧酒把自己浸死。不过，酒不是农药，死得不畅快，他的牛都是傻女儿在放，他死得不妥帖，就爬起来打这小把戏，打得小姑娘成天鼻青眼肿，额头上都是毛栗子。

"傻姑娘又不是真傻，以前多灵巧的一双手？她被伯伯打怕了，看见人躲，和牛倒亲热。村里人走过草滩，就笑她成天赶牛虻，像伺候长辈一样。她伯伯和衣倒在草里醉死，蚊子咬他，脸成了切开的石榴。傻姑娘认得草，她割来喂牛的草，牛吃了长膘，不但长膘，还长精气神。过节村里挑一只杀翻分肉，都喊牛肉好！

"新村长各家打牙祭，却嫌乡下婆娘做不好菜，想起以前吴家小把戏会做菜，就让吴赋之去和他伯伯商量，让吴迪到食堂当厨，吃一份公家粮米。酒鬼醒了酒一听，跳起来跺脚叫骂，说就是天天和猪抢泔水吃，也别想让他女儿去服侍畜生。骂了不解气，解下皮腰带把女儿打得满地滚，说让你再用左手做饭。

"吴赋之和他哥起初还任醉鬼打，从他哥娶了亲开始，他哥有自己女人在枕头上不平，就焦躁起来。吴赋之跟着大哥，愈发要对他伯伯瞪眼吹胡髭。醉鬼倒攮烧酒瓶要追吴赋之，常在村里叫骂，说杀了你们这些狼心狗肺不认老子的，耸着个狗左肩全体一副贱相。村里人都使左手，不便对醉鬼动粗，免不得就恶待吴赋之和他大哥夫妻俩。

"据说这天天好，天上都是白云，吴迪赶牛到高草滩去吃草。高草滩平时大家不去，要多走好几里上山路。那边草虽好，靠着悬崖，牲口不小心摔下去，尸身都不好找。大家宁愿在山下低草滩放羊放牛。醉鬼这天恐怕不太醉，也盘在一头牛上，跟女儿上了高草滩。

"吴赋之和他大哥大嫂去找他伯伯，也上高草滩，我是没有亲眼看见，反正，这天是那醉鬼的忌日，他从崖上摔下去了……

"事后公安局也进了山调查此事，各样的谣传都有，最有鼻子有眼的是说两个儿子恨他伯伯，把醉鬼从崖上推落了了事。不过公安局认定是醉鬼失足。

"人死了咒语就破了，吴赋之兄弟俩慢慢跟村里亲戚兴了来往，他妹子小小年纪当了炊事员，也没人再禁他们用左手。反正，这一家子慢慢和大家过起了太平无事的日子。"

"后来呢？"我咂着烧酒，愣了好一会儿，又问。

玻璃玫瑰

154

"我亲眼看见吴家姨，就是爷爷说的吴赋之的妹妹吴迪，自己砍掉自己的左臂。"村长孙子接过村长的话头，腼腆地说。

他这话本身重，我不能不竖起耳朵听这后生。

"那年过春节，有人给蜡嘴三芳的幺弟说亲，她弟弟愣不要，他恋上了吴家姨。蜡嘴三芳胳膊肘朝外拐，不愿意亲上加亲，说她弟弟被妖精迷了，吴迪那只左手会妖法，用妖法杀了她亲伯伯，这种女人绝不能娶。

"吴家姨那时是个蛮好看的大闺女，我看见她披头散发出来，揪住她大嫂抽她耳光，他大哥也不劝，蹲在地上抽烟袋。等吴赋之吴大叔赶过来，这边已经声嘶力竭，头发都扯落在地下。蜡嘴三芳的弟弟出门来对吴家姨说了几句，吴家姨嚎哭起来，说时迟那时快，她口袋里抽出杀牛的快刀，一把就把自己左胳膊砍落在地上，红在空气里飞，我看得晕过去。"

八

即便在暗夜里，市公安局也灯火通明。怪胎接到我电话，派个手下在门口等我。我看见这职业警察，心想他遇见今夜的事，会不会同样失去语言能力？我可怜兮兮的神色引起他的兴趣，他问我："出什么事了吗？"

我艰难地点点头，跟着他走进怪胎办公室，一大群人举着酒杯，桌上放着一整排廉价的啤酒。怪胎向我递过一杯泛着白沫的："郭侦探来得正好，案子破了！"

电视上常见的那张脸被印成大大小小的照片扔在啤酒瓶旁，也有其他一些男男女女的照片杂在一起。怪胎拎起一张大头照，对我傻笑："大鱼！大鱼！比他妈鲨鱼还大！"

我想告诉他，他方向偏了，这和那个公众人物无关。

这事，事关许多升斗小民的性命。一个人肉油饼店！你相信吗？在这个现代到找不到一具古尸的大城里，食人魔的幽灵正满血复活，索多玛和娥摩拉的浓烟也必将临到我们！

怪胎拍拍我僵直的肩膀："奖金会给你的，别担心！要不是你去了那直升机公司，我们还注意不到这只大猩猩！"他"啪啪"拍着那人的大头照，"挖出大猩猩，整个世界明天上午都会感到蝴蝶翅膀的风暴！"

"你果真跟踪我？"我无力地说。

"不是跟踪，是保护！"怪胎振振有词。

"跟他有什么关系？"我虚弱地问，指指那照片。

"当然，我承认，这案子的确不是我们的功劳，早就有人盯上他了！那个部门不便出面，把整套的原始证据给了我们，我们才敢动他！"怪胎塞给我一个档案袋，我打开，几乎又要呕吐，这大猩猩竟然亲自动手肢解尸体？！他完蛋了！好个变态！

"可有件事我不明白"，怪胎看着我，尴尬地笑了笑，"你真的很拮据吗？晚上还要去打家劫舍？"

我恍然大悟：这些天我们其实是鸡同鸭讲！

我以为他也盯上了那个车站，他却以为我瞄上的是电视里那个大佬。

我们各说各的，各掘自己的暗坑道。

"那是家黑店，我怀疑老板娘在杀人，卖人肉油饼！"我一把扯住怪胎，"我刚才去过了，躲在暗处吓得尿裤子，我看见了被切割的人体残肢！"

"什么？"怪胎像米其林轮胎从地上蹦高："你天方夜谭！黑什么

幽默？"

他看着我眼睛，看见了我眼底无尽的悲悯。他认真了，喊道：
"哦，天哪！我靠！什么日子呀今天？"

黎明时分，乘通勤族还没蜂拥出门堵塞大小道路，五辆警车呼啸
着碾过布满白霜的道路，把西区汽车站团团包围。

所有参加缉捕行动的警察都佩枪，真枪实弹。

我依然用铜丝打开经理室的门和吴钟的抽屉，三只单反像机的圆
筒镜头对准那些被绑得支离破碎的娃娃一阵猛拍。正想要冲开东边站
务室的门，那门自己开了，饼店老板娘打扮得山青水绿站在门口。看
见她的一刹那，我背上和颈窝里的汗毛全部起立，心砰砰跳：她好好
的有两只手，跟任何普通人一样！

我指向她，警察都拔出了枪，我的一根手指和十几支枪指着她。
女人笑了，满脸都是惨淡，她右手捂住嘴，发出抽泣声，低下脑袋，
干枯的头发倾泻下来，如深秋的丝瓜藤。她抬起脸，呜咽着说："我
没有杀过人，我只杀过自己！"

没什么好狡辩的啦，把她暂时押到吴钟的办公室。上班时间到
了，先耐心等吴钟和他大哥进埋伏。

吴钟心理素质是好的，看见成排警车，他的车照样开进站，让他
大哥先下车。小老头对着警车摆出一副要拒捕的样子，吴钟情绪激动
地从车里跳出来，问了半句："发生什么事，你们……"

警察蜂涌上去，把这兄弟俩按倒在泥地里。嫌疑犯一个不剩都落
在我们手里。

"抓紧时间取证！"怪胎命令道。

我带路，把几位现场痕迹专家和一组持枪警察带进了饼店后厨。
我指着微微晨曦中那依稀可辨的墙上白门："就在那里头！"

四五支枪指着储藏室白门，戴钢盔的对着门那边大声吼叫。他们如暴怒的狮子，取出精钢锤子奋力撞了上去，"砰"一声门倒了，晨曦中的墙上整整齐齐挂着一排女人的手臂！

　　一切发生得太快，也转折得太快。

　　我靠在厨房的墙上，满面孔羞惭。怪胎进来看了，挥手让专家和枪手们出去。他低头慢慢兜圈，俯下身观察细节，然后他在我身边直起身来，拍拍我肩膀："这没什么，是我，也会看走眼！"

　　他努力安慰我："也许这是狡猾的伪装，这里很不正常！我们要彻查这里上上下下！"我摘下近视眼镜，再戴上；我伸手抚摸墙上那些假肢，现在的假肢做到这么逼真了吗？用的是什么材料？

　　姓吴的女人被带了进来，她哭过，现在不哭了。她点头说："是的，都是我的假肢。"她伸出左手，也是！

　　警察在她店堂后的宿舍里，找到一把开刃的刀和一个心脏部位扎着针的布偶，布偶是白白的，额头上写着小字：柳三芳。

　　怪胎好歹够朋友，他大喊着："全部带回局里做笔录。快走！上班高峰期到了！"

　　黑皮和柳三芳远远站在院子里看着我们，柳三芳被吴钟指定为临时站长，负责站务。我们排成一个车队，打起警灯，带着吴家三兄妹扬长而去。今天，乘客注定没油饼吃了。

　　吴钟扯着嗓子喊："黑皮，我桌上的水仙别忘记换水！"

　　我变得迟钝的脑子在想：这是某种暗号吗？代表什么真实含义？

　　就是这样，我踏上了旅程。怪胎把厚厚一叠笔录塞在我怀里："侦探兄，拜托了！好好了解一下这个故事的来龙去脉，我的报告就靠你了！"

他塞给我一个信封，里面是来回车票和预支的差旅费。他其实是帮我，彻彻底底给我面子，让我去把"食人车站"的魔幻故事变成一次按程序走完的正常侦察。

我明白老同桌的心意，不过我接受委托的原因并非为了遮羞，而是隐约嗅到了一个更大的秘密：左手！

临出门前，我去了门萨茶室。因为是白天，茶室几乎没客人，她在每张桌子上放了一盆鹅黄色的跳舞兰。兰花下放一个新信封，里面是她当天遴选的智力题。

我把一个被棕绳绑住的金发娃娃放在她细长的眼睛前："猜猜，干这事的人有啥病？"

她的白手指在暗红茶壶上走动，她柔媚的眼波不时从娃娃身上掠过，她把茶壶和茶盏放在我面前吧台上，满脸红晕看着我："你把我也这样绑起来，就会知道自己有什么病！"

回城的火车上，我同样热切地向往着门萨茶室。我没法再对风景感兴趣，作为一个侦探，我爱慢慢琢磨案件中一些迷人的细节。翻开询问笔录，吴钟是这么说的：

> 一直有人传说我们兄妹有杀掉父亲的嫌疑，我们没杀过！就我个人来说，我承认我仇恨我的父亲，恨不得他死掉，死得越早越好。但是要杀他，我没这份勇气。我相信，我大哥也没这份勇气，更不必说我那可怜无依的常被父亲打骂的小妹妹。离开老家到城里谋生，我们是想摆脱过去，过上正常人的生活……

而吴钟的大哥却这么说：

杀不杀他？我们没杀！其实杀了才好，可惜他自己掉下去。从小就虐待我们兄妹，好好左手右手，被他逼得拿不出手！老天生我左手，关他屁事？他没本事革人家的命，就来欺负我们当子女的。狗都比他善心，虎毒不食子呢！看看我小妹，从小那个乖巧聪明，一只左手被他废掉，还不算，死了还惦记她，逼得她砍断左手才作罢！我老婆？不是我老婆逼的，他死了托梦给我老婆呀，让她胡言乱语，她和我妹子无怨无仇，无怨无仇！"

吴迪本人的笔录颇具深意，值得推敲：

我的父亲？已经那么久了，我都快忘记了！忘记过去才能忘记我是个残废，对吧？我有没有杀我父亲？我杀了。我在心里杀了他千百回了。我有没有动手把他推下悬崖？我记不得了，如果让我再回去一次，我会推他的，我一定会把这个魔鬼从我身边推开。为什么？不为什么，让我舒服一下。是的，他不让我用左手，是的，我很难受。这种难受你没有经验，不过很容易明白。就像我禁止你用鼻子呼吸，只许你二十四小时用嘴巴呼吸；就像我让你把吞下去一半的菠菜从喉咙里拖出来；就像不能上厕所必须忍着；就像吃了十个包子再逼你吃另外十个；就像你心里想笑，脸上必须难受；就像你一说话人家就打你嘴巴子；就像你生出来像是走错地方；就像你想过日子首先得把自己变成别人；就像天生是个奴才，别人再蠢也是好的，我再好也是坏的；就是生不如死……

那天？那天天好蓝云好白，那天才算是我生日！我和牛在一起，我看见他破口大骂，突然就从我眼里消失了！就是那样，一句话说到一半，人没有了！老天有眼，老天开眼，看见了我的苦楚！……

那人说我杀了我父亲，由得她说吧。我杀了等于没杀，没杀等于杀了。他死了还来要我的胳膊，我砍我自己的时候，他就在我头上喊叫，讨我的左手。我这一辈子，就是左手惹了魔鬼！

那么，到底这三兄妹杀了那酒鬼吗？

我从火车站直接去了门萨茶室，喝着热茶讲山里听来的故事。我把红笔勾勒的三段笔录放在她面前："女人的直觉永远是侦探的拐杖，你来看看这些话有何含义？杀了没杀？谁杀的？"

她细长的眼睛在文字上扫描，一个清淡的微笑浮现在她嘴角："我看不见什么凶手，只看见三个受害人。"

她凝视我："杀意如此猛烈，却都是镜子里反射的杀气，别傻了，凶手早已经从崖上摔下去了。"

"他是自杀？"我茫然。

"没说他自杀，我是说他该死！"她收敛了笑容，"任何死亡都是上帝的旨意。"

九

特大新闻经过一段时间的酝酿和危机预处理，终于像纸包不住的火，蹿起来惊呆了整个大城。

电视上经常出现的那张脸现在更频密更疯狂地出现在电视上，不光是在我们国度的电视上，也像一个高传染性的病毒出现在整个地球的电视屏幕上……我收到直升机驾驶员方老三的短信，邀请我再次陪他出任务。他写道：有事相告。

直升机一直向上飞升，我们比上次飞得更高。老三说："你往下看！"

我透过护目镜往云层下看，大城成了大地，再伟岸的建筑物此刻都只是大地上的一些沙砾。老三说："我开飞机久了，不太爱琢磨人的事情。烦恼在地上才多，到了云层上头，就是太阳、蓝天和飞行，地上土气。"

我琢磨老三的意思，忽然发现我们飞到了城市西区的上空，那些标志性建筑隐约可辨，我用肉眼寻找着西区汽车站，它还在那里，芝麻大的绿色汽车依然从圆环里出发向四周驶去。

"那人爬那么高，还不是一条虫？是虫，爬得再高，他还是要像虫一样吃土。"老三说，他皱着眉头，"我要移民了，去澳大利亚，不开直升机啦，种地！"

"回到人间？"我笑笑。

"换个人间。"他叹息。

"你有事告诉我？"我看他在降低高度。

"对了，那些人来调查了好几次，好像还不只一个衙门的，问来问去还问到了你，我想，我该告诉你一下。"

"谢谢，"我看见了纵横交错的市区马路和高架路，万车竞发，人

群在人行道上行进，如列队搬家的蚂蚁。从天上往下看，人和人之间
何曾有什么区别？如果别人降生在吴钟的家庭，是否最后会和他们兄
妹一模一样？

　　我从沙丁鱼罐头般人挤人的地铁出站，看见吴迪油饼店人头攒动，
我想起人肉油饼的往事，不由哑然失笑。我电话约了吴迪，我走近饼
店，她已经等在门口。今天她戴上了精致的假手，我第一次面对面看
她，女人面有风霜，鬓边头发都花白了，神色挺庄重，长相还清秀。
　　她挤出一点笑容："里面去坐。"
　　我走进她办公室，一个狭小的刷了白墙粉的长方形房间。她泡了
茶，我抿一口，说："问一句直截了当的话，请你相信我不会再多管
闲事，算是纯粹个人好奇。您父亲当年是自己跳下悬崖的吧？因为他
知道你们和所有人一样都恨他？"
　　吴迪从口袋里摸出一个线圈，她开始在右手的辅助下展开一连串
灵巧的动作。那只可能装有电子感应器的假肢像一只岿然不动的蜂后
从工蜂般的右手接受吐出的红塑料线，偶尔她低下头，张开嘴用牙齿
帮忙。不多久，我看出她在编织的东西是一只蝴蝶，不但有形似的翅
膀，竟然还有凹凸如真的蝶身，最后，她的牙齿咬着线一拉再一拉，
蝴蝶头上多了两根纤细的触须……
　　吴迪笑了："现在这么费力，小时候，我单用左手就能做这样的
线扣子。"她把这漂亮的扣子放在笔架里，套在一支笔上。
　　"我父亲不是自杀，他没自杀的勇气，他那时候是在讹诈我的哥
哥们。"她淡然诉说往事。
　　"那他是被你的兄弟……"我戛然而止。
　　"不是，他们和大嫂都离开他很远，不是大声叫喊就不能彼此听

见的距离。"吴迪说。

"你呢?"我问。

这饱经风霜的妇人抬头看我一眼,她说:"我离开他五棵树。"

"他拉着我系在树上拦牛的绳子,把身子伸出悬崖外,要求我的哥哥们供给他酒钱,不过他们再也不想这样过下去了。大嫂在哭骂。"

"然后呢?"我问。

"他掉下去了,带着那根绳子。"吴迪一字一句说。

"明白了。"我站起来,"你的小牛肉为什么如此美味?"

"那不是人肉,"她宽容地笑了,"是我当人养的牛,慢慢长出来的肉。"

我觉得没必要再去见吴钟兄弟俩,我完全被临出门时吴迪那个小动作的细节迷住了:她伸出义肢的两个指头,捏住笔架里那个线扣子蝴蝶的一根触须,轻轻一拉,好比多米诺骨牌,这根细线越拉越长,仿佛涓涓溪流。我目瞪口呆看着一只货真价实的塑料绕线蝴蝶在线的流水中化为乌有……吴迪的假肢上垂下一大绺细线,那细线对我诉说着我快要领悟到的什么意象……

我走到候车的人流里,打断胖女人柳三芳的点数:"柳三芳,假如你想从此不再见到我,那么,实实在在回答我一个问题。"

她吃惊而厌恶地瞪着我,难看的肥脸上满是惊疑,我说:"我看见有人在一个娃娃头上扎针,那针下是你的名字。"

"那个妖怪!"柳三芳连连朝地上啐口水。

"你为什么告诉别人她杀了她父亲?你血口喷人吧?你看见啦?"我厌恶地说。

柳三芳眼睛圆起来凸出来,她沙哑的声音冲破我的耳膜:"她是个<u>巫婆</u>，她那只左手会玩妖法，我亲眼看见的！"

"你看见什么不妨告诉我，否则我会认为你诬告。"我拉下脸。

"别人都说她是可怜的傻女，像一个石头墩子，什么也不会。可我看见她不但不傻，比谁都聪明。她一个人躲在柴房里，用她的左手绣花送给我么弟，那花儿活灵活现迷得男人掉了魂；那天，我看见她使了魔法！我亲亲切切看见她左手往树上一只蝴蝶一指，那蝴蝶突然没了，我还没醒过神，她伯伯就大喊大叫着摔了下去！"

十

我对柳三芳表示了感谢，告诉她我从此不会再找她。

我决定今天晚上就把我的旧自行车扔掉，也赶紧把清冷的房子卖了，握一笔现金在手里。

我走进门萨茶室，不想说话，她挂着一个清淡的笑看我，也不说话。后来我终于说："等我卖了房子，给一点钱我妈，其他都交给你。"

"本姑娘不接受人求婚。"她撇撇嘴，眼睛眺望窗外。

"不是求婚，是合资。我不想干侦探了，我想和你合伙，在这大城里再开两家门萨茶室分店！"

我终于承认自己是个蹩脚的私家侦探。我有的只是些灵感，好像看书的时候能看到一些光点在纸上飞，不是真理，也不是事实本身。我只能读懂镜子里的反光，却找不到光源。

我问她可不可以一起去看看我妈？她细长的眼睛充盈了一种泪光。我看到这种泪光，不但没有悲伤，心里灌满了阳光和蜂蜜。

在夜晚的门萨茶室，她白皙的手指飞舞着，试图编织那一只我亲眼看到的巫女的蝴蝶，我反反复复向她描述我看到的那只蝴蝶，以及这蝴蝶如何消失在一根蜿蜒不绝的细线中。她已经成功地编出了翅膀和那细长凹凸的虫身，却无法安排那一触即溃的两根触须。她笑了："我不是巫女。"

我接过她的绕线蝴蝶，夜色里棕色的麻线在台灯一团团黄晕里发出绚丽的光点。这些光点离我那么遥远，像有一万光年，可里面有无穷的亲切和魔力。

一张话梅糖的糖纸头忽然飞过我的记忆，我的左手从木头桌面上站起来，蠢蠢欲动、跃跃欲试。我拆开麻线，惊讶地看见自己的手变得灵巧，我一点点复原了蝶翅和蝶身。我眼前是童年鲜活的记忆，我想起了外婆用塑料线编织小金鱼的手指，我想起了妈妈打毛衣的节奏，我清清楚楚看见了我得到的第一份礼物，一只用许多一分纸币做的淡黄菠萝……我从白日梦里醒来，她细长的眼睛瞪着我，我手里捧着那只巫女的蝴蝶！

她伸手拎住蝴蝶的触须一扯，清冷的细流涓涓流动，像时光的沙漏，蝴蝶在沙里幻灭……

妈妈的头发像芦花鸡，她义无反顾地履行她不来打扰我的诺言，在养老院的某个角落不慌不忙地嗑瓜子。我拍拍她："一天到晚嗑瓜子，不怕把家里嗑穷？"

妈妈抬眼睛看看我，惊诧地看我递过去的五万元大红包："不养野女人啦？"

她从我背后走到我旁边，捏住自己手袋，乖乖向我妈微笑。

妈看看她，再看看我，抓了一把瓜子："来，陪我吃瓜子！"

人就是这么奇怪，人天生会互相喜欢或互相厌憎。我回忆起被妈赶走的那几个前女友，不明白妈妈为什么会接纳门萨茶室的老板娘？

　　她们嗑着瓜子，说着我完全听不懂的话，属于老娘儿们之间那些音节省略、彼此心知肚明的家常话。我看她偷偷瞥我一眼，又瞥我一眼，眼睛一会儿是太阳，一会儿是月亮。

　　"来，妈妈，我给你变个戏法，"我从口袋里摸出一卷棕绳，给老娘编织那只神秘蝴蝶，蝴蝶先长出翅膀，然后才凸起有纹理的身子，继而它有了眼睛，最终我定下了两根不长不短的触须。

　　"妈，看好了，你来拉这只蝴蝶的须须！"我兴高采烈。

　　妈妈伸手一拉，蝴蝶在时间的沙漏里旋舞起来，好像黄沙在淹灭我们的记忆，抹去我们曾经热烈和苦恼地生活过的痕迹，蝶翼化成空虚……

　　妈妈叹了口气："老娘我认输了，你呀生来就是这么块材料！我和你爸想改变你，我们努力了一辈子，有用吗？就依你，做你的侦探，和你喜欢的女人过日子去吧！"

　　她噗哧笑了："妈，他是怎样一块改不了的顽石？告诉我，我得提防着点！"

　　妈妈低下眼睛，咔咔嗑瓜子，脸上有丝悲伤："他爸爸走的时候，特别对我说要让他儿子继承他祖辈的衣钵，将来把祖上的银号恢复起来，让我重新过上好日子。我一个寡妇这么些年尽力了，他不是他爸那种料，我也没办法。我快要见他爸了，我认输了！只要儿子把日子过好，我就放心了！"

　　我低着头，吞咽突如其来的失望和失败感。我记忆里模糊的父亲原来希望我成为银行家？

　　妈妈用一种责备而挑剔的眼光看着我："人都是天生的，怎么改变得了？你看看，连左手都用回来了！小时候那只手编这编那，根本不用教！你爸爸花了多少功夫才让你学会用右手？到头来……"

啊？

妈妈你继续嗑瓜子吧！

妈妈左手笨笨地托着五万元的大信封，右手像一支梭子把瓜子塞到牙齿之间，咔嗒咔嗒，时间在这和谐畅快的流水线里跳踢踏舞。我伸出左手握住我那个她的左手，她细长的眼睛满是笑意。我们快乐得像两只久别重逢的北极熊，原来我们来自同一片冰原！

愿仁慈的上帝祝福我们，也愿妈妈在和爸爸重逢之前，储备下足够的瓜子，一路嗑嗑嗑……

市郊的油田

引子

　　知道我曾漂泊远方，你问我纽约是什么？我告诉你纽约是张美钞；你问我巴黎是什么？我美感满腹，倒不出来，只好请你喝咖啡；你问我莫斯科是什么？本来我想说史诗，可圣彼得堡就在边上，我怎能不有所顾忌？你问我伦敦是什么？那是没有烹饪的城市，男人要么是绅士，要么是势利眼；你问我里约热内卢是什么？我看到的是黑白杂交的翘臀女人和酷帕卡巴纳海滩上持枪的强盗；你问我新德里是什么？我摸摸胸口，那是我从老德里密集的贪婪目光里逃出来看见的草地和宫殿……够了，别绕了，说这么多还不是因为你问了我：你住的这中国东大城是什么？

　　我没法回答你，也不想回答，这问题是个陷阱！

　　不过，现在大城郊区有很多新城，远开市中心建设广场八只脚，本是远郊，历来被称为县，后来改叫区，现在建了新城。新城是什么？这可以回答你：新城是很多的新楼，很多的规划商业区，加上很

169

少的居民。新城是市郊，也不是市郊，这种地方，怪人多，怪事出，不会被人嘲笑，甚至连停下脚步看看西洋镜的人也难找。

一

那个夏天，天热得跟法西斯一样，连续二十昼夜四十摄氏度翻烤大城里的人。

听说市区的行人吐出舌头，跟狗一样走路。大部分新区，马路上完全没有人。西城新区这一边有点特别哈！这边，大酒店后面房产商圈起的荒地上，毒日头底下趴了几个人。这些人蓝工装脏到黑多蓝少，橘红色安全帽被汗渍腌得发臭，头颈里挂脏毛巾，头碰头，围成一个圈，朝地上一个小洞里看。

烈日烤焦荒草，烤得成群麻雀在草叶下耷拉翅膀发懵。阳光亮得像电焊弧，烫伤了草根上死挺的蚂蚱。没人戴太阳镜，他们抬起头，脸上是沼气泡一样密的汗珠和眯缝出的鱼尾纹。

"去帐篷里躲一躲吧？"一个年纪老的央求一个年纪轻的。帐篷就在身边，廉价塑料波纹板的，里面扔几个东倒西歪的矿泉水瓶子和几把草编大蒲扇，还有一个破塑料水桶，桶里面有发黑的脏水。

这些人说同一种音调的宁城话，他们钻进帐篷，把脸埋进水桶，彼此湿鼻子泪眼瞪着："这地底下有油？"

曹刚刚是顶着毒日头在这片房产储备地上活动的唯一一个另外的人，他是个捕鸟户。

所谓捕鸟户，在这个缺乏鸟类的城市其实是头混一口没一口的野猫，他从天麻麻亮就来了荒地，一早上扑来赶去，鸟网才粘住十二只麻雀、一只白头鹎和一只黄白狼。

麻雀和白头鹎是不可能卖到花鸟市场去的，只能回家滚进老油打个牙祭；黄白狼不是狼，是市郊常见的肉食鸟，上下抖黄尾巴，追着吃麻雀，褐翅膀张开，"康康康"地叫。

黄白狼养到笼子里也可以，只要喂它肉吃。不过没人愿意养，嫌这东西太土腥太兽相，好比养个偷眼看人的生番，细皮白肉的市郊人怕的！曹刚刚也不知道拿这黄白狼怎么办，吃了？他尝过，肉又腥又酸，比乌鸦还难吃。

此刻，在他的软网兜里，黄白狼神定气闲，正歪小脑袋觑他呢，不定谁惦记吃谁！

一个张着网等天上掉馅饼的人最大的能力是寻找和发现。曹刚刚收拾起破烂的鸟网，从荒草里一步步磕磕绊绊地走出来。他太细小干瘪了，四十来岁年纪，一口黑黄坏牙，一根烟塞在两颗门牙中间，吸一口，松动的门牙就两边晃，像只开牙欲斗的老蟋蟀。刚刚挂着眼屎的老鼠眼闪亮光，稀奇地看看帐篷里那些外地工人。

"给！"曹刚刚掏出七元一包的红双喜，戳向外地人。

戴安全帽的宁城人看看他，老实不客气拿了烟，自己摸出打火机，一个个点了，蹲在地上吸。

"有啥宝贝？"曹刚刚发了烟，有了问的权利。

宁城人看看他，互相又看看，没人理他，抽烟。

麻雀和两只大鸟在曹刚刚网兜里乱跳，黄白狼竟然凶性发了，一口啄掉一只麻雀的脑袋，麻雀没头的身子在网兜里抽搐，黄白狼吐掉麻雀头，斜睨着曹刚刚。

工人们发出"嘶嘶"声，说这是什么鸟，怪吓人的。

曹刚刚几乎是欣喜地仰起头发粘结的小脑袋，不理睬人。

一报还了一报，彼此就不说话。宁城人继续围成一圈，趴地上

171

往机器打过的小洞里瞎琢磨，用个长柄汤勺舀起东西来看，像轮流喝乌骨鸡汤。曹刚刚不想走了，他偷偷去帐篷里，头扎进半桶脏水洗了洗，被热浪烤晕的脑门松了些，一屁股在篷子下坐了，看工人拿钢钎往洞里捅。

"是油！是油！油啊！"宁城人突然都从地上跳起来，其中一个捧个小铁罐，他们往里看一眼，欢呼一声，把罐子放在地上，拉拉扯扯抱成一个圈，跳起来，夸张地把安全帽往天空扔。

曹刚刚撇撇嘴："油？什么油？地沟油？"他凑到罐子上看，那罐子里皮鞋油一般半罐子黑膏药，气味熏人，"这啥么事？"

"石油！原油！这下面有大油田！"宁城工人憋不住了，"我们发财啦！"

"啥？石油？"曹刚刚跳起来，眼睛像两只往水里蹦的田鸡，跳出去又缩回来，"你们有点脑子好哦？石油？阿要笑豁我嘴巴？发财？天气太热，发热昏！哈哈哈！"

他立起身，摇摇头："今早倒霉！鸟捉不牢几只，天热煞人，好笑倒蛮好笑！"他伸手进软网兜，把死麻雀拎出来要扔掉，想想又放回去，咽了咽口水，跌跌冲冲要回家。

一个工人拉了下曹刚刚衣袖："老乡，这里的事不要给外面说！"他恶狠狠瞪曹刚刚，想要让他害怕。

曹刚刚不理他，径直要回家。

工人里那个当头的也拉住他："老乡，附近银行在哪里？我们要申请贷款，把油打出来！你本地人，帮我们联系联系，算你一份！"

曹刚刚生气了，他抹了一把汗，把鸟网和软兜放在脚下土路上："你们当我是戆儿子？天方夜谭！骗人可以，智商要跟得上！这里是啥地方？这里是大城好不好？"

他给人一个白眼，气呼呼拿东西走人，可他一弯腰的工夫，一口气接不上来，眼前黑了，脚软坐到了地下，恶心了好一阵子。早饭没吃，低血糖，天又热，头发里额头上全冷汗。

宁城大哥笑了："出冷汗？也穷得没饭吃了吧？"

"吃鸟！"曹刚刚缓过来了。

"咱们合伙吧？"宁城人围上来，"你本地人知路数！可怜可怜我们，这么热的天，演得比葛优还认真！"

"葛优？"曹刚刚笑了，"葛优？亏你们说得出口！哈哈哈！"

为表示招贤若渴的态度，宁城人摘下安全帽，重新扎稳裤带，都去脏水里抹一把脸，簇拥着曹大哥喝入伙酒。曹刚刚结结巴巴推迟："我不可以的，难成功的，我老婆做主，她不会放我出来的！"

宁城人哄笑起来："大城男人天下驰名！"

也不往商业区去。曹刚刚正纳闷，一大伙已走到了荒地远的那一头。不知曾几何时，角落里几棵松树下新搭个木片屋子，屋里有个黑脸高颧骨大婶，水桶腰扎个大黄鸭围兜，正横着眼拔一只瘦鸡的鸡毛。她看见曹刚刚，眼色就像看见手里的瘦鸡，嘴角抿成一条扁扁红线。

宁城大哥把曹刚刚的鸟都丢给女人："一齐拔了毛，下酒！"

没几支烟工夫，鸡和大鸟小鸟皆剁成了块，一锅油哗哗炒起，里面很多蒜片，香气袭人，连野猫都跑来看。大哥不避外人，把黑胖老婆叫在桌旁，敬曹刚刚入伙酒。刚刚还在发嗲："不成功！不行的……"不知道是喝酒不行还是入伙不行？

宁城人一个个端着酒不能喝，有点扫兴，家乡话"嘟嘟"地互射。黑胖婆娘突然脸一长："不成功？不成功？不行的个鸟！不要冷了弟兄们的心！"

曹刚刚吓一跳，终于明白上了梁山泊，酒不喝不行。他睨一眼这浑身膻气的凶婆子，怯怯说："早上勿曾吃饭，让我吃一只鸟垫垫，再喝酒。"

人都笑了，看他嚼完鸡块，齐举起杯来。一口下去，刚刚"喔"一声直喷出去。这不是白酒！是高浓度酒精！像喝了医院的纱布！宁城大哥有点不好意思，压低嗓门说："挣钱！挣到了钱，请你喝口子窖！"

曹刚刚嘴巴入了伙，心还没落实，正琢磨今天这事怎么脱身。宁城大哥已经喝高了："兄弟，喝了酒我们就患难与共、有福同享啦！"

刚刚虚应着，眼睛东看西看，想脱身之计。宁城大哥说："有福同享！懂不懂？"围着的兄弟们俱邪笑三分，看刚刚。

刚刚莫名其妙，黑胖婆娘这母老虎突然忸怩起来，黑脸上飞出两块红斑。没等刚刚明白过来，婆娘突然靠上来，在刚刚脸颊上啄了一口，刚刚头颈里汗毛绽放，"呀"地跳将起来。一伙人不由分说，把黑婆娘推在刚刚身上，婆娘一把搂住了刚刚脖子，下手绝不容情。表情像溺了水的刚刚，被她夹头夹脑拖进木片房暗间，婆娘反身一脚踢上门，好个强抢民夫的英雌！

刚刚还想挣扎，一堆腥膻的肥肉压了上来，火烫翻滚，两下子就逼刚刚入了真伙！

唉，万万没想到啊，出来捉鸟，结果服了鸟！曹刚刚的市郊式小聪明输得精光。

二

据说大城人还剩下一点好：有契约精神！

曹刚刚不想入伙，可一旦入了伙，比原来伙里的人都上火。

　　天色还是热得邪火，宁城人照旧头拱头趴在荒地里那个油洞上，演得比葛优认真。曹刚刚穿了件衬衣，家里只有这一件衬衣，还是长袖子的。衬衣下摆塞在藏青色西裤里，可惜没皮鞋，只好穿了新布鞋。老婆亲手纳的布鞋底，让刚刚长高了两公分。

　　刚刚在新城的地中海商城里东游西荡，不是说他没骗过人，也不能说他不想出来骗人，不过，他对着星巴克的玻璃门苦笑了：这帮宁城蠢货给他出的题实在离谱：石油？大城的地下发现了油田？我靠，连说滑稽戏的周立波也编不出这种笑话！

　　这帮蠢货现在撅了屁股，把脑袋放在一个土坑上晒，苦等他曹刚刚把大城的银行家带去买一块不属于他们的地？这简直是个超级黑色幽默，他们凭什么认定自己是马云那样的天才？

　　"你自己先相信了别人才会相信，你自己信踏实了，别人离相信就不远了，这是马云说的！"那宁城大哥等老婆放开曹刚刚去洗澡，就对他说这句话，反复一直说这句话，坚定不移格式化刚刚的脑子。

　　刚刚想到这里，心黑沉下来，自己是个粘在网上的雀了，让人捏住了把柄！

　　刚刚恨自己怎么就这样子不争气，连一只母猪扑上来自己也会有反应？！靠，真是个畜生！他替老婆骂自己，当然绝不能让老婆知道！这就建立了刚刚原来不能承认的逻辑：要帮宁城人找到那个相信油田存在的、自身却不可能存在的傻瓜！找到那个冤大头！这是曹刚刚解脱自己的唯一前提。

　　地中海商城里逛来逛去的人看上去都很正常，曹刚刚没勇气上去惹人家骂神经病，他挽起汗湿了的袖口，把两条多毛的细胳膊插进裤子口袋，往商城外的街面铺子逛去。

　　他走了两条街，抬头见一个穿西装的四眼儿愁眉苦脸站在四海房产中介门口。

方碧的微信名是五个汉字带两个字母：让我透口气FB。方碧来大城五年了，什么都干过，什么都试了，现在他的存款账户还是四位数。

他每天在房产中介门口张望，希望看见一个可以在他的存款数后面送他个把鸭蛋的贵人。

市郊又不是家乡的深山，这里的钱像山里的落叶，成团在风里转。方碧就算是只猴子，跳高纵低也捞到不少，不久前他的账户还是六位数，里面有他五年的辛苦。这辛苦是真辛苦，刚到大城时他等于新开豆腐店，必须让人吃豆腐，这是这滩头上一百多年的规矩，来这里捞世界的，必先苦过一苦。

他当过清洁工，站在垃圾车车门外，穿件黄色荧光衣，像是垃圾车的一只耳朵。见到垃圾桶他就跳下车，把油腻龌龊的桶抱到车身后机械臂上，机械臂举起桶，轰然一声把垃圾倒进车，一股臭味和馊味淋浴方碧一遍。回到宿舍，宿舍的浴室比垃圾车干净不到哪里。

后来，他混到餐厅当传菜员，好歹闻了闻菜香，见识了城里人吃香喝辣。可惜他看不下去后厨兑地沟油洒化学粉让客人吃毒，辞工走了。

他的钱主要是后来在电子商城推销电脑和电脑附件挣来的。方碧模样老实、又真心不愿宰客，生意渐渐就比别人多出一倍。每年年底，他心甘情愿请周边摊位的推销员吃一顿，吃完还让餐馆给每人打包一顿夜宵。他觉得抢了这些人一年，一顿饭是弥补不了的，只算表表心意。反倒是剔着牙的这伙人宽慰他，说他们不急着用钱，没事！

六位数的存款变成四位数，一大笔差额哪里去了呢？方碧想到这件事就万箭穿心，恨不得把嘴扭过来咬自己一口。他不敢让人看见自己怨毒的眼光，只是瞟一眼四海店堂里第二排的第三个售楼小姐，那是个肥腆的年轻女人，大家喊她苹果妹。是苹果妹介绍方碧当了售楼先生，不过方碧不但不感谢她，反倒又恐惧又怨恨。

做人就怕忘记本分，方碧的本分是什么？是个到大城来挣辛苦钱的山里人。挣到了钱，存在银行里，回大山娶老婆生孩子，替爹妈养老送终。他不是在这个城市按揭个鸟窝等拿蓝印户口的海漂。本来他已经可以本本分分回家了，山背后苗寨里那个大眼睛有酒窝的妹子等着他去提亲。

哪想到一夜回到解放前，他糊涂一个夜晚，命运就变了脸。

苹果妹手指在电脑键盘上飞，眼观六路耳听八方，看见方碧垂头丧气在售楼处门外抽烟，她又白又肥的脸上就露出一丝讥讽的笑容。这时候有个男人过来和方碧搭讪，大夏天穿得跟秋凉了似的，这引起了苹果妹的注意，也许不是个普通顾客？一般而言，不普通的顾客，要么什么钱也不让你挣，要么兜里藏着送给你的惊喜。

苹果妹的银行账户上一下子多出一笔六位数，这个数目和方碧少掉的数目一模一样，一分钱不差。说句天地良心的话，她苹果妹不是只蛀了心的苹果，她没存心诈方碧钱财，这钱是自动长了脚从方碧账户上走过来的。如果发生了的事可以改变，她宁愿不要这个钱，但愿那尴尬没发生。

那位酷暑天穿长袖衬衣和长裤的男人很会说话，他已经和方碧聊了快二十分钟了，他们在聊什么呢？陌生男人的表情像在讲故事，方碧的眉毛扬起来，好像很惊诧，也很受吸引。苹果妹很想让方碧告诉她是什么惊人消息，要知道，这段时间他和她之间话越来越少，几乎成了路人。

肚子里的小胚胎动了一动，像伸出小拳头在苹果妹肚子上捅了一下。这个不该露面的冤家，她为什么不同意及时打掉呢？方碧认为是为了钱，可苹果妹知道不全为钱。

曹刚刚是打鸟户，养成了打呆头鸟的习惯，他找方碧搭话凭直觉，直觉这个四眼哥是只瘟鸟。反正自己做着荒唐事，有枣子没枣子打一竿子再说。

他拍拍四眼哥胳膊："哎，四眼哥哥，这么热天你穿西装，你是售楼先生？"

方碧点点头："您买房？"

"我勿买房子，我来找找买房子的有铜钿人。"曹刚刚递过一支红双喜。

方碧接了烟，夹在右耳朵上，诧异："您找有钱人干啥？"他看看瘦头巴脸的曹刚刚，忽然生出悲伤的幽默："您又不是美女！"

"我勿是美女，我勿是美女，"曹刚刚点头，"不过我可能是财神爷。"

"您是财神爷？对头，财神爷专找有钱人，看也不看缺钱的人。"方碧吐出最后一口烟，把烟屁股扔在人行道上。转身要进中介店。

曹刚刚一把拉住他衣袖："勿要急，勿要急，想不想一下子赚笔大钱？"

方碧微笑着转过脸对准曹刚刚："爷叔，我不戆！这条街上有的是想发财想疯掉的人，您找他们去！我这种人，只会赔钱！赚钱只会一个钢蹦儿一个钢蹦儿赚。"

曹刚刚甩了他衣袖，瞪了一只右眼看方碧："当我骗子是吧？"

方碧看刚刚表情，问他："大叔，你左眼怎么啦？"

"看出来啦？"刚刚叹口气，"让乌鸦啄掉了！我是个捕鸟过日子的，眼睛算工伤！"

"工伤？"方碧又笑了，"谁算你工伤？报销你医药费？"

"呵呵，"曹刚刚拧着脖子想了想说，"上帝会算我工伤的。"

他哀伤地扭过脸去，看见水果店门口很多人在吃西瓜，他咽了口口水："我不是骗子，有件事千真万确，找到有钱人，这事就能赚钱！"

方碧顺着刚刚的眼光看过去，他柔软地说："大叔，这条街上哪个不在等待有钱人？这个城市里，有谁不在拜财神爷？你找钱没错，着急就错了！钱和女人这两样东西就是不能着急，急了就错。"说着，方碧自己心里一疼，知道忍不住讲到自己心病了。

他扯住曹刚刚，拉他到水果店，买两片西瓜给他。

苹果妹一抬头，不见了方碧和那个怪客，她心一紧，却立刻又松开了。钱已经到了自己账户上，跑不掉了，就算方碧跑掉，也不算性命交关。她这么想，忽然心酸，这男人，这肚子里的小人儿，还有这一大笔钱，都让她后悔，让她难受。这种难受以前从来没尝过，现在尝了，就像一条鱼尝了鲜美的鱼饵，却发现自己上了岸。

她和方碧上床的时候素不相识，不过不要误会苹果妹是卖的，她不卖，从来没卖过，连想一想也没有。但是她不在乎和陌生人上床，前提是她自己选。

那还是春天，在这个没暖男的城市，苹果妹的荷尔蒙没机会转化成甜蜜的东西，她在微信上摇一摇，摇到这个"让我透口气 FB"，他明显也在春天里。他们彼此看了头像，觉得可以互相借用皮囊，让灵魂消停一个晚上。于是，他们约在麦当劳吃晚饭，他点一个巨无霸，她要一份麦香鱼，方碧还幽默说："不需要去星巴克，因为我们不积分。"

地点是在苹果妹租的小公寓里，她坚持在她的地方，这是她的安全底线之一。她的另一个安全底线是那只薄薄的橡胶套子，她郑重地从床头柜里拿出来，请"让我透口气FB"戴上，不过，小小的意外是这个匿名小伙子从口袋里掏出了杜蕾斯，他认真地说他相信名牌，只有名牌才是安全的保障。

错就错在苹果妹没坚持自己的底线，一切都坏在对名牌的迷恋里。是夜虽然只有一次，一次却有了在腹内蠕动的那小小的后果。

这个后果现在就和她在一起，在她内部自顾自发展，丝毫不考虑她的处境和感觉。她没有任何幸福的情绪，有的只是恐惧和担忧，还有一种顽固的想把这东西生出来看上一眼的欲念。即便方碧跪在地上哀求，这欲念也牢不可破，连她自己都无法解释这对自己有何好处。这胎儿好比是个宇宙人，让她心慌，却好奇。

如果方碧逃走，她也永不再孤单。

方碧请曹刚刚吃西瓜，自己愁眉苦脸在边上眺望路灯下那些蛾子。曹刚刚暂时把脸埋进红色瓜瓤，顾不上和方碧说话。方碧被那句"一下子挣笔大钱"烫到了，不过他难受的却是一下子没了笔大钱，并且，活该！

和苹果妹在麦当劳见了面，其实他是想反悔的，其实他特别不感冒婴儿肥的女人。跟苹果妹做爱，犹如和一条粉白肥腴的米虫做爱，他有点汗！不过，他乖乖吃了汉堡，跟着苹果妹回家，因为他毕竟还是淫的，不管女人长相理想不理想，他的身体需要抱住一团有体温的东西，向这团肉体冲刺。更不地道的是，他的良心渐渐离他远去了，他想玩得high些，在杜蕾斯上预先做了手脚。苹果妹毕竟羞涩，她一闭眼的功夫，他把那帽子的帽冠沿着事先的刀痕扯了下来，好比一顶礼帽只剩下帽檐，或者一个光头的日本人只在额上绑了条白头巾，他相濡以沫地爽了一回，还舒舒服服丢在苹果妹体内……

人算不如天算，苹果妹半夜找不到自己手机，就用他扔在桌子上的手机拨了自己号码，然后在厨房找到了唱歌的三星……

天一亮，两个人装得轻描淡写说一声再见，准备从此相忘于江湖。苹果妹去房产中介卖房子，方碧回电脑城卖电脑，彼此姓甚名谁？不需要知道。

没想到一个月后苹果妹大姨妈爽约了，疑神疑鬼又过一个月，她发疯地趴在床上翻手机，终于天网恢恢……

方碧明白自己不是人渣，做不出人渣事。他承认在杜蕾斯上做了手脚，求苹果妹打胎，苹果妹不置可否。后来，一步步，方碧只好拿钱出来解决问题，苹果妹说你改卖房子吧，这样才有机会把钱挣回去。她给他疏通了中介的位置……

曹刚刚吃完西瓜，用衬衫的长袖抹抹嘴，他拍拍方碧手臂："谢谢你请我吃瓜，现在我要告诉你，你和我两个人靠啥能发笔大财。"

方碧耸耸肩，无精打采。曹刚刚踮起脚把嘴巴凑到方碧耳朵根下："我们发现了石油，油田！就在附近！"

方碧哈哈大笑，乐不可支，他郁闷了好久，现在突然有个发泄的机会，笑得眼泪鼻涕灌溉自己那张杀千刀面孔，他抽噎着说："爷叔，你饶了我吧！"

"不成功！"曹刚刚不依，"不行的！既然你请我吃瓜，我们有福同享！"

他给软弱无力的四眼哥打气："勿用你出头露面，只要你帮我搭搭桥，事成就分你百分之一！不要看不起这百分之一，卖掉油田是天文数字！"

"你是在做梦吧？"四眼还是不服帖，脸上还在笑。

"以前很多聪明人也认为马云是在做梦！"刚刚一字一顿说，"现在才明白自己有眼无珠！"

方碧用手捋捋脸，说："好吧，你在这里等一会儿。"

方碧像只猫凑近刚剥开的柚子，他从苹果妹桌前一晃而过："你来一下，有点事！"

苹果妹随他走进洽谈室，洽谈室此刻只有他们两个人。方碧轻轻合上门，做手势让苹果妹坐。他问："要是我再帮你挣到一笔钱，我们之间能不能一笔勾销？"

苹果妹的脸腾一下灰了，她的丰腴的脸颊绷得很紧，出现了硬线条："我们已经一笔勾销了！"

"不是，你听我说，"方碧低三下四地挤出一粒鳄鱼眼泪，"我后悔害了你，我只有用一大笔钱才能让自己觉得好受些。"

他看见苹果妹脸放松了，赶紧把后面的话撂出来："我是山里人，要回山里过穷日子，为爹妈养老送终，家里已经在催了。要是能再给你挣到一笔大钱，我良心或许能平安，从此，你走你的阳关道，我过我的独木桥。"

苹果妹听出了滋味，她叹息了一声，方碧摸不准叹息的意思，有点心慌。

三

天再这么热下去，就算躲在空调房间也要出事了！齐顾问伸手抽出一张面纸，像他当年追女人喜欢把脸深深埋进人家胸脯那样把鼻子狠狠伸进软软白纸，擤出"吱——"的一串怪声音。

"恶心人！"身材挺拔、比齐顾问高出整整一个脑袋的齐太太在外面房间嘟哝了一声，继续翻手机短信。刚才进来的一条短信是如此写的：穿过你的黑发的我的手，看过你的波纹的我的眼。老地方，老时间。

齐太太红了脸啐一声，抬头听听齐顾问的动静，回短信说：轻骨头！

齐顾问把鼻涕纸扔进垃圾筒，掏出手机按个常用键，听那边柔和谦恭的声音说："这里是索多玛和娥摩拉会馆，请吩咐。"齐顾问青色的瘦脸抽搐了一下，压低嗓门问："812 今天上班吗？我下午两点到。""好的，先生，安排好了，812 两点为您上钟！"

其实，齐顾问和他太太并非两小无猜，对方是块什么料，彼此心知肚明。不过，既然是上等人，就要拿出上等人的腔调，给对方留余地。齐顾问是这么总结夫妻关系的："就把家当成一个特殊的公司吧，你是总经理，她是董事长，合作是聪明人的选择，难得糊涂！"齐太太也有一家之言，她对闺蜜说："你养一只公猫呢，就要容他吃腥，否则只能养公公猫。"她不喜欢养公公猫，同时又喜欢人家家里的公猫。

齐顾问和齐太太和气生财，每年都有很高的进项，齐顾问是拿的顾问费和项目分成，齐太太开了个广告公司，也有她挣钱的法道。他俩有了钱不爱买股票，爱买房子，房契已经塞满了保险箱，还经常一起开着车，去看好的楼盘。买楼，权益人都写两个名字，款子各人出一半，谁也不占谁便宜。平日里所有开销，除了自己的小动作，也夫妻平摊。两夫妇不管是否心心相印，毕竟可算相敬如宾。

这个热得让人心烦的下午，夫妻俩各有各的消遣，正要找个借口分头出门去，电话铃响了。

"谁呀?"齐太太嗲声问,"哦,是苹果妹妹。怎么啦? 又来推荐好楼盘? 上次我们可上了你当啦,都大半年了,那套公寓才涨百分之二十!"

她微笑着听了一会儿,喊齐顾问:"老齐,你来听听,我不太懂。"

齐顾问裹在厚厚的剪绒睡袍里,出来接过电话,他听了听,对苹果妹说:"你啥时候改行玩空手道啦? 嗬,想钞票想中暑了吧?"

"不过,"他乐呵呵对电话里打噎的苹果妹说:"你们想象力是有的,想象力还蛮恐龙的,这个让我觉得有意思! 有空来坐坐吧!"

挂了电话,齐太太撇撇嘴:"这个世界没救了,人人都在骗。"

齐顾问嘿嘿冷笑一声:"关键是有没有愿意被骗的。没有需求就没有供应。周瑜打黄盖,就有戏喽!"

俩夫妻各自换了出客的夏装,在大门口像法国人那样子抱一抱,说亲爱的晚上见! 顾问比老婆矮一个头,远看是个长不大老儿子抱住娘。

苹果妹放下手机,看看方碧和张着嘴巴的曹刚刚,说:"还不如不开口呢,听见了吧? 让人当面笑话了!"方碧面有愠色,看曹刚刚。曹刚刚咂咂嘴巴:"怎么说你们呢? 小弟弟小妹妹做人嫩得很,爷叔我捏你们一下都要捏出水来!"

"怎么讲?"方碧问。

"人家的反应这么正面你们听不出来? 人家有钱人都佩服我们有想象力呢! 请我们有空去坐坐,就是要和我们面谈嘛! 难道你俩还希望别人在电话里和你拍板成交?"曹刚刚伸出骨骼粗重的手,在汗湿的前额上抹一把,对苹果妹献殷勤,"女经理你真有办法! 跑腿买礼物这两样事我来,你只管约人家碰个头!"

曹刚刚稳住年轻男女，屁颠颠朝空地上跑，找宁城大哥报信。空地上正在炸锅，他来得是时候。

有两个戴灰色大盖帽的城管大热天跑来管闲事："拆了！拆！拆！"他们挥舞着手臂，短袖的灰衬衣湿得显了黑，"这地有主！"

宁城大哥沉着马脸，不出声。两个宁城小弟一个劲嚷嚷："地有主？地主来了吗？你是谁？拆了？可以啊，你来拆吧！"

一个大盖帽拉住小木片屋的窄门，用力拉，门发出咯吱声，宁城大哥一摆手："慢！"

他和两个大盖帽面孔对面孔互相看，看了一歇，大哥吐出三个字："要多少？"说这话的时候，他的面颊抽搐起来。

戴眼镜的大盖帽看看不戴眼镜脸上无毛的大盖帽，不戴眼镜的就从胸口内侧口袋掏出一本黄色的发票："按章罚款，五百元吧！"

"我要有五百元早住旅馆吹空调去了，还在这里站木笼子？"宁城大哥说，"两位都是好心人，放我们一马？"

"放你一马？"年轻的大盖帽歪了头，头扛在肩上，上下打量宁城大哥："不服是吧？那就罚八百！"

大哥头一甩，那帮早按捺不住的宁城人像本地土鸟黄白狼赶麻雀，向两个落了单的灰皮白脸市郊小男人围上去。城管急了："做啥？做啥？想做啥？哎呀，坏人要动手啦！"

曹刚刚奔得一头土一头汗一头土汗浑的灰浆，摇手大喊："勿要动手！勿要激动！勿要发戆劲！"

他拨开宁城帮，挤进人堆护住两个城管："看我面上！看我面上！勿要伤和气！"

"原来是打鸟的刚刚！"城管看清来人，心定了。本地话你一句我一句说停当，刚刚向宁城大哥竖起食指："罚一百元，宽限两天缴纳！"

宁城大哥看看刚刚手指，一甩头，小弟们簇拥着走了。

刚刚把城管殷勤送到大路口，他回过来，到木片屋门口站住，看阴着脸蹲地上的宁城大哥和那些弟兄们："大哥，有钱人我寻着了，不过，登门拜访总要买点礼物？"

大哥没搭理他，翘起一根无名指挖鼻孔，挖着挖着，他向空中弹出一丸污物，伸手从口袋里掏出把碎钱扔地上："就这些钱了！"

刚刚从一堆儿蹲地哭丧脸的小弟们老鸹般的黑头颅间走过，他温和地拍拍宁城大哥的肩膀："我不跟你要钱，钱我来出。"

大家抬头看刚刚，眼睛里是问号和惊叹号。曹刚刚呵呵笑了："不过每一位弟兄都要出力来挣钱！挣了钱，给有钱人买礼物，剩下的我们去吃狗肉火锅！"

第二天黎明时分，空地上空前热闹，曹刚刚把左邻右舍的黏网都借来，连同他自己的，在空地西面的高草里布成一堵看不见的墙。天光一白，百鸟齐鸣，曹刚刚觑个亲切，发一声喊，宁城帮大举进攻。他们跟着大哥，一个个手持细竹竿，大喊大叫向空地上的鸟群冲去，群鸟猝不及防，尖叫着向西落荒而逃，然后是纷繁复杂如琵琶曲《十面埋伏》那落雨般的哀鸣……战役总指挥曹刚刚数点战果，辉煌发达，计捕黄鹂三只、画眉两只、虎皮鹦鹉三只、绣眼五只、百灵六只、灰喜鹊十三只、相思七只、白头鹎二十六只，还有一只稀奇的红背啄木鸟和三只黄白狼。

曹刚刚喜上眉梢，他把值钱的鸟装了竹笼，准备送花鸟市场。剩下三只黄白狼在软兜里斜眼睨他，曹刚刚戴上手套，入手去逮鸟，三只黄白狼都死命啄他，把手套的白棉絮都叼出来在兜里飞。曹刚刚扯出一只，对着剩下俩鸟那四只吊眉毛眼睛掰断了手里的鸟头颈，他把死鸟倒拎手里晃，看那俩鸟。俩鸟奇怪，不但不害怕，还在那里互相看，发出呜里呜噜的喉音彼此交谈，四只眼上下打量曹刚刚，看得他心里发毛。

"我看着这鸟来气！"宁城大哥说。他从曹刚刚手里拿过软兜，放在眼睛前细细看那两只黄毛畜生。说时迟那时快，刚刚才喊一声小心，两只黄白狼齐齐跃起，像蜂鸟般在兜里的空中略停一停，尾巴支前托住身子，向前扎猛子，钢铁般的尖喙从软兜空格刺出，一喙啄了宁城大哥的左眼，一喙红了他的鼻子尖。大哥发声喊，甩开软兜捂住脸。俩黄白狼斜刺里穿出松开的兜口，正要金蝉脱壳，没想到大哥的肥婆娘一直在旁边看，她的大鞋底拿在手里，猛打下去，把两只黄白狼拍到泥地上，还要飞起来，婆娘一个肥身子扑上去，结结实实把俩鸟压在厚实的胸脯下："我碾死你！"

大家七手八脚扶起首领夫妻，还好，眼睛只是啄了一口，伤在眼皮梢，一个小血洞，鼻子却少了豌豆大一块肉，痛得火烧火燎。宁城大哥从老婆大胸下扯出俩凶鸟来，一手一只扭了头，甩到荒草里……

曹刚刚买了一篓子本乡的水糯米白糕，捉了两只冠子鲜红的黄母鸡，又让宁城帮的小弟扛了十只黑纹大西瓜，跟上苹果妹和方碧来访齐顾问。

齐顾问和齐太太今天挺高兴，才送走房地产商王老板。王老板去年看中一家医院的地，这医院在市中心黄金地段，给再多钱也不肯搬迁，说怕街坊邻居看病不方便。王老板无计可施托了齐顾问，现在医院搬郊区了，地好好腾出来给了王老板。齐顾问把王老板拿来的现金支票交给老婆，搓搓手说我们怎样庆祝一下呢？正开心着，门铃嘀嘀响，苹果妹昨晚约了来请教。

打开门，场面搞得蛮大：一个黑瘦脸的矮子乐呵呵往门里送东西。先滚瓜，十只油光水滑的大西瓜顺着金色枫木地板往里滚，像新开保龄球馆。后面两只五花大绑的本地鸡夫人"咯咯"呻吟着，也暖温温递了进来。矮子手捧糯米糕，笑容可掬看着齐顾问和齐太太，齐顾问觉得这矮子很有亲和力，齐太太恍惚觉得来了个远亲表弟。

正要往里请，矮子拦住方碧和苹果妹，对齐太太说："格位太太屋里漂亮清爽，我们带了鞋套。"他从口袋里扯出蓝色的塑料鞋套，让方碧和苹果妹一起套上。顿时齐太太打量矮子的双眼添了欣赏的柔光。

齐顾问把客人往里请，名叫曹刚刚的这个矮子又客套起来："勿用，勿用，这宅子太漂亮了，我们粗人当不起，就在门口玄关讨一口茶喝吧！说了话就去。"

齐顾问和齐太太统统都笑："勿要客气，来了就是客，里面请，里面请！"

坐定，奉茶，六只眼睛东看西看，都感叹房子漂亮，齐先生齐太太又会布置，真正高端大气上档次。齐顾问说过奖了，曹兄不妨给我们换换脑子，说说什么是市郊的油田。他说着，忍不住要笑。

刚刚没觉得好笑，路上他自觉好笑，此刻他虔诚了，油田的事情蒙上了一层神圣的光辉，在他心里稳若泰山。他若开口说油田，心里就有那往外吐油的大地，要么不说，一说必要口吐莲花，至少口吐原油！

刚刚说："不瞒顾问先生太太，我是个捕鸟维生的乡下人，没什么真见识。这油田呢是我捉鸟的时候看一帮宁城工人打出来的，我也不懂到底值不值钱。值不值钱要齐先生齐太太这样的贵人看，我们么，在边上跑腿帮衬，有肉就讨口汤喝；要没戏，齐先生也别笑话我们，我们捉鸟有一套，捉钱十有八九捉不到，那是常事。"

齐顾问稀奇刚刚会说话："曹兄这口才，可惜了，应该当律师。"

曹刚刚忸怩："每天追着鸟跑，学坏了，呱呱乱叫。"

齐太太也有趣他，笑："是口才呱呱叫，不是呱呱乱叫。"

齐顾问就沉吟，想了半天，自问："谁会信呢？"

苹果妹、方碧面面相觑，还是刚刚来接嘴："相信天上掉馅饼的人就会信！"

齐顾问扬起眉毛，又看看刚刚，他拍拍太太手，说："这位曹兄是位奇人，说的都是哲理！来，去砍一个冰西瓜，让大家爽一爽！"

大家啃着冰凉的西瓜，齐顾问冷不防就问刚刚："油田这个主意很有创意，不过这创意是你那些宁城朋友的，他们不知如何掂量自己？"

刚刚被西瓜子呛了，他咳嗽咳得连连点头："齐顾问真是辣姜！您比我了解这些外地人！我随便问一声，要是贵人们成了事，一百只蟹里分他一只螯，不知求得是否过分？"

齐顾问没回答，好像根本没听到刚刚的问号，他文雅地递片西瓜给苹果妹，劝她多吃，倒是齐太太抚慰刚刚："放心，齐先生的朋友都是明白人，他们捣起浆糊来，上头不冒泡，下面不粘底，人人要开心的。"

送客出门到电梯口，齐顾问才松了一小口："有空，也见见你的宁城朋友！"

四

索多玛和娥摩拉会馆位于市中心一条比较僻静的小马路上，门口几乎没什么惹眼的招牌和广告，有一个高得像电线杆的男人站在会馆门口，穿着干净白恤衫，专门代客泊车，并且负责说一句话："先生里面请！"

齐顾问把自己的宝马交给瘦杆儿男人，就匆匆往会馆深处进，不想被熟人撞见。他是一个生性谨慎的人，熟悉他的朋友想起他这个特点就觉得特宽慰。他走到云石装饰的前台，被前台古朴黄晕的光照得像只刚从琥珀里爬出来的大甲虫。

四十多岁的女经理露出客套的微笑："齐先生来啦？顾总已经在12号贵宾厅等您了。"

"今天的号牌我看看。"齐顾问挤出一个敷衍的笑容，他看了看递过来的硬片纸，上面是潦草手写的号码，他犹豫了一下，说："831吧？是那个高个的？"

"是的。"女经理礼貌地为他肯定，"您是先和顾总聊天对吧？我让她等着。"

顾总的雪茄烟味已经飘荡到走廊里，不过这里的客人没一个会投诉雪茄味儿，在这种地方，雪茄的白雾是舒缓神经的妙品，好比往一个色迷迷的半大孩子嘴里塞个五香茶叶蛋，转移一下他的感官。齐顾问推开门，正看见顾总吐出一个五大三粗的烟圈，像只胖鸽子飞过来。

"罗密欧与朱丽叶？"齐顾问报出雪茄的牌子。

"是哦，这个清淡一点。"顾总有白发的头颅从沙发里抬起来，他的脸上是电车轨道般的纹路，年纪不小了，"给你带了根丘吉尔。"

齐顾问接过老粗老长的一大根，放在鼻子低下嗅了嗅："顾兄，今天我有点神经病，要请教一点荒唐事呀。"

顾总递过雪茄点火器，看齐顾问转着圈在丘吉尔头上烤，烧红了丘吉尔的脑袋，他笑了笑："世界上没有傻问题。"

俩人并排吞云吐雾，胸口就积聚了一种烟草促发的力量，齐顾问说："有个弥天大谎，不过充满江湖力量，我闻得到里面那股浓烈的钱的骚味儿，就是不知道怎样才能炼出真金来。"

"讲讲。"顾总明显喜欢这调调，他掌管跨国风险基金，从来不拘一格。

"如果有人说市郊一块地上打出了原油，可以开采，你怎么想？"齐顾问说。

顾总不由得发出"嗤"一声，他慢慢吐了个烟圈，说："就算真有油，也没法采呀，特大都市的近郊，怎么通得过环保评审？"

"正是！"齐顾问点头附和，"不过，这点子真有点创意力，搞得我睡不好觉！"

顾总笑了："你想钞票想疯了吧？"

"倒不是！"齐顾问否认，"正是点钞票点得恶心了，想来点有趣的玩玩。"

顾总把抽剩下小指头长的罗密欧与朱丽叶放进烟灰缸，拿起台湾乌龙喝了口，说："谁会相信？"

"相信天上掉馅饼的人就会信！"齐顾问立刻回答。

顾总愣了愣，哑巴嘴巴："这话有点意思，相信天上掉馅饼的人很多，却都是同一类人。"

"哪类？"

"股民呗！"顾总嘿嘿笑了。

"说到点子上了！"齐顾问两眼放光，从沙发上直跳起来，"骚味儿飘到鼻子尖喽！"

顾总点的钟准备好了，他站起身，和齐顾问握握手："待会儿我先走，有事你电我。"

齐顾问关上门，兴奋地搓着手，顾不得在会所里忌讳，给老婆打了个电话："亲爱的，你找一下苹果妹，让她安排见一见那宁城人，我和老顾想出点子来了！"

挂完电话，他推开门，朝小弟喊："让经理安排上钟！完了我还有事办！"

方碧印象里，这还是第一次同苹果妹站在同一立场上，他在苹果妹不愉快的尖声意见后加上自己的看法："不行吧？懂不懂规矩？这么多宁城人都上齐先生家去？跟讨薪似的？"

曹刚刚尴尬地笑了，低下头，伸手搔乱发："我也这么说的呀，不过宁城人有点转不过弯来！"

的确出乎刚刚的意料，他向宁城大哥一汇报和齐顾问的协商，宁城大哥甩手就把手边一块臭抹布扔到了刚刚鼻尖上："不行、不行、不行、不行，一百个不行！油田是我们挖出来的，你个叛徒，把我们的大买卖送给了小白脸？！我们连百分之一也拿不到？"

刚刚把抹布从鼻子上扯下来，一股泔水味儿，他苦笑："大哥，你醒醒，哪有什么油田？人家把你的谎话夸成创意，你自己也信了？"

"我看你个猴嘴猴腮的曹刚刚就不是个好东西！"和刚刚有过那么一次鱼水之欢的黑胖子大嫂伸出粗胖手指，点了点刚刚的太阳穴，臊得刚刚屁滚尿流。

怎么说道理讲逻辑，宁城人都对着刚刚群情激奋，他们把手指塞进嘴巴打出青蛙放屁的口哨，他们轮流过来像看不足月的流胎那样打量刚刚，捂住脑袋头疼欲裂；宁城大哥拉长马脸一个劲地问："我们趴在荒草里被日头烤成地瓜干我们为的是啥？""为的是啥？""为的是啥曹刚刚？"黑胖女人在烂掉的围裙上擦着手，一次次忍不住伸出手指点刚刚的太阳穴："你个死鬼曹刚刚！把我卖了！"

　　曹刚刚觉得自己是被二十只黄白狼包围的麻雀，人家还不咬掉他脑袋，完全是因为他身材可怜不够每人分一口。

　　宁城人已经花光了最后一个铜板，最近这几天，他们吃的土豆和毛豆子都是刚刚从自留地里挖和摘的。现在，几天前还和刚刚桥归桥路归路的这群流民成了刚刚的舅子，吃不饱都跟黄白狼似的打量他，刚刚想到被黑胖女人搂住的那个鸳梦就后悔到想吐。

　　偌大个荒地上的鸟群已被他们反复驱赶得只剩几只流莺，花鸟市场老板被几天里送来的大群本地鸟类吓得睡不好觉，他在几百只灰喜鹊和上百只百灵的笼子上加贴了白条广告：欢迎放生，享受批发价。

　　他没好气地问曹刚刚："你赶尽杀绝想干吗？筹钱讨小老婆？"

　　曹刚刚发现掉进陷阱的并非只是鸟，也有他自己，他是最大那只，被网眼扣紧了，动弹不得。想到绝望之际，刚刚瘦皮拉筋的脑袋烫起来了，他突然推开黑胖女人点在他额头上的胖手指，跳将起来，破口大骂："册那！宁城人实在勿懂事！你们会做啥事体？个个肩膀上顶一只黄鱼脑袋！"

　　刚刚竟然一指头指回黑胖女人的天灵盖："你们只会在这只黑煤饼身上打洞，只会打洞！你们问问她，要是肚子大了，是你们怀胎十月还是她怀胎十月？是你们又开大腿哭天哭地生还是她生？是你们一把屎一把尿养还是她养？你们凭什么觉得孩子是你们的不是她的？你们除了撒那泡骚尿还干过什么？"

　　宁城人都拧着脖子看刚刚，听傻了。

　　刚刚走到宁城大哥前，像只小公鸡抬起脑袋："你不就是有个破点子吗？什么油田？笑疼中国人大牙！想钱想疯了你！我不管了，你们去打油去发财吧！"

　　刚刚转身要走，自然，他走不成，宁城人都这样，等臭嘴说烂，人家撂挑子，他们又一抹脸，开始甜言蜜语。

宁城大哥大嫂只提一个要求："弟兄们都是一起来混的，和有钱人见面要一起去，让有钱人点点人头，将来领钱有个数目。"

方碧说："听他们放屁！有我方碧在，就不许乱放屁！苹果妹的人脉由不得他们乱糟蹋！"

刚刚说："那你的意思？"

方碧和苹果妹咕哝了几句，告诉刚刚："本来应该只去一个代表，现在体会你难处，就两个代表吧！我们五人去齐家。有话好好说，不好好说就滚！"

刚刚咧嘴笑笑："我转告宁城人。"

天色还是流火，知了喊破嗓子，宁城大哥带了老婆，俩人换上最干净的衣服，就是颜色有点扎眼，没法像西瓜绿皮配黑纹那般好看，差不多是蓝西瓜长了橘红条纹那般有创意。方碧说这不要紧，干干净净就算有礼貌了。

礼物还是刚刚投资的，这次是各色蔬菜，都是刚刚自留地拔的，新鲜水灵的杭白菜、菠菜、青菜、茄子、丝瓜，还有五只8424西瓜。五个人每人手里拎了点绿意，方碧买了两袋子红富士苹果，排队在齐顾问家门口。

齐太太打开门，正等刚刚掏鞋套，宁城大嫂和宁城大哥已经大踏步走了进去，刚刚拉也拉不住。他俩把嘴咧得大大的，手里的青菜茄子噗咚噗咚放到了气派的牛皮沙发上，落出一些细小的土块和杂草。

齐太太吸了一口气，客气的声调低了八度，齐顾问看也不看宁城大哥和他老婆，专门和苹果妹打趣："还送什么苹果呀？你来不就有苹果啦？"

曹刚刚点头哈腰进来，一看人还没让，宁城的一对儿已经大剌剌坐在了牛皮沙发正中，和青菜茄子排成一队。齐先生请大家都坐，太太奉上茶来。

宁城大哥和老婆两对贼眼骨碌碌到处乱看，不住咂嘴，老婆对老公说："咱县太爷家也比不得这里富贵！墙上这字画恐怕都是真货，比扒下你那张皮都值钱！"

齐太太瞪圆了眼睛，又捂住嘴笑了。齐顾问向这个递眼色又向那个眨眼睛，也乐不可支。方碧比上次来时认真多了，他代表大家开口："齐顾问齐太太，我们冒昧登门，这里是宁城的赵哥赵嫂，油田的事情最先是他们在荒地上勘探的。"

"是我们发现的！"宁城大哥大声肯定，点点他的马脸下颌。

"我肯定！"黑胖赵嫂满面严肃，加了一句，还举了举右手。

"太逗了，老公！"齐太太花枝乱颤，倒在齐先生怀里，兀自喘不上气。

齐顾问拍拍老婆肩膀，笑道："赵哥是不是和赵本山亲戚呀？"

宁城大哥愣了愣，突然很生气地对曹刚刚发声音："咱们是来谈判的不是？我很可笑吗？"

齐顾问又像没听见他的话，问苹果妹："苹果，大酒店后面那块空地是哪家房产商圈的？"

"是绿贸房产的地。"苹果妹脆生生说。

宁城大哥的马脸抽搐了一下，他老婆倒不动声色，喝了口茶，把嘴里茶叶抠出来，放在食指尖上，大拇指叭一弹，粘地毯上了。齐太太看见，双手捂住眼睛，好一会儿才放下。

"赵兄看来是绿贸房产的董事长啦？"齐顾问笑嘻嘻看他。

"不管地是谁的，油是我打出来的。"宁城大哥说。

"我肯定！"他老婆又举一举手。

大家没笑，方碧插嘴说："赵嫂，中国地方大，习俗也不同，你们那搭，如果有人去你家地里拔了麦子挖坑养鱼，你发现了咋办？"

"我家那是麦地，种着麦子呢！这里是荒地，人人可以在上面走！"黑肥婆子不傻。

"我们不傻。"宁城大哥用指节敲敲玻璃茶几，"那地当然不是我们的，我们不卖地。那点子是我的，我卖金点子。"

"你不傻！说对了！"齐顾问收了笑容，"卖点子不能要卖地的价！"

"那，点子什么价？"赵嫂急了。

"点子的价格么得看是什么人的点子。"齐太太抓住机会，终于对这黑婆娘吐了一句。

"点子就是个点子，看什么人呢？"宁城大哥一脸不服。

"不看人？"方碧问他，"不看人，张艺谋到西湖上挥挥红绸布能赚几千万？你赵哥去挥挥红布看？不但没人给钱你，还抓你扰乱公共秩序罪！"

大家都憋不住笑了，连宁城大哥夫妻俩也笑，赵哥抓头皮："这人跟人真没法比。他手里的蛋孵龙，我手里的蛋出乌龟？"

明白了理，气氛就好了，赵嫂也不举手乱肯定了，就问怎么办。

齐顾问说："点子不能当饭吃，况且是个谎话。我能做的就是把这个点子告诉比我们大家都更有能耐的人，人家如果能凭这点子挣钱，那是人家的本事。有肉吃人家不会忘记请我喝汤，我要是有汤喝，不会忘记请你们大家喝口水。事情就是这样，也只能这样。"

曹刚刚闷了半天，这时候喝彩："齐先生说话实在，说到我心上！"

宁城大哥叹了口气："唉，大热天的，被太阳晒成蛤蟆干，也挣不到几个钱！"

　　齐顾问看看老婆，齐太太站起来，里面转了圈，出来手里夹着个白信封，她把信封往耷拉着脸的赵嫂手里一塞："我们看苹果妹的面子过问这件荒唐事，没想过挣什么钱，我们齐先生也就是一个顾问，顾问顾问，我答你问而已。这点小意思算我们一个见面礼，大热天的买几杯茶喝。"

　　赵嫂听都没好好听齐太太说什么，就势打开信封，看见里面大约千把块钱，高兴得脸上都是笑，连连点头哎哎哎……

　　齐顾问说："你那些兄弟不要解散，也许还有用得上他们的时候。"

　　大家告辞出来，在公寓小区门口苹果妹和方碧向他们拱拱手就散了，曹刚刚跟着那两口子一直走，走到木片屋子，忍不住说："礼物都是我出的。"

　　那黑胖婆子推他一把："你揩了老娘油都没送过礼物！"赵哥听不下去，夺过老婆兜里的信封，掏了两百元给刚刚。赵嫂点点剩下的，竟然还是一千元，原来齐太太给了一千二。

　　"有钱人就是阔气！"她叹息道。

　　"不是阔气，是害怕我们去搞他！"宁城大哥又挺起了胸脯子。

五

　　齐家夫妻从前是不炒股的，这个大热天倒关心起股票来，门口书报亭卖不掉的股市小报齐先生都买来一页页看，他在寻找一个契机。

　　顾总帮齐顾问约了绿贸房产的老板葛明礼吃西餐，葛明礼请客。

　　葛总身为房地产老板一点也不嚣张跋扈，人家找上来，倒是他请客吃饭。为啥？当然是因为葛总其实没钞票。不但没钞票，还拖欠了蛮多。

听上去勿可能嘛！绿贸房产圈了这么大一块地，他没钱能圈这么大块地？

事体么要讲到葛总的老丈人了，葛总的老丈人是哪位呢？也不是所有人都不知道，他是某个花瓶团体的前任主席。前主席一辈子笑容可掬谦恭有礼，和所有人称兄道弟，他勿贪心吮野心，就像到这个世界上来，就为了完美塑造一团和气。等到女儿大学毕业嫁了人，女儿有一天对他讲："爸爸，自私了大半辈子，为我破一次例吧！"这大城里人叫女儿都叫宝贝女儿，前主席对老婆不怎么迷恋，对这个独养女儿却从小百依百顺，恨不得做自己的女婿才好。女儿要他破例，他就破了例，跟这个郊县的一把手开口，要了这块地的开发权，女儿作风泼辣，跟银行贷那么一大笔款子，付了第一期地价。没钱，又不愿意别人来分一杯羹，女儿女婿守着这块地段好得了不得的地，一晃过了十几年，错过了最好的开发机会。现在尴尬，反要请人来分吃这块肉，房地产的黄金期过了。

葛总年纪也奔五了，本以为讨这个千金攀上了豪门，现在明白是一场逼真的春梦，道具样样都有，可惜戏份不够，终于唱不出来。唱不起来也罢，却欠了银行钱。如果咬咬牙把地卖了，地价涨了好多，还掉银行的钱满有结余，不愁这辈子吃穿。不过人是要靠豪情过将来日子的，卖地就卖了一腔男人血，活憋屈了！所以始终犹豫，恨不得这地下有宝石挖出来！或者拉起大棚，偷偷种一季大麻罂粟也成！梦想让地有点出产，补贴家用、帮补雄心……

听说过这个齐顾问，历来大城里吃得开的，他通过顾总来谈这块地的风水，葛明礼嗅出了一丝铜钱的骚味儿。大夏天的，这骚味儿让他愿意出门摆上一桌。

大家寒暄入座，葛总不摆阔，自己带了三瓶波尔多红酒，斟满，干了第一杯。

齐顾问更不弄玄虚，他摆开龙门阵，就开故事会，把葛总的空地上最近发生的趣事一桩桩道来，和一道道西餐配着，大家有吃有笑。

葛总说："兄弟惭愧，地搁在手里抛荒，惹出这么多笑话。"

顾总却说："葛兄大智慧，地价一年年翻，早动的人，没赚到多少。"

齐顾问和葛总陌生，不便油嘴，就说："地放着也是放着，最好再有些出产？"

葛总站起来敬齐顾问一杯："齐兄是有名的财神爷，思路开阔，今天有幸相见，请不吝点拨一下小弟。"

齐顾问讲："哪里要这么客套，没您几位老兄如此有成就，我齐某再耍小聪明也没依托！今天我斗胆来拜会葛总，就是有点痴头怪脑的想法，一时半会儿都还成不了形，等想明白了和葛总请益。现在么，就一点：若有人在葛总的地盘上闹腾打油的事，请葛总见怪不怪，先不要阻止，也不去辟谣。其他，到时候我看了，特为再和葛总商量。"

葛明礼初看这齐顾问说野故事，以为就是个骗酒喝的混混，自己这地抛荒得久了，一时半会儿原也不会有啥好事敲门。现在听他话里有布置，虽然心痒，也不追问，看他有何讲究，反正荒地就是一块土，随你们怎么玩也玩不坏，有何不可？

大家起立干杯，就此别过，齐顾问不白吃饭，送上一张提货券给葛总当见面礼，葛总一看，哟！古巴雪茄！明白这齐顾问有点气派，欣然收下了。

告辞出来，齐顾问对顾总说："你不要走，这事还得靠你，我们找家茶座多讲一个钟点，省得另约？"

顾总看看手表，打电话给秘书推掉一点事，笑对齐顾问："我们老兄弟，什么一个钟点、两个钟点？搞得跟会所娘们一样！今天没别的事了，说话归说话，我要抽一抽。"

齐顾问拿出一盒玻利瓦尔，说："知道你喜欢，我让人带了。"

在南京路老别墅隐秘的雪茄吧坐下，窗外假山草地修竹香樟，有一道小瀑布在假山里发出淙淙之音，老朋友俩吞云吐雾了一阵，齐顾问说："我注意到一家上市公司，天天吵着搞资产重组，一会儿搞矿产，一会儿搞什么在线教育，一会儿又去搞卫星通讯，到头来都是雷声大没雨点，动着嘴皮子就把钱挣了，这家公司你当然知道？"

老顾笑得像个顽童，白头发跟仙鹤一样一绺竖在脑后："何止知道，我认识那个北京人，老北京所有的油滑和淘气都在他身上集大成，跟个四合院文化活标本一样。"

"能和这个北京人董事长谈点生意不？"齐顾问问。

"让他收购小葛的油田？呵呵，你快把天方夜谭弄成一千零一夜啦！"顾总吐一溜烟圈。

"天方夜谭和一千零一夜是一回事。"齐顾问笑。

"什么思路？"

"喏，我是这么计划的……"

两个好朋友看看四周，压低了嗓音。

天空起了乌云，夏季暴雨快要倾泻下来，荒地上飞满了密密麻麻几万只黄蜻蜓，宁城大哥率领宁城帮和黑夫人，要去曹刚刚家躲雨。

曹刚刚一直若即若离，这是宁城大哥最窝火的。他派小弟们跟踪刚刚，刚刚回个家也是东兜西绕，几乎走遍了新城区，却又消失在小巷里，把跟踪的小弟绕得回不了荒场上的木片屋。好不容易跟到了曹刚刚家门口，无意中往回一走，竟然离开宁城帮的木片屋不到一公里，气得大家直骂。

曹刚刚住着一栋水泥大瓦房，上下两层，有个小院子。院外还有一亩三分自留地，茄子紫紫挂，菜地绿油油，相比宁城帮，他就是个资产阶级。资产阶级睡了无产阶级的女人，不但不让无产阶级看看他自己老婆长个什么样，连门都不愿让无产阶级摸。是可忍，孰不可忍。

不是真要让曹刚刚怎么样，大家也是没得办法，这大暴雨砸下来，木片屋就成了淋浴房，就求到他密密的瓦片下躲一躲，这点卑微的要求不过分吧？

小弟们头前带路，宁城大哥大嫂手里拖了一点破箱笼，没有马骑没有驴牵，迤逦向曹家走来。

曹刚刚正在地里挖几个土豆，一抬头，惊得一屁股墩在田埂上。他连滚带爬朝屋里窜，老婆正在灶上烧热水，女儿穿着开裆裤，拖着清水鼻涕玩刚刚给她逮的老蜗牛。刚刚声音都变了："快快快，强盗来了！你赶紧带上女儿去你妈家躲躲，我来对付。"

老婆"切"一声从鼻孔出来："曹刚刚，别玩花样，挖几个土豆你又要想溜？今天不许出去，就是干活！"

曹刚刚气急败坏，嘴唇尖上登时出了块红火气，他抱起女儿往老婆怀里塞："赶紧，是真的，我认识这些坏人，你快走！"

老婆朝窗外一探，果然一队人马已到了村口，她看看曹刚刚的脸，苦道："坏了！昨天刚从姆妈那里借了一千元，放在床头抽屉里，快去拿！"

曹刚刚噗通跪在地上："快走快走，别管钱了，命要紧，那些人我认识，杀人强奸的！"

曹刚刚推着老婆女儿从后门才逃走，宁城人已经进了院门，大声喊："刚刚在家吗？客人来了！"

刚刚一头冷汗冒充心头暖流，满脸堆笑迎将出来："哎呀呀，什么好日子弟兄们都来啦？请都请不来！"

黑夫人身款肥肥地把箱笼往地上一扔，直起腰打量刚刚的瓦房："豪宅呀，刚刚兄弟！别担心，我们不是来打土豪的，就是躲躲雨……"

话音未弱，银色大雨珠哗啦砸了下来，宁城人哇哇大叫，一个个像放大一万倍的黑蚊子朝刚刚门里钻，刚刚哭丧着脸跟进来，还客气："坐，坐，坐，我烧水呢，马上有茶！"

黑夫人从兜里掏出一个小包："刚刚，我弟妹呢？我还带了礼物呢！"

"她，她去外头打工了，我就一个人。"刚刚抖着牙齿回答。

"你老婆去外头打工？那你养了野女人？"宁城大哥指指院子里屋檐下晾着的女人衬衣丝袜，露出一丝色迷迷的笑。

刚刚说不出话来，低头在灶上舀热水，给众人泡茶。

宁城帮像到了自己的巢穴，上下到处乱走，走了一圈都来大哥身边咬耳朵，大哥听着绷起了脸，他朝弟兄们摆摆手，先低头喝了口刚刚奉的茶，盯着刚刚眼睛看。

刚刚怎么也不能直视大哥的眼睛，更没法看黑夫人嘲讽的胖脸，他看自己膝盖，好像膝盖上停下只宝贝鸟。

"刚刚，我问你，"大哥和气地说，"那些有钱人花多少钱买了你？"

"啊？"刚刚愕然抬头，"你讲的是什么话？我为这事情动脑筋动得头皮都抓破，才帮你们找到有钱人！"

"找到又怎样？我们拿到啥好处了？他们答应我们啥好处了？"大哥还是很和气。

"大哥，这主动权勿在我们手里呀！谁有钱谁掌握主动权，我们只能帮衬有钱人，等几个赏钱是勿是？"刚刚说得快哭了。

"错！"宁城大哥慷慨激昂一巴掌拍了桌子，把屋里所有人都吓一跳，刚刚尤其魂飞魄散，"错了！我们不做奴才！王侯将相有钱人宁有种乎？"

屋外瓢泼大雨，水花有蝴蝶那么大，屋里大家屏住呼吸，在大雨天的暗灰色中瞪着宁城大哥的脸。大哥抬起脸，看着窗外的电闪雷鸣："刚刚呀！你低看我们了！"

暴雨来得快去得更快，突然一道彩虹横在瓦蓝色的雨后天空，太阳的金光刺破云层，空气里一股令人舒心的臭氧气味，蜻蜓又高飞了。

宁城人喝完了热茶，又吃饱了刚刚从锅里端出的熟玉米棒子，一个个袖口捋了嘴，有些困倦。大哥说："刚刚，我决定了，油田我不卖了！就是说，油田的金点子我不卖了！你告诉那有钱人，除非拿十万元现钞来，否则我们井水不犯河水，他过他的好日子，我们啃我们的玉米棒！"

弟兄们欢呼起来，黑夫人放下送刚刚老婆的礼品盒子："走！我们回去木片屋子，把积水舀出来！"

一伙人留下杂乱的鞋印和牙痕纵横的玉米棒，走了。刚刚像在一个不祥的梦里，浑身发软，他走上去看看床头柜，一千元钱不翼而飞。

黑夫人放下的礼品盒子里空空如也，什么也没有。

苹果妹害怕黄昏，夏季的火烧云把黄昏打扮得像一个充满期待的彩云世界，仿佛接下来的夜晚甜甜蜜蜜，让人对家有无比的期待。万家灯火，热锅冷空调，夫唱妇随，孩子咿呀叫喊……

晚饭是后街送来的一客盒饭，吃完了，人还得坐在中介所电脑屏幕后面，等待吃饱喝足的有钱人偶尔在门口驻足，讨论一下买房换房和租房的可能性，假如来人露出了意向，那就要绞尽脑汁斗智斗勇，争取让他掏钱还觉得占便宜。这个活，也许适合苹果妹，但肯定不适合她肚子里的孩子。现在，这小鬼又在伸手踢脚，让苹果妹一阵阵难受。

她忍不住斜过眼去看同样正襟危坐的方碧，方碧几天前做到一单生意，给公司挣了两三万，他抓客是有一套的，人家付了钱还夸他实诚。不过方碧没有开心，他成天拧着眉，痛苦地把身体蜷缩起来，像一只流落到大街上怕人踩的刺猬。今天经理奖励他，刚刚拉他去大排档上庆祝，喝了酒，方碧脸色不好，也许是酒喝多了。

堪堪快九点了，大家有戏没戏都收拾电脑下班，方碧摇摇晃晃站起来，跑到门口街面上吐了，一股浓烈的酒气。经理仿佛明了苹果妹和方碧那不明不白的关系，他招呼苹果妹："苹果，来，我开车，你帮忙把方碧送回去。"

当着经理，苹果妹当然不能说去自己家，只好把方碧往他自己租的小平房里送，经理送到门口，说："苹果，拜托你了，我还有点事去应酬！"

苹果妹把方碧扶进冷清清的房间，方碧说："酒多了！我躺一躺就好，这里热水也没，你快回去吧！别伤了身体！"他看看苹果妹的肚子，那里微微一拱，也还看不出来。

苹果妹不言语，麻利地烧上了开水。打开冰箱，里面还有几个鸡蛋，她炖了热蛋糊，准备喂方碧，可方碧睡死了过去，叫也叫不醒。

苹果妹替他脱了鞋子，屋子里并不太热，就用毯子盖了盖他的肚子，正准备自己洗涮一番，留下来照顾他，忽然看见枕头下露出一本照相簿的尖角。

拧开台灯，苹果妹看见了方碧的老家，青山，喀斯特岩层，蜿蜒清澈的河流，还有大眼睛腼腆的苗寨女子……这女子如此天然，好比山乡一朵野花，丝毫不沾人间智慧气。她站在各种树木、土屋和田地前面留影，和身边所有东西融成一体，仿佛是墙角那只蜥蜴的同伴，又是红百合中的一枝……

苹果妹惶恐了，惶恐肚子里那个孩子的多余或孤独，惶恐自己的决心是个错误，惶恐方碧的冷漠是块暖不过来的荒石头……

她替方碧关好门，自己步行了好长时间回到家。在不确定的关系中漂浮的人，一旦看见不该看的东西，就会增添一道年轮，年轮都是刀刻的，刻的时候会疼会发烧会迷糊。

苹果妹失眠了，失眠像是块湿的白布，蒙住了她的头，拉不掉推不开。等太阳出来，布没有了，头又潮又酸，想不明白事情。

她决定请假不去上班，在这个大城里，苹果妹无亲无故，只有一些老客户可以假装亲近。即便是假亲近，今天她也需要，人依偎着假火壁炉，也添些温暖。

自己不知道要去哪儿，苹果妹昏头昏脑就站在了齐顾问家门口，并且按响了门铃。

齐太太打开门，她手里捏着一根金色的油条，惊讶地张大了眼睛。女人的心是肉长的，她同情地叫嚷起来："怎么啦？苹果？谁欺负你了？快进来，进来，你好像发烧了！"

齐先生在喝豆浆，一杯白白的液体冒着热气，他在冷空调里汗津津，睡衣敞着怀。看见苹果妹，齐先生赶紧整理好衣服，为了赶走尴尬的空气，他打趣说："这个世界不好，肯定又是谁悔约了，苹果的指标没完成？别伤心，你打个折，看我们可不可以接盘？"

他的玩笑只换到苹果妹一个淡淡的不成形的向上翘的嘴角，苹果妹呜呜哭了，齐太太拧来热毛巾，对齐先生说："你去办你的事，我们女人说话你不必听了！"

于是，苹果妹像力气亏尽了必须呕吐一样把肚子里胎儿的来龙去脉倾倒在齐太太耳朵里。

齐太太听的时候，只是说"后来呢""后来呢"，听完了她也不作声，陪着苹果妹沉默，沉默了好一会儿，她叫喊起来："齐顾问，来！"

女人的事不需要男人倾听，男人是眼目的动物，缺少倾听的技能。不过女人的事情必定要男人来拿主意。齐顾问听了故事，先是唉了一声，估计是表达同情，然后他直奔结论："苹果，依我老爷叔的见识，这事情长痛不如短痛！"

男人也不擅长抚慰人心的工作，他们只会实打实拿解决方案出来，齐顾问说："要用钱吧？你做了这么长时间中介，应该有些积蓄吧？这样，信得过我们的话，你这几天去买股票，买一个叫做小分股份的票，涨上去了就抛掉，算我们谢谢你一直介绍客户来，记住，要保密，只许你一个人知道！"

齐太太又安慰了苹果一个钟点，送她出来叮嘱："齐先生对你好，股票的事情一定要保密！"

送走苹果妹，齐顾问站在厅里看着老婆，一脸郑重："跟你商量个大事！"

齐太太嗔道："吓人倒怪要干啥？"

齐先生深深吸了一口气："这次我们搏一记吧？我已经托人把我们手里的房子都找到了下家，只要你同意，全部抛掉，现金马上到账。我们买进小分股份，大大赚一票！"

齐太太愣在那里，也死命吸气，谁让她是家里董事长、女中豪杰呢，她牙缝里蹦出一个字："行！"

还是在索多玛和娥摩拉会馆见面，这次齐顾问和顾总各自先来，改在上钟之后碰头。齐顾问慵懒地冲完凉，先叫了点心吃，等顾总完事。顾总进来，寒暄了，也不叫点心，骂骂咧咧说今天的小姐不好，缺乏职业精神。骂了一会儿，进入正题，问齐顾问："你建完仓没？"

齐顾问说："满仓了。"

"好，"顾总说，"小分股份的北京人不是个干正经事儿的，股票年年亏损，炒作假题材倒年年赚钱，一点成本都不用花，我们一和他聊起油田的事，他倒好，说这是绝妙题材，题材真了反倒不行，就是让人将信将疑才能顺利建仓和倒仓。你不着急，可能他还要倒腾一下震震仓洗洗盘，然后再拉升。"

"我们是不是要通知一下葛总呢，那块地是他的，他得分一杯羹？"齐顾问犹豫。

"先不必！"顾总胸有成竹说，"那个北京人历来会把气氛搞得山雨欲来，实际上并不会和绿贸地产谈什么具体的。绿贸那些人不是什么善类，让他们知道了徒生变数，最好是等股票涨了一大截再通知他，让他也赚点，我们出货还更方便些。"

齐顾问跷跷大拇哥："顾兄老谋深算！姜是你辣！"

顾总掏出 iPad，拉出小分股份的日 K 线图，这是个死水微澜长期盘底的股票，距离上次大起大落已经快一年了。顾总拉大日 K 线，又去看 60 分钟 K 线图，微微有些玄机了，60 分钟图上看得出有人在悄悄吸货，顾总掏出电话打回公司："看图了没，你们抓紧再吸一点！"

他放下电话才五分钟，忽然 K 线长红，顾总骂了句笨蛋，说有这么低吸的吗，一下子打起来要多出多少成本？还没等他电话骂人，这鬼股票忽然放出巨量，直接涨停了，看得顾总倒吸了一口冷气："妈的，北京人动手了？这么粗糙？"

一发不可收拾，小分股份第二天还是直奔涨停板，市场上都丈二和尚摸不着头脑，不知道大资金为啥青睐这亏损股。越是没消息，股票就越发疯，又来了第三个涨停，渐渐网上就有人说小分股份参与了石油勘探，在某地发现了大油田。

第四个涨停来的那天，齐太太的手机嘟嘟响，那个穿过她黑发的手发短信问："甜心，涨得我心慌，可以抛了吗？"

齐先生也问齐太太同样的问题，齐太太一下子受到两个男人的求问，不由得膨胀，对两个男人说："是男人吗？没见过钱？涨一点点就抛？平日心大想吞月亮原来都是装逼！"

没出货，股票突然跳水了，像打齐太太大耳刮子。跳水跳得惊心动魄，连着两个跌停，市场上又出传言，说这油田是在大城市近郊，油田储量虽然大，可惜不可能开发。

到底能不能在大都市近郊开发油田？没人有经验和专业知识。一时间，网上股民人人论战，吵翻了天，小分股份仿佛占定了油田开发权，现在只要考虑开不开发。逻辑上来说，开不开发是小事，什么时候开发也是小事，有大油田的储备那是潜力，就是股票上涨的元气！

小分股份又连续涨停了，齐顾问接到顾总电话："葛被惊动了，已经来问是不是我们炒题材了，我告诉他我们也蒙在鼓里，不清楚。你知道一下！"

才挂电话，葛明礼就打来了齐顾问这边："齐顾问，是你动手了？也不告诉我！"

"哎呀，葛兄，天地良心，顾总刚给我来过电话，我们都一样蒙在鼓里，不知道怎么一回事呢！"齐顾问拼命在电话里跺脚。

绿贸的那块储备空地上鸟是没几只了，宁城帮的人还在毒日头下坚守，那顶滑稽的帐篷和几个戴安全帽的宁城人围着一天比一天大的一个土洞，不知道在坚守什么。宁城大哥是大家的精神领袖，他现在越来越像一个哲学家，他说："金点子是我们的，油田是我们的梦想，所以要守住！"从曹刚刚家洗劫来一千元，极大地鼓舞了宁城人的士气，他们人在帐篷在，帐篷在土洞在，土洞在信念在，信念在梦想在，梦想在人就有盼头……哲学不是逻辑，这么说了别顶真，反正，事儿没完！

可是，事情有点不对，空地上陆陆续续来了不少人，男女老少都有，这些人脸都白白的，手都嫩嫩的，不像是劳动干活的人，他们看见宁城人的帐篷和洞，都"哦"地一声，像明白了什么事儿似的。有些就眉花眼笑对宁城人说："你们是小分的人？真有油吗？"

大哥接到现场报告，对着黑夫人纳闷："怎么回事？金点子是我们的，油田是我们找到的，和小芬小芳有啥关系？肯定有人算计我们！"

外部世界是个谜，连接宁城帮雄心壮志和这个他们弄不明白的大城市的唯一桥梁只有曹刚刚。可是，曹刚刚已经很多天没在空地上露面了，他似乎已和大家分道扬镳。想到曹刚刚，宁城大哥叹了口气："你们不该偷他的钱！我们不是贼！贼不如我们有理想！"

黑夫人当面啐了宁城大哥："放屁！没那一千块你已经饿死了！"

谁说的：每个成功的男人背后都有一个默默支持他的女人？黑夫人这些天瘦了，身材轻盈了些，她换上一件连衣裙，扭扭捏捏去找曹刚刚。

刚刚吃了哑巴亏，这些天一直任老婆打骂，在家里老实干活务农，他抬头一看裙子裹紧肥肉的黑夫人，一屁股坐在泥里，又弹起来，直接给黑夫人跪下了："你……你……你放过我吧！我已经没法做人了，我老婆会杀了我的！我里外勿是人了！"

黑夫人温柔地说："刚刚兄弟，我是来代表大哥道歉的，我们拿了你的钱会还你的，你心里担心的事我不会提，不但不提，一笔勾销。"

刚刚抬起头，黑夫人变美丽了，被花裙子凸出的一身肉，忽然又让他起了冲动。

黑夫人说："求你一件事，这些天好多人到地上来看我们的油洞，还说我们是小芬的人，大哥希望你帮忙搞明白这是怎么回事？"

曹刚刚满口答应，黑夫人说："我走了，免得弟妹问你我是谁。"她竟然妖娆一笑，扭过粗筒腰，放任曹刚刚在烈日下晕眩。

绿贸的车队是第二天上午开到储备地上的，葛总戴着墨镜，和同样戴墨镜穿短袖白衬衣的一帮人下了车，走过来把宁城帮的帐篷团团围绕。

他们都是文明人，没有对侵入公司地产的人动粗，他们客客气气让小弟带他们到木片屋子前，请出宁城大哥让他上了豪华的黑车。

葛总微笑着对黑夫人说："就是去喝杯茶，喝完送回来！"

六

宁城大哥当晚没回来，一连几天也没回来。宁城帮乱了套，不知道该怎么办。黑夫人也没了主意，让小弟去把曹刚刚找来。也活该刚刚倒霉，那天他老婆屋里望见他和黑夫人在地里"眉来眼去"，还下跪，就怀疑上次那帮强盗和刚刚同这女人的关系有关，强盗来的那一天，这女人不也在里头？一天三盘问，还哭天哭地说自己命苦，弄得刚刚走投无路。尽管是郊县人，刚刚毕竟也算这大城的人，大城男人怕老婆，那是和四川湖南人会吃辣一样的绝对真理。

宁城小弟来接头刚刚，刚刚告诉他打听来的消息，小芬不是个女子，是一家上市公司，因为谣传和这块地上的油田有关，股价正在猛烈地上涨，手里有"小芬"的都发了大财。刚刚说告诉大嫂，有钱人赚了钱会想到咱们的，我们等着。刚刚说得高兴，没留心吃醋的老婆报了警，警察来得快，一把擒住了抢过刚刚家钱的强盗，那小弟脚一软，带着警察来了木片屋，把当时在的几个弟兄都带走了，只剩黑夫人一个女流之辈。那小弟忠于职守，临走还向黑夫人转达了刚刚那"等着"的嘱咐。

可惜当流民当小偷当江湖小骗子的人独有自己一套逻辑。大哥被抓走了，弟兄们也被抓走了小一半，到底是谁在搞他们？事情进行到这一步，除了曹刚刚宁城人没和谁打过交道，小弟又是在刚刚家被捉的，不是刚刚告了密是谁？况且弟兄们偷了他一千元，不是个小数目，刚刚喊警察完全有动机。

仇是一定要报的，而且一报还一报讲究要快，才能让人家知道宁城人不好惹。怎么报复曹刚刚呢？杀了他太重，在江湖上混，人命案子不能做，敲断他一条腿可以，不过谁来敲？没人愿意，万一上了法庭，罪又不能大家平摊。还是黑夫人咬着黑唇："以其人之道，还治其人之身！"

宁城人带着鸟网一涌而出，新城的绿化带里到处活跃着他们矫健的身影，他们拼命逮鸟，又当场放飞被逮住的鸟，没人知道他们要干吗。

苹果妹一连好些天没上班，她请了病假，人却坐在证券公司的散户室里，她觉得这个梦很凉爽，空调吹在身上赶走了暑热，她其实不懂周围的人看大屏幕上的股价为什么看得心惊肉跳，她只看小分股份，每次轮转出小分股份，股价都在一个劲儿上升。

苹果妹那天从齐顾问家出来，就去了银行。她把方碧给她的钱一分不少全转进股市买了小分股份，现在股价已经涨了百分之六十，苹果妹战战兢兢问周围的股民，如果现在抛出股票她的一元钱是否真能拿到一元六毛。人家回答她不是，还要扣掉一丁点儿印花税和佣金。苹果妹现在看见的不是股价了，也不是钱，而是方碧的眼睛，那眼睛深处发亮的渴望。股价越高，苹果妹越痛苦。她恍惚眺望窗户外的蓝天，看鸟雀从窗边飞过。海阔凭鱼跃，天高任鸟飞，她让方碧飞不飞？

边上的股民知道她是个菜鸟，对她说："等着股价翻倍吧！听说小分发现了油田哪，喏，就在我们这边！"苹果顺他手指看去，只见空茫茫远处荒地上一个人影也没有，她头脑里现出了那对宁城夫妻在齐顾问家的胡闹，她一下子心里不踏实，心慌心悸喘不上气，突然就跳起来，对那位股民说："爷叔，我不会操作，你帮帮我委托，我要抛股票！"

也许就在同时，齐顾问和齐太太在家看着大智慧软件实时行情你一言我一句。齐太太说："老齐你命里有财气，我找了你算没错。"齐顾问哈哈一笑："冒险的事看准了只能做一次，这次做完了，我们还是不要碰股市。把房子买回来，踏实！"齐太太说："去美国买房子吧？"

也差不多就在这个瞬间，绿贸房地产的老板葛总葛明礼亲自坐在一家证券营业部的贵宾室内，他放下手里的雪茄，问他的证券经纪："这已经是今天融券能融到的最大数目了吗？"

"好吧！"他看看红绿跳动的个股分时指数，露出一个坏坏的笑，"给我狠命砸到跌停！"

好比云中漫步的走钢丝人突然失去平衡，小分股份的股价完美地垂直向下画出一道白线，看似股市软件出了故障。苹果妹抛掉股票查过成交回报，账户上多出了那么多钱，她恍恍惚惚往外走，听到一大堆人齐声惊呼，回过头来，小分股份跳到了跌停排行榜第一位，她身子一软，靠在墙上；齐太太刚刚笑了一阵，回头看："电脑坏了？"她拍打一下电脑，觉得眼前一黑："老齐，怎么了？"老齐也吃一惊，不过，他见过大世面，他安慰老婆说："正常波动吧？洗盘！顾总他们就爱搞这一套！"可是，不容分说，小分股份的股价后面突然跳出四个字：盘中停牌。

电视财经节目出现了"突发新闻"字样，主持人说："让我们来看盘中突然停牌的小分股份涉及的消息。"

电视画面里出现了新区大酒店的高大建筑，然后是酒店后面的空地，然后是警方的讯问室，房间正中椅子上端坐着一个面熟的人。

齐太太尖声大叫："那个宁城人！"

宁城大哥拉着马脸，用没有感情色彩的平板声调说："我交代，那个关于发现油田的谣言是我编的，就是我本人编的。我们在空地上挖了洞，倒了点臭油和擦鞋膏进去，看能不能弄到点钱……天热，干农活太苦了，就是想出来弄点快钱……"

"谁干的？"齐顾问苦恼得抱住了脑袋，"这下子完了！"

齐太太说不出话，抖着手指指指电视屏幕，记者的镜头对准了一个上等人，那是绿贸房产的葛总，葛明礼微笑着对全国观众问了好，他优雅地翘起一个指头："我们绿贸房产和小分股份不认识，没有过任何接触。市场上任何涉及我公司储备地的传言都与我公司无关。此外，我郑重说明，我们的储备地在近郊，这块地上没有发现所谓的石油资源，完全是胡编乱造。谢谢大家！"

齐顾问惨然看着太太："都怪老顾，我让他通知葛明礼进货的，他不愿意！"

齐太太没回答，她嘴唇发紫，一头栽了下去。齐先生掐老婆人中的时候，她手机响个不停，齐先生一接，那边一个气急败坏的男人在吼叫："你这个母狗！连我也骗！"还好齐先生认定就是一个听了错消息的人，同病相怜，他对手机说："人生受骗是常事，我是她老公，我也被骗了！"

小分股份连续九个跌停创下了股市纪录，明眼人都知道有人在大手打压，从融券中反向获利。顾总的电话再打不通了，齐先生人小了一圈，他对满嘴火气燎泡的太太说："还好我们用的是自己的钱，没融资，否则真什么都没有了！现在至少这套房子还是我们的，我们有地方住，凭你我的才干，有机会东山再起！"

那片空地上的宁城人得到警方通知，大哥从拘留转逮捕了。他们围成一圈，把黑夫人围在核心，宁城人自古拧成一股绳承受命运的重压，他们默默听警察说，默默看警察离开。他们排成一长队，像一群送葬的人走过一公里，来到曹刚刚家。他们没骂人更没打人，只是请刚刚出来跟他们走。刚刚一路上和黑夫人搭话和弟兄们搭话，就是没人理他。到了木片屋子黑夫人说："曹刚刚，你进屋去。"

刚刚会错了意思，一双黑多白少的眼睛看定了黑夫人，忸怩了一瞬间，他发现自己想歪了，有点难为情，就不再问为什么，推开门走了进去。一个小弟一个箭步上去，用挂锁反锁了门。

因为是傍晚，尽管刚刚觉得这屋子诡秘，眼睛却一下子适应不过来，耳朵里听到翅膀扑腾的声音，突然，房间里鬼喊一般充满了"康康康"的鸣声，曹刚刚听出了大群黄白狼的鼓噪，他魂飞天外，抱住脑袋伏到了地上，黄白狼像一堆老鼠跳到刚刚背上和屁股上，钢铁般的尖喙有如一把把小刀啄了下去。它们被关在这里没吃没喝快一周了！木片屋很快就被人和鸟的翻腾撞得摇摇欲坠，刚刚叫得凄厉："哎哟姆妈喂！耳朵！鼻子！我的眼睛呀……"

宁城帮簇拥着黑夫人走出了这块空地，再也没回来。

七

感谢一群想钱想疯掉的流民绝妙的金点子，绿贸房产公司在股市上大捞了一票，葛明礼获得了梦寐以求的机会。他把股市上合法赢来的钱投入了这块储备地的建设，三年过后，荒地成为历史，这里矗立起一个美丽的乳白色居住小区和一栋商场。楼盘销售得非常好，新区和中心城区来的市民都迷上了小区周围的好环境，放眼望去有河有树林，还有很清甜的空气。你看，每天上午各式各样的鸟群在天空飞过。

有一些土生土长喜欢落单的褐色鸟，名叫黄白狼，它们喜欢飞临到新小区楼房屋顶的水箱上，呱呱叫喊着打量水泥建筑窗户里露出的人脸。它们凭经验在期待，只要这些房子里的动物走错一步，也能成为喙下肉食。对于鸟来说，只需要等待。人茫然无知。

苹果妹从窗户里眺望窗外，有个小男孩在她怀里乖乖吃面包，苹果妹喜欢眺望远处的晚霞，那晚霞和她去火车站送方碧那天的晚霞一样明亮。

"你走吧，回到山里去，再也不要进这城里来。"她对方碧说，"这里不适合你！”

　　方碧怀里揣着苹果妹还给他的存折，上面的数字没少掉一分，他流着泪，不断地流着泪，嘴抽泣得歪了，嘴唇湿漉漉的，一转身，他跳上了已开动的火车。他扑到车窗上，他的泪水打湿了车窗，泪痕斜着流，像空中下起了雨。

　　他走了，从此再没和苹果妹联系……

　　"妈妈，"小男孩伸出嫩手，摸摸苹果妹的胖下巴，"我会写家里的地址了。"

　　他歪歪扭扭写下了这个住宅区奇怪的名字：油田公寓。

高塔

一

异国他乡独享美味晚餐，滋味如何？

没有了交谈，不需要斗酒，不劳陪笑，也不用察颜观色，更不必品咂别人弦外之音。点上几道舌头、喉咙和肠胃一致欢迎的菜式，开瓶正点红酒，爱吹风就坐酒家楼台，想暖暖和和，可选房间清静角落。身体和灵魂同时享受食物……

卢鲵今晚就是这么个幸运儿，他办完了大事，到这国家访问的目的一概顺利达到。靠着一直以来讲究做人，业界口碑不错，外国客户将他奉为上宾。卢鲵并不觉得受之有愧，相反，他对自己满意。人到中年，事业稳固，声誉清洁，家庭和睦，身体健康，如此，何必还苛求自己？

至于声色场所，卢鲵早就不再去了，那是年轻人历练的地方，没什么真价值可觅。今晚偶然得空，卢鲵心头窃喜，他始终对这国家的烹饪怀有由衷的兴趣。

此国厨师对烹饪的每道程序和每份配料都斤斤计较，绝不肯失之毫厘。十年前，卢鲵在一个湖边餐厅吃过一条完美的烤鳎，喝过一瓶绝佳红酒。想必今晚再去，鳎鱼还是同样质地，红酒依然出自同一酒庄？甚至连年份都不会变呢。卢鲵的荷包付得起。

卢鲵为晚上口腹之欲做了些准备。首先，他中午只吃水果，既不让肠胃负荷过重，又饿醒味蕾。其次，他抽空上网读了些美食文章，刺激自己的想象。再者，他抓紧下午时间过问完业务，又和太太孩子分别通了越洋电话，告诉大家晚上他喝酒，没事不联系啦！

堪堪才下午四点，客房里却万籁俱寂。卢鲵连打三哈欠，拉黑窗帘，上床小睡。三小时过去，闹钟响了，他冲了凉，着一身皮装，只揣上皮夹，专程去吃那湖边晚餐。他早订了位，餐厅满足他要求，在远离其他顾客的湖边，为他摆设一个有芦苇当屏风的单人座。

就这么着，话休絮烦，大约晚上九点半，怀着对该国酿酒业者和厨师的敬意，在肠胃发射出的圈圈舒适感抚慰下，酒至半酣如沐春风的卢鲵放下丰厚小费，餐巾抹抹嘴，点点头离开湖边。侍者瞥一眼他的桌子，满面堆笑头前带路，送他到餐厅院子外。

卢鲵没驾车，他特意要步行来回，好怀旧这古城的湖滨道。于是，在通往市中心的亚历山大桥桥面上，他迎面遇见了詹姆士。

詹姆士已经一周没好好吃饭，他有一顿没一顿，嘴里散逸酸气，眼下耷拉俩黑圈。他远远就闻到那亚洲人身上锦衣玉食的气息，因此他满心同意今晚让他来干这桩活儿的家伙对他说的话："让这个黄种人去面对一下他的命运吧！"

卢鲵收回眺望湖水微光的眼神，微笑着注意走近来的男人，他心情很好，对陌生人也充满柔情。他不敢相信地看着高瘦的詹姆士从脏衣服胸襟里掏出一把刮刀，迟迟疑疑把刀顶到自己右腹上，他温和地带着怜悯神色说："你认错人了吧？假如你需要钱，我给你。"

"我不是乞丐。"詹姆士生气地回答他，"乌鸦堆里藏不住孔雀，我没认错人。"他干瘪的手指了抓胡子拉碴的瘦下巴，伸进衬衣口袋掏出卢鲲照片，在卢鲲眼前晃一晃。

卢鲲吃一惊，转身就跑，喝多酒水的脚是飘的。詹姆士不费吹灰之力，从背后扭住他胳膊："先生，先生，请合作一点！你吃饱喝足，请让我也挣点儿饭钱！我保证不弄疼你，我只是带你去个地方。"

二

卢鲲坐在詹姆士的破雷诺副驾驶座儿上，酒劲儿还没过去。他明白今天干了件蠢事，假如不贪杯，凭詹姆士这么个赖汉子，没这么容易让自己乖乖跟着走。不过，事到如今，懊悔无益，倒要看看无怨无仇，自己到底得罪哪条道上的朋友了？性命之忧肯定不会有，也许谁缺了钱，急了，而这毕竟可以商量。

想明白事理，他恢复了镇静，就上来幽默感，英语问詹姆士："你没吃晚饭？何必这么累挣什么饭钱呢？不如我请你吃饭，直接开去饭馆啦？"

詹姆士脸上没表情，瘦条肉发青，他懒懒瞥一眼卢鲲，回答他："先生，让我把话儿说明白。我只是奉命带你去个地方，我对你没半点儿恶意，所以，请别使用暴力，以免我们彼此误伤。"

任凭卢鲲再说什么，詹姆士也不回答了。他阴郁地看着公路，提防着一切，把车开得飞快。

卢鲲的酒意渐渐下去了，他一天里第二次不敢相信自己眼睛：詹姆士把车开进一条树荫小道后穿越出来，停在了一个小小机坪上！有架擦不干净铁锈的直升机等在那里，四块黄腻腻的叶片像乱发，翘在飞机上方。

下车。卢鲵看明白直升机飞行员是个胖老头，金头发已褪色成稻草。他尽量彬彬有礼地对詹姆士说："我不会跟你上直升机，即便你使用暴力。"

詹姆士为难地看看自己青筋虬曲的两只手，手背上的汗毛黑腻腻，他咬紧了牙床。

飞行员老头从舷窗探出头，兴致勃勃地看詹姆士和亚洲人打斗。可惜这养尊处优的亚洲人并不会中国拳脚，爆发力一过，就没后劲。吃不饱饭想吃饭的詹姆士在辘辘饥肠的鸣声里，以看不出的微小优势胜过了亚洲人：一肘子缓慢击中黄色的后脖子，发出沉闷的"嘭"一声。

詹姆士喘了半天，脸上滚满青色汗珠，像伐木工背木材，郑重其事把卢鲵扛进直升机。

直升机其实没飞多远，几乎都画不出航线图。

飞机来，是为了上高处。城市的西端有一座废弃不用的水泥塔，足足三百五十米高，为防闲人攀登，已拆除了附设的铁梯，且把顶端加高缩小，成为只能一个人勉强站立的小圆顶。没围栏扶手，强风一来，谁也站不住，因此无人敢来登顶。

詹姆士绝不肯评论雇主，但飞行员老头忍不住摇头叹息："我的上帝！为什么不直接给这体面人一枪呢？何必让他死前吓出一裤裆屎尿呢？"

卢鲵是被风吹醒的。他一醒，看明白，当场希望自己没醒来，只是做梦。

詹姆士吊在直升机下面，两只手拼命环抱卢鲵，像竭力从水里拖出一条上钩的大鱼。水泥塔尖就在下方三四米处，他想一次性成功，把卢鲵放到塔尖上坐好，自己立刻回直升机里去。

直升机在他们头顶上轰鸣，卢鲵没看见水泥塔，他只看见深渊下万家灯火，自己凌空被个疯子抱在手里。

他想和这疯子对话，许诺他金钱，可风吹得他张不开嘴。就算张开嘴，也发不出声音。就算发出声音，声音也被吞没。

直升机往下一沉，詹姆士看准了时机，把卢鲵摁坐在塔尖上，两脚悬在塔尖外头。卢鲵根本没意识到自己已坐在什么上面，他还没搞清楚情况呢。

詹姆士一松手，离开卢鲵远了五六米。卢鲵啊地大叫一声，还好在伸手去抓詹姆士的同时反应过来，才没一头栽下去。他魂飞魄散，持续发出尖叫，简直成了个息斯底里的女人。

詹姆士回到直升机舱，跌坐在机位里，仰着脸一语不发。飞行员老头看看他："即便他不掉下去摔死，黎明前也必定冻僵了。"

詹姆士伸直脖子，喘气，他伸出两只手来，在鼻子上拼命嗅，然后说："行行好，你有毯子么？"

直升机又绕着高塔尖飞，詹姆士忍住越来越强的恶心，再次攀紧软梯悠下去。他对着坐在地球一个圆点上的卢鲵喊："中国人，冷静点。这是我詹姆士给你的东西。"

他伸出手，垂低下去，确认卢鲵接过了羊毛毯，手电，两袋饼干和矿泉水瓶。他竭力又高喊出一个重要信息："像个男人！面对你的命运吧！"

卢鲵抱紧羊毛毯，皮夹克在风里鼓起气囊，眼巴巴看着直升机身那闪烁的黄红点越飞越远，剩下风声绕耳。

他已经咬碎了舌头，证明这不是噩梦是厄运。现在他明白自己被遗弃在高空里一个极其狭小的平台上了。还好穿了皮衣皮裤，体温暂时没急剧散失。抱住羊毛毯和一点点可怜的食物，他海洋般宏大的绝望终于有了一个可以思想的小穴，如溺水的人，抓住一把垂下水面的树枝。

凭着本能，他首先摸遍身上的口袋，手机和钱包都给拿走了。他甚至不甘心地摸遍了羊毛毯和食物袋子，确认无法通过手机求救。

什么人如此歹毒，这样来捉弄甚至谋害我卢鲵？一阵红潮涌入眼眶，差点让他哭出来！

冷！风虽然不大，不足以将他从塔顶吹落，但如同一个对准他吹的冷空调，不断带走能量。晚上喝的一大瓶法国美酒，加上上等鹅肝酱和一大盘带血牛排，给了卢鲵一点底气。他小心翼翼平衡好身体和仅有的毯子食物，不让任何一样叫风夺去。他拉好皮衣拉链，把饼干和水塞进怀里，紧紧抱羊毛毯在前胸。现在只剩悬荡在空中的小腿和脚暴露在风的冷酷里。不过暂时没办法，他已经把塔尖平面坐满了！他不敢动弹，甚至不敢转身去细看背后是什么。

"稳住！"卢鲵告诫自己，就像生意遇到大麻烦那次，先稳住！

"不要坐着等死，总要行动起来。"他记得这是自己当年从濒临破产中重新起飞的座右铭。现在，再次行动吧！可一阵绝望如涨潮的海波，差点淹没他。行动？动都不能动，动动就死。你看，连撒泡尿也得撒在裤子里！

这次，手里一张牌也没有了！泪水不受控制地溢出了眼眶，卢鲵不管不顾地无声哭泣了。

泪擦在羊毛毯上。他拧亮手电筒，往四周的墨黑里照射一番，尽管已有充分的思想准备，豆大汗珠还是冒着高空寒冷从后颈上渗出来：碰上最恶最恶的恶人了！这恐怕是一个建筑物高耸入云的尖端！

他，卢鲩，在天空里晾着，像一条跳出水面搁浅的鱼。比鱼更惨。

他抱住脑袋，不由自主浑身战栗。多少年在商场上培养起来的强硬，如被钝刀刮的鱼鳞，飞溅，散开，落下去。

四

好像过了多少年似的，可其实不过十来分钟。卢鲩的崩溃过去了，理智像水里晒出的盐，回来了。他想到一个迫在眉睫的危险：风力！

自己是一只搁在高空里的肉饼子。这几天，这个让他倒霉的国家风和日丽，所以他还能在这个水泥墩子上坐着。只要随时起阵狂风，他就会像枚落叶，不，没那么漂亮，会像一枚喊叫的石子，掉下去，死得难看得要死！乘着这会儿还能动，赶紧得交代一下后事！他伸手一摸皮夹克里袋，细巧的签字笔竟还缀在那里没被搜走。纸张不需要，他要郑重其事，把遗嘱写在左手臂上。

除一百万元现金归父母名下备养老之用，本人所有动产不动产遗留给妻子和儿子。

写完这一句，他愣在那里：小红怎么办？

他不能不给小红留交代，小红不是别的女人，小红是小红！

想到小红，他心里猛一轰。小红？怕不是祸起美人吧？小红这么个万人迷被他卖油郎独占花魁，这恐怕就是他此刻坐在宇宙之巅的原因？绝非不可能！

"不能让那些卑鄙的东西既得美人，又得我辛辛苦苦打拼来的家产！"卢鲵一下子咬牙切齿，仿佛小红已然成了杀人犯的战利品。

"感情不必用金钱来附注，给她钱反而是亵渎。"一瞬间，卢鲵找到了既维护自己身后名誉又不让自己觉得亏欠小红的道理。

可是，这么来回一想，写遗嘱又没必要了。小红让他起了敌忾之心，必须拒绝死亡，不能引颈就戮。大风大浪我卢鲵经历得多了，这一次，还是要挣扎。自己不是只蚂蚁，不甘心让风一吹，去变一滩臭泥。

求生的心思一起，卢鲵就显出是个人才。他看了看天空，月亮还没过中天。自己最大的敌人不是风，是瞌睡。要是睡着了，周围无依无靠，很可能摔下去。

今晚月亮清朗，周围无晕无云，可见起大风的概率不高。由此推理，保暖并保持清醒是这个黑夜最大的原则。

皮裤是滑的，卢鲵小心翼翼把一半羊毛毯塞到屁股底下，另一半裹在身上。他伸出手，仔仔细细把水泥塔尖周围摸索一遍，一阵欣喜，原来塔尖四面往下差不多一巴掌的地方各有一个金属把手！难道塔身有往下的踏脚？黑漆漆一片之中，他不敢过多移动身体，反正天会亮，天一亮，答案就会出现。现在必须养精蓄锐，不让自己消耗。

精神一振，卢鲵聪明的头脑全回来了。他决定把局面推演一番，找到些有用的线索。如能将事件做一个理性、有依据的评估，就可以最大限度帮到自己。他竭力透过眼前重重黑雾去看，月亮光帮他看见云层的结构，却看不透灯火渺茫的人间。卢鲵惨然一笑：有多少人一辈子中能有这么一次机会，竟然在高天之上，站在生与死的边境，用一整夜来思考人间问题？

令他自己吃惊，此刻，他倒不关心究竟谁是对他下手的仇敌，仿佛这无关紧要。第一个涌上心头的，是个问号：若侥幸捡回这条命，还照老样子过下去不？

为什么不这样子过下去？难道日子过得不光鲜？不顺畅？

对自己何必虚伪？卢鲲这名字，在业界掷地有声，没人敢不称呼他一声卢总。名下的资产，不算虚的，总也有个二十来亿人民币。老婆在跨国化妆品公司当中国区总裁，儿子现在斯坦福大学读研。一个上海滩码头工人的儿子，走到今天这一步，能有什么不满意？

一阵强风吹来，卢鲲吃了一惊，下意识侧过身，探手下去紧紧捏住塔身上的金属把手。是的，不能再这么过下去了！这种日子，光鲜亮丽，只是不幸福。岂但不幸福，熬人哪！

钱在眼前飘，伸手就捞到？别天真了，这么二三十年过来，把自己是一段段出卖了！见人跟人缠，见鬼跟鬼交；忍看无辜膏狼吻，笑向无赖学舔菊。就这么着，还得凭运气，才挣下了这么个家业。

跟老婆的婚姻，其实是和老丈人的婚姻，每次中夜梦回，都呆看天花板，不知自己身在何处！钱财是什么？就好比月亮周围那层光晕。

儿子越长越大。儿子是自己的，尽管这小男人有一份卢鲲内心深处不喜欢的天生自私，来自他妈的遗传，但毕竟血脉相通，让他牵挂。想来进了美国大学，身上又有爹妈背书的支票，小男生已成了离弦之箭，再也不会回头的了。他蛮可以释怀不管了。

若保住一条命在，此番回去，就跟老婆和老丈人摊牌吧。我只要和小红在一起，有一套小小的公寓，留一点过日子的钱，下半辈子就别无所求了！

他把头埋进羊毛毯，高处风紧，身体怎样也暖不起来。能不冻僵，就要感谢那绑架的瘦鬼佬，感谢他一刹那的一丝仁慈了。

不过，和小红厮守，只能算作他卢鲲一点狂热的幻想。卢鲲知道和他这个老婆以及她的老头子谈判是不可能有好果子吃的。卢鲲知道老婆脾性，她不但不会让他带走一分钱，而且也不会心软到让他有个栖身的窝。她必定全都拿去，作为她被"抛弃"的补偿。不，不能把这叫做补偿，对于她而言，伤害是无法补偿的。财产的剥夺，充其量只当成对卢鲲的惩罚，让他为自己的行为付出代价。对，是他的代价，不是她得的补偿。

此外，她一定会千方百计，寻找各种资源，来报仇。报仇不是找他卢鲲，是找那个勾他魂的臭不要脸的女人。卢鲲了解自己老婆，如同了解自己。

老婆既然如此，那么小红呢？小红也是女人，况且是个阅人无数的女人。

大概是随时会从这荒谬无比的塔尖上坠落下去摔死的缘故，今晚卢鲲的思绪竟有点无赖，无赖到不肯信任何真理。小红就不同吗？难道她是个完人？

卢鲲心底的一丝伤痛直愣愣地浮出了理智之海。本来，小红已用她的智慧和深情将他的伤痛埋到深处。原来这伤痛还没死绝，一旦今夜置身高处，它又克服了深度的重力，显到表面来了：是的，小红曾经背着他和一位重量级的男人来往。卢鲲愿意采用"来往"这个体面的词汇。可是，后来小红真心向他忏悔过，并且那一段"来往"她也逃无可逃，何况，那时，卢鲲和她还没彼此生出海枯石烂的心呢！

可是，一旦自己和老婆摊牌，以致净身出户，小红还是小红么？

一个身家几十亿的男人和一个捉襟见肘的男人会是同样那个男人么？不可以说小红是拜金女，她从没向卢鲲图谋过任何财富。送她的珠宝都是感情迸发时自然的火花，甚至吃饭，她也常常顺手埋单。可是，如果，仅仅设想一下，卢鲲从一个怡然自得的富人变成一个琢磨如何点菜能省点开销的穷人，她还会像今天一般认为他富有男性魅力么？海枯石烂不要紧，阮囊羞涩少说爱！

卢鲲心头凉了一片，忽然对自己身处的匪夷所思的困境有了点释然。也许人间并非如此值得留恋？没二十亿身家，别人都懒得花钱用直升机运他到高塔尖尖来！剥离自己身家银子，也许就和所有人一样，只是一个公园里打牌遛鸟的行尸走肉，没女人会看上一眼！

愤世嫉俗的思绪给了卢鲲片刻轻松，不过，这轻松造成了一种后果，就是他轻微地迷糊过去了。

卢鲲抱住水泥柱尖，两腿紧紧夹住有点滑溜的柱面，一点点往下移动。每到一个节点，柱面上都有一个金属拉手，可以让他踩住喘口气。就这么着，挺顺利的，他从高塔上下来了。周围有了路灯光，照着一条繁华大路。

卢鲲没看见什么熟人，他也忘记自己是个商人，一心想照着繁华大路跑下去，在大路的尽头，有他希望看见的东西。是什么？他也不知道。

他就照着这大路，甩开脚丫子。鞋子从脚面上飞了出去，他穿着袜子，还是一个劲往前奔。

原来，路的尽头，正在隆重召开一个大场面的追悼会，卢鲲抹着脸上的汗跑进去，一眼就看到自己的女秘书正恭谨地站在签到簿后面，请客人签到。卢鲲是多聪明的人，他立刻明白，亲朋好友都以为他死了，正为他送行。他机灵地躲到一根大柱子后面，想亲眼看一看谁为他伤心。

只电光水火一瞥，他全看明白了。白发人送黑发人，老爹老娘老泪纵横；儿子穿了一身黑西装，一字一句念着悼词，每念出一字，他就成熟一分，等悼词念完，儿子已经变成了他，稳重而自信地环视着人群了。

卢鲵看看老婆，她一身白丝绸，戴着黑墨镜，看上去是主持她公司品牌的新品发布会，有关白与黑的主题。他目光只在老婆身上滑过，骨碌碌地在人群中寻找小红。他以为他没找到，可他还是看见了：小红正鄙夷地遥望着他的老婆，脸上分明是女人家的不齿之色，她像在戏里，不像在生活里，更不像在为他举哀。

卢鲵愣住了，他想趁人不备过去把小红从人群里拖出来，告诉她自己没死，告诉她私奔吧，带上我们所有的财富，去加勒比海隐居！可是，梦里信心毕竟不足，他动动脚跟的工夫，气力就用尽了，累得醒了过来。

苦啊，自己还是在冷风彻骨的天空里，此刻连云层都跑到脚底下去了！

五

到底有多少生的几率？卢鲵感到彻骨寒冷，皮夹克和羊毛毯再也阻止不了一丝丝滑虫般钻进体内的冷风。夜色浓重，离下方城市的光亮又太远，其实卢鲵对自己的处境还只停留在感觉和猜测，不明白到底有没有回到地面去的路径，也不知道最致命的威胁是什么。因为不敢轻易挪动，卢鲵就基本端坐在狭小的塔尖平面，他的腰已经隐隐作痛。

大约撑到凌晨三四点，风渐渐平息下来，天幕上来来去去的夜航机越来越稀疏，渐至于无。卢鲵下了屡次决心，仿佛一个被砍掉腿的人，要鼓足勇气去看自己的断肢，头颈一伸马上缩回来，暂时不敢面对现实。

　　终于，他的尿憋鼓了膀胱，也鼓起了他一点点勇气。卢鲵向左边侧过身子，左手下去紧握住塔侧的金属扶手，试了试，很坚固；右手撑在水泥塔尖上，麻木的下半身离开羊毛毯拱了起来。他向下望，城市的灯火熄灭了一半，一片昏黑，仿如泥塘。他左膝盖顶在水泥面上，着急地去解开裤扣，想把尿撒到空中去。

　　这时候可作怪了，嗖的来一阵风，鼓起他身上的皮夹克，里面的水瓶叭地掉在水泥平面上，向外侧滚去，卢鲵眼明手快心没慌，收回右手一把摁住了瓶子。可惜，那两袋子饼干才掉出来，就跟纸片一样被风卷走了……

　　他不敢解手，因为一解手，风就会把尿液吹回到身上和脸上来。真惨啊，什么叫做活人能给尿憋死？

　　卢鲵眼眶里又溢出了一串大泪珠，他把持不了，又哭了。是谁跟他有深仇大恨，这么往死里整他？摔死固然残忍，让他这样在天地面前不能撒尿、出丑露乖，得有多大仇恨？

　　卢鲵是个爱烧香拜佛的，逢山拜庙，遇岛觅佛，他是积极分子。此时此刻，他不明白诸天的菩萨为什么忍看他这样煎熬。他没办法了，扯出自己那小水管子，等待着，风略微一小下去，他就放水。

　　有几次，尿柱子被风逼回来，堪堪弄湿水泥面上铺的羊毛毯，他眼疾手快，放开水管去撩开毯子。才放尽尿水，松半口气。一阵狂风骤起，羊毛毯往身后飞去，他着急去追，差点失去重心，飞出柱子面。吓得一身冷汗，他只好眼睁睁看那毯子在风里张得大大一个圆，好比魔毯，旋转着滑进了黑泥塘般的夜空。

　　撒了一泡尿，丢了毯子和饼干。坐回湿漉漉冰凉的水泥面。一阵从未有过的挫败感将卢鲵浑身的能量抽空，他软在自己屁股和膝盖上，又一次崩溃了。

"我干了什么伤天害理的事，老天要这么罚我？"到了现如今，他不再琢磨别人，开始琢磨自己了。

一刹那间，他看见自己还是个大学生，那个为他去打胎的姑娘又害怕又温柔的脸就正对着自己；他羞愧地扭回头，身后一个人的背影落寞地站在云端里，那是老潘，他走私原油赚钱时的合作伙伴。老潘在云端没回过头来看他，他跟着警察从办公室走出去，扛起所有罪责时，也是这样不回头、不看他……老潘判了二十年。老潘的太太是个哭天抹泪的女人，拖着老潘流鼻涕的小孙子，一坐下就不肯走……他卢鲸是讲义气的，他当时几乎把所有的钱都给了老潘的老婆，一共二十来万，关了公司走人。后来，他去看过几次老潘，老潘知道他尽了力，老潘也坐惯了班房，并不求他捞他出来。后来，他慢慢阔了，多少年没想起老潘和他那一家子啦？

"我就是这么个人？"卢鲸几乎忘记自己的险境，有点天真无邪地被自己心里关于自己的新形象吸引住了。"我还干过什么见不得人的事情？自己忘了、老天还给我记着的事？"

这下子热闹了！卢鲸人到中年挺富态的面孔在乌云遮掩的塔尖上开始不停地变幻色彩，如一架不断换频道的电视机。他全都想起来啦！

原来，他从那么小的年纪起，就每隔一段时间必当一回恶棍、淫汉、骗子、强盗和诽谤者呀！见死不救，对他来说是少管闲事；落井下石，就他而言是伸张正义；乘人之危，在他看来是抓住机遇；信口雌黄，轮到他了，必要修饰弥补，让人家信以为真！

卢鲸在清冷虚空，没有了毯子和食物，此刻却一身臭汗。他看到了老天的脸色，他听到了冥冥中声音，那种如同判决者的目光不断投向他，让他开始觉得半夜被空降到高塔塔尖上分明罪有应得！

六

"我摔下去死了算了！"卢鲲突然对着乌黑夜空大喊一声。

羞愧让他的脸红得跟夜色的墨有了一点肉眼难看清的区别，仿佛冥冥之中的主宰者喜悦他这一丝羞色，放任他继续对着夜空叫喊。

"可这能怪我吗？"卢鲲两只手臂都在拍打胸口，"这是个什么世界呀？为什么要让我生出来，生到这么个狗屁世界？"

"云南地震我捐过两百万人民币！"他掰下一个手指。

"我总共捐钱造了十个希望小学！"他又掰下一个手指。

"我给大学里处的那个姑娘匿名寄去了五十万元！"他竟然露出一个欣慰微笑。

"我的企业养活了三千个职员和工人。三千个家庭因为我，能够丰足地活着！"他咬牙切齿了。

"来往菩萨佛祖，你们对我没一点点慈念么？就让我在这里动弹不得，冻僵？摔死？"他声色俱厉。

然后好一阵沉默。卢鲲十根手指拔着乱发，额头往膝盖上敲。

忽然，听！夜幕里传来奇怪的捏着嗓子的假声："好吧！去你妈的泥菩萨秃驴假佛祖！我跟你们一刀两断！早就看出你们无非是骗香火烟烛的江湖和尚！"

卢鲲的咒骂里有几声哽咽，他好像失尽了气力，萎靡成一朵凋零的花。

然后，他活泼泼地开了口，语气恳切至极："仁慈的创造万物的上帝！我在急难中求你保佑！我从此时此刻，真心诚意地来崇拜你！以前，我瞎了眼睛，现在，我才知道信主才是对的！信主得永生，你不会让我短命！我下去之后，就到教堂去捐款。真心实意地捐，先捐五百万人民币现钞！然后定期捐！主啊！你看出我的诚心了吧！救我啊！"

惨淡的呼号求来了同样惨淡的黎明，穹宇泛出了乳白色，卢鲵的眼睛能看见了。

他先看清了云层，云层就在不太高远的上方，一抹青色浮在深黑色上方，而青色之上，隐约都是乳白。往下看，卢鲵可以平视到一阵阵轻浮的岚气，在云层下方疾速移动，他就是整夜被这湿冷的气流浇灌。

渐渐的，下方旷大的人间也像暗室里的胶片泛出了影像。卢鲵吓得一屁股坐下去，本来就坐着，这么一使劲，尾骨撞得隐隐作疼。即便是一个没有恐高症的人，也不能把人间当深渊看呀！由于一个坐着的人是看不见屁股底下的，所以，卢鲵只看见自己高居于浮云之下，房屋如积木，车辆似蚜虫，他自己呢，所谓"大闸蟹跳飞机，腾空八只脚"！

虚汗出了好几拨了，这一次简直把五脏六腑的汁水都淌出来了！他委顿在水泥柱尖，探出头，看见柱身上一共四面四个金属把手，下面是渐渐变胖的溜圆的水泥柱面。

怎么办？上帝也不显灵！卢鲵一夜间，从呼风唤雨的成功商人变成了一个叫天天不应、叫地地不灵的倒霉鬼！现在，求生的欲望也被打残了，卢鲵心里，泛起一种异样的羞耻，被人晒在全世界面前出丑露乖的羞耻。天一亮，也许他就会上电视新闻，向全球转播？毕竟，这么一桩咄咄怪事，世所罕见！

"上帝啊！你不要抛弃我！我要重新做人，你相信我！我只要一下去，我就把所有的家财散给穷人！求你可怜可怜我，我上有老父母下有妻儿！"他俯伏在黎明面前，号啕大哭起来。

泪眼婆娑之间，他看见了奇迹。他不相信这是奇迹，觉得一定是幻影。

七

一只大蜻蜓从云层里凸现出来，那是直升机，声音越来越大，正对他飞过来。

"上帝显灵了！"卢鲵泪花四溅。

直升机停留在他上方，一个人从软梯上吊下来，头盔叩着瘦脑门，正是昨天那绑匪。

卢鲵抹掉眼泪，不说话，看着这个人。这是他残存的尊严了，不能随便丧失。

"先生，"詹姆士饱足的肚腹让声音有了中气，"你知道我是个吃粮当差的，别人让我说啥，我就说啥。"

"知道。"卢鲵点点头。

"付我钱的那个人让我问你一句话。"詹姆士说。

"滚你的吧，"卢鲵嘴唇哆嗦个没完，可还是硬起了颈项，"我不会把银行账号和密码交给你们的！"

詹姆士抓着软梯："让我们来个痛快的吧！那个人问你的问题只有一个：你一晚上想清楚了没有？"

"想什么？"卢鲵问。

"他只问你'想清楚了没有'，没说想什么！"詹姆士不安地抬头看了看。

卢鲵哆嗦着，嘴唇没有血色，一个劲想该如何回答。这简直是个左轮枪游戏。

詹姆士热切等待着他，他不停向卢鲸点头。

卢鲸再也猜不透这个哑谜，他思考了足够的时间，终于说："我把一切都想明白了！"

詹姆士面露喜色，他发了个信号，直升机紧紧靠到塔尖上方。詹姆士荡过来，一把搂紧了卢鲸，短梯就向直升机收去。卢鲸一低头，看见瓶装水直直坠落下去，如一滴雨珠，不由得反手拉住了詹姆士背上的安全扣。他坐了一整夜的那个水泥平台，如一把刺天长刀的刃尖，又仿佛一个待喷发的火山口。往下看去，整个城市整个大地都是卢鲸的陷阱。这一幕，恐怖残忍，一辈子不能忘记！卢鲸，真正在鬼门关上呆了一夜。

机舱里，詹姆士恭恭敬敬把卢鲸的个人物品递还给他，手机和钱夹都放在一个塑料文件袋里头。詹姆士说："谢谢你，先生。我挣到了一年的饭钱。"

仍旧回到那个荒僻的停机坪，仍旧是詹姆士寒酸的破车把他送回到餐厅附近亚历山大桥上。詹姆士恢复了冰冷的面孔，驾车离去。

卢鲸不知所措地站立在桥上，他这才注意到这个国家正是春天。紫色的野蓟和金黄色的雏菊开遍了桥两侧的坡地。灰白色的河水汩汩地流向下游。

他疲惫地低下头，脚踏在实地上的感觉，仿佛鱼儿重回河里。

他不知不觉走回到湖边餐厅门口，餐厅的咖啡吧正在供应咖啡和羊角面包。那个侍者有点吃惊地认出了卢鲸这位豪客："先生，起这么早？"

卢鲸感觉见到一个亲人，这人要多么可爱就有多么可爱。突然，他的肉体悸动起来，有一种欲望刹那间从僵冻里复苏了："昨夜那种红酒还有吗？行行好，请给我一瓶！"

他坐在可爱的侍者为他殷勤铺设起来的老位子上，一带芦苇将他与世隔绝。侍者将他硬塞的一张大钞放进胸口口袋，连连点头说："好的，先生。我马上打电话让大厨去鱼市，还是和昨晚一模一样，除了加一份俄罗斯红鱼子酱！"

卢鲲连灌三杯红酒，整个胸腔都充满了温煦的沸腾。"我活了！"他说，"感谢上帝！"

卢鲲拨通国际长途，充满耐心地等待，电话铃响过一通又一通，无人接听。他又重拨这个号码，直到老妈苍老的声音出现在话筒那一头。

"妈妈，是我，小鲲。我在外国。"他确认老妈精神很好，只是耳朵不好使。

"你戴上助听器，我有要紧事。"他叮嘱道。

侍者兴冲冲送来两只温热的羊角面包，卢鲲乘着老妈找助听器的当口，把羊角面包塞进了喉咙。哦！哦！美味啊，我又活了！

"妈妈，只有你是我能相信的人！你是明白人！听着，我这里十万火急，有难！我需要你演一场戏，你能演！一定要演得跟真的一样！你通知所有人说我在外国出事了，你说老外是根据我的遗嘱找的你。然后，你就和老爸伤心得起不了床了！你明白不？其他有我呢！别告诉爸，让他当真好了，否则这人准露馅！"

妈妈深思熟虑的劲头一下子起来了，在电话里激动。

卢鲲猛喝了一通酒，喷着酒气对话筒说："你想得正确！妈妈！你和从前一样棒！不能告诉我老婆，连儿子也不告诉！还有，还有，也不能让小红知道真相！你懂的，妈妈！太谢谢你了！我有大关要过呢！"

临到挂电话，卢鲲忽然想起来，对老妈叮嘱："妈妈，我不信佛了，我改信基督耶稣啦！你先别忙演戏的事，咱们得先谢谢上帝保佑！我放在你那儿的钱，今儿你提上五十万，先到大马路上那个教堂，捐给他们印《圣经》！就说是我的意思！回国我再去！"

他放下电话，阳光起来了，照在他额头上。卢鲲困倦地觉得噩梦如一阵阴森凉意，被暖热的好酒从血管里逼出去，生活又回来了，世界依旧向自己展开了瑰丽的一面。他笑容可掬地看着大厨亲自端来了鱼子酱，还有一瓶更陈年的刚醒过的好酒。

"今天的鱼是什么？"他微醺着问。

"先生。我为你找到一条完美的大菱鲆。你知道，这个季节……"

卢鲲打开皮夹，挑了一张大钞塞到大厨的胖手掌里："我等着，拿出你最好的厨艺！"

监听卢鲲电话的两个人在这世界上某个人所难知的角落展开了一番对话：

> "这个人想清楚了没有？"
>
> "呵呵，这还用我说吗？"
>
> "我看，他倒真算个明白人。"
>
> "怎么讲？"
>
> "他明白上帝比佛祖难缠，所以，巴巴地让他妈送现钞去教堂打交道呢！"
>
> "呵呵，下次他坐到高塔上，他也不可能比现在更明白事理呢！"

可怜詹姆士刚刚把破车停到斯特拉斯堡大街最破落的角落，软趴趴推开一家小咖啡馆玻璃门，还没点上一杯滚烫的小黑咖啡，他的手机在胸口口袋里响了。

詹姆士掏出手机一听，脸上露出疯狂的表情，他一叠连声地喊叫着"不"，推开门又跑到了破旧不堪的马路上。他敲打着自己的破雷诺，对着手机喊："看在上帝面上，你们饶了我吧！我不能再一次把那个扁鼻子的家伙送到高塔上去！我办不到！我会成天做噩梦、在噩梦里烂掉的！哦！我的天哪！"

迷路

一

　　这年春天我财运亨通，初步统计我可能已一举获得财务自由。老婆闻讯乐开了花，每晚都掀开了被窝等我。我赶紧去还房贷；顺手加盟银行私银客户，买下高端理财产品；股市里剩着玩玩不再当回事儿的投机额，不多不少仍等于我原来下的本金。

　　忙里偷闲，我带老婆去了一回加拿大，除游山玩水访老友，还顺道南下去古巴，我不可告人的主要目的是买回足够自享的哈瓦那产雪茄。

　　回到家，我嘴叼灰发火脸的雪茄去公寓底楼开信箱，里面竟然躺着一张大红请柬，又竟然是老同学大聚会。从前，每逢同学聚会我总打扮得山青水绿，暗暗心疼要出的份子钱；尽管不至于下贱到像某些人张开大嘴想在桌面上吃回来，我毕竟忍不住找借口提早离席，好赶最后一班地铁回家。

　　那么，这次：我像非洲打猎归来，敢把一头大象拍在流水席上请客！

老婆虽然如沐春风，还是醋意盎然："早点回家。见到从前暗恋对象，请保住你的体面！"

我穿上淡色西服，往裤兜里塞进满满纸币，就出门了。我还没来得及买私家车，暂且雇个黑车司机，由他用他的车送我去聚会地点。

司机想把我递给他的雪茄架到耳朵后面，可惜雪茄太大只，把他脑袋衬成了导弹发射架。他卖弄说："老大你要去的地方太偏，整个大城，恐怕也只有我恰巧知道，否则，你打车都找不到向导。"我哼了一声就进入了高级的假寐：不必和雇来干活的人多啰嗦，他们套近乎，无非为早晚忽悠你浪费。

一路上我都在脑袋里做计划：真是百废待兴，真是春光乍泄哪！

这是个什么鬼地方？我睁开眼，不认识了从小长大的城市。哪个开发商吃饱了撑，把自己当成了毕加索、康定斯基？这建筑太抽象，简直乌搞百叶结嘛！黑车司机咧嘴笑："老大，你们同学个个是外星人哦？我先回去了，过四小时来接您。"

我嗅着黑车离去的尾气，一个人孤零零站在巨大的金属蛋前。

这蛋泛着古铜色，是用昂贵的钛合金做的，足有一个足球场那般大。我面前这进口挂着小而精致的门牌：学校。也许巨蛋建筑具有种种功能，这里是它的教育设施？我推开钛合金门，往里跨一步，有个小而精致的门厅，尽头竖着缀上红绸的临时指示铜牌：同学大聚会者三号梯上五楼大堂。

我正要拔腿，一个人从后面推门而入，气势昂扬，定睛看我一下。他伸出手指指到我鼻尖，喊出了我名字。我一看，回忆起这哥们和我高中同班，绰号健脚朱，大名我忘了。

我和健脚朱勾肩搭背坐电梯上到五楼，电梯门一开，算是开了眼界：哪是什么酒店大堂？这是学校大厅！四周一排排教室人声鼎沸，一小群和我们打扮相似的人正散在大厅中央兴致勃勃张望。我认识这些变了形的老脸，都曾同学，不同班而已。健脚朱已大踏步上前，指住了好几个人的鼻梁，哈哈大笑。

　　我偷眼打量了大家一下，里头没我牵挂的人。我忽然一阵腼腆，决定自行其是：我脚尖一滑，往第一排教室走廊跑去。

　　教室和走廊不再是金属制品，但看得出颇具匠心，设计者老到地还原了我们读书那年代木制品和水泥的"拉郎配"。我走在光滑的木地板上，四顾清水泥墙壁，但听自己皮鞋的笃笃声。我脸凑教室后门上的小玻璃窗朝里望，看见一些年纪不大的学生，看不明白他们脸；老师太远，也看不清。

　　我继续往前走，这里都是些年轻学生在上课。恍惚看见有个把老师面熟，像哪里见过。不过我没停步，到了拐角上，就朝左拐往第二条教室走廊里去了。

　　拐对地方了！这条走廊两边不是教室，是两个大会议室。如今一边的会议室搬空了桌椅，只在窗边摆下一排边柜，放了成排饮料和白玻璃杯、红葡萄酒和水晶玻璃酒杯。一群人正文雅地端着红酒，围成一圈在房间中央说笑。我认出了几个同班同学，我绽开笑脸，跑进人堆，喊一声"嘿"。

　　许多双眼睛落在我身上，这是从时间的河流里浮起的眼睛，带着鱼眼的暴突和冰凉的审视。我笑呵呵全身心开放，接受时间检阅。他们的眸子恍惚起来，不肯从我脸上挪开眼神的攀脚。我知道这是什么效应：我常年辛苦，打拼无望，这张脸留下了痕迹；本来是一望可知，令大家宽心的，可今日我脸上添了新光彩，十分可疑，泄露出暴发户的苗头……这些老江湖们思路卡壳、判断机能故障，被我的"二十年未睹之怪现状"弄死机了。

我暗好笑，反过来审视这批油腻腻的脸：咦？奇了怪，最亮堂的一张是上学时人称"小矮鸡"的家伙，他虽非一身名牌，胜似一身名牌：小脸气势挺拔！要知道从前他拖着鼻涕，跟在我后面，低声倾诉谁又欺负他；如果我肯当他保护人，他就借黄色手抄本给我读。我像健脚朱一般指住他鼻子，大喊一声："小矮鸡，谁又欺负你啦？"

可能是我自然突发的气势再次泄露出什么硬信号，这班人恍然流露出看懂了的神色，一起跟着我哄笑小矮鸡。小矮鸡本来一付引吭高歌神态，倏然间幻出跟我混校园的可怜相，这可怜相从他笑纹里渗透出来，一滴滴而已，不过逃不过我眼睛。

我居高临下再次环视群雄，手指插进裤袋抚摩我满口袋的纸币，他们不知道我此刻心态多猥琐！我看见一个富态的官气十足的家伙，这不是咱们班人称"阴阳人"的家伙么，他那可笑的嗓子如今变男人了么？我手指又不听话地指到他鼻尖上："说话我听听，声音还认得出你不？"

阴阳人可比小矮鸡强多了，他一脸不悦之色，声音一丝一毫没变，训斥我："手指拿开可以不？像什么样子，长大了没，没上没下要干吗？"他的官态是纯正的，不知道谁凑到我耳边："小心点，人家副部级"。我愣了一下，笑了起来，对这副部级阴阳人拱拱手"失敬失敬"，他跟着笑了。大伙儿都慢慢笑起来，我们笑得越来越厉害，震惊了整个楼道，有人跑过来张望，在我带头扩散的笑声里，阴阳人脸上红红白白……

打住！我为自己感到可耻，我不能这样一个个把人得罪完，坐实自己暴发户恶相。我拱拱手，找借口从人堆脱身，放下红酒杯溜了出去。我掏出手机想给老婆打个电话，可惜巨蛋里竟然没信号。我想去找找健脚朱，记起来他曾是我情敌！从他嘴里，也许能打听出那位泥牛入海般不见了的美女春叶。

我先潜入了靠红外线感应自动开启的男厕，这厕所已经历了巨大革命，简直比街上的美资连锁咖啡馆还充满高尚气味，我嗅到古巴咖啡豆的独特香型；站稳，往一排咧开的红唇小便斗里泄出多余液体；洗手龙头自动出五十来度软水；咔嗒一声，再生型擦手纸已像打印机吐纸般从卡槽钻出来；才一转身，自动抹布机呲一声从角落蹿出来，在我站过的小便斗前喷清洁剂、擦洗、烘干……真是滴水不漏。我有点难以理解今天的厕所，生活变化太快了，要知道从前我和这班人一起上学时，中学男厕尚是我们共同的噩梦。那时我常梦见自己瞬时重症肌无力，要往挂满尿碱子的小便池子跌下去……我若有所思离开男厕，外面忽然显得寂静，人都不知跑哪去了。我透过高晶度的玻璃窗望望巨蛋外面，外面有一些古怪的树，像枫树又像槭树，绝非本地品种。我靠向窗边，眺望远处，景色如画。

一种很深很深的忧郁随着美景弥漫我心头，我不能不想念春叶。

春叶身材不高，上课坐在我前座，她有一张有点方的脸，颧骨还挺硬……这些特点都令她不至于跻身美女之列。不过且慢，画龙点睛，上帝在她本趋平庸的脸上安了一双不安分的水汪汪眼睛……那时我们情窦初开，却已为那双灵动的眸子失魂落魄。

我感动自己瞬间回忆起了春叶脸部的细节，包括她那可能被公众记忆忽略的嘴唇：她的唇形虽不十分出色，却颇有女人家的模样。我曾默默观察过她嘴唇，觉得很配得起她出凡脱俗的眼睛。

一只手指在我背上戳，我明白那是健脚朱。他就是这么一个人，明明是气血旺足的大汉，可以用挺性感的磁性声调讲话，偏不喜欢开

玻璃玫瑰

242

口，喜欢动手触碰别人……个人气质有如昆虫。

如果他变形回他的昆虫世界，一定是金龟子科的好货！

"想谁呢？"他闷闷地问。

我转身看着他，直截了当："想起了春叶。"

健脚朱怔了一怔，他也感受了我新近萌生的直言不讳的气势，他叹口气："想她干吗？往事而已！"

"往事历历在目！"我反驳健脚朱。忽然，我伸出手指点他胸口："难道你不知道她下落？"

"失联了。"他又一声长叹，"早就失联啦！"

"没关系，"我柔声说，"走，我们去喝一杯，单独聊聊春叶！"

我耐心等待健脚朱先跑进老同学堆里寒暄，他表面是冷血动物，不过他的手指泄露出冷血归冷血他身边缺了人不行，他像蚂蚁使用触角那样使用他的十根手指，故此绝不能落单。我想，撇去我这人温厚的个性不谈，哲学和生物工程学角度，我倒很想花钱买人剁掉他十根指头，看他届时如何表达他自己。健脚朱手指触及每个男生胸膛、虚点女生（一堆老母鸡）胸脯的当口，我跑去倒了满满两大杯红酒，在角落等他。我只想和他聊聊不可能来聚会的春叶，只有春叶懂得如何保持住自己形象：她失踪了，她在我们班里依然十六岁。

健脚朱倏然转身，四处张望，他看见我，直线朝我走来。我示意他走出房间。我们何不找一个出口、到巨蛋建筑外面的风景里坐着聊春叶？我口袋里还剩下两三枝雪茄。

他接过红酒杯，仰脖子喝了一大口，我以为他渴了，却见他一大口后头接着一大口，咕噜噜几大口就把红酒喝干。他朝我亮亮杯底："喝干，喝干了聊春叶合适。"我点点头，学他样子牛饮，这酒我看了，加利福尼亚的 Sauvignon，好酒，喝了能有半小时聊天劲头。

我们把空杯子撂在墙角，一起寻找通往巨蛋外头的出口。整个五楼看上去是密封的，我们坐电梯下去，就是来路，停满了车，毫无风景。要找到去往巨蛋另一侧花园的路径，没人供问询，只好自己一个个门洞试。

电梯按不了其他楼层，它只把我俩带回第五层。我们回进第五层，开始漫步，健脚朱推开每一扇标明"Exit"的门，我们顺着太平梯跑下去，总殊途同归，回到来路的停车场边。我们只好又坐电梯回五层，继续不依不饶地推开下一个"Exit"……

"中学毕业后我见过两次春叶，"健脚朱说，"她没念大学，她不想念大学……有那么多人怂恿她离开学校！"

"猎人不开枪竭力引诱猎物只有一个目的，"我说，"抓活的。"

"你猜得不错，"健脚朱说，"有个人送了她一样礼物，你想象也想象不到，那是一个车队。"

"车队？法拉利车队？"我想嘲笑，不知道嘲笑谁。我不准备嘲笑春叶。

"是翻斗车队。"健脚朱转过脸，终于露出一个冷冷的笑，"那人送了春叶十二辆水泥搅拌车，把这个生意给了她，车队和车队的生意。"

红酒让我笑出了声，笑得喘不过气。太可乐了，太叫人激动了……我们已经尝试了十三个"Exit"，两边都有，还是通往我们的来路，停车场里的车这会儿又增加不少。我们俩越来越矫健，回身蹦着太平梯上楼。

"第一次见她，春叶还是老样子，她晃着马尾辫，邀请我去她办公楼。我俩一起在阳台上往下观赏她那些灰白色的大蚕蛹，这些蚕蛹蠕动着开出去，替她带回现金。她不让我去见那个送她车的家伙，她请我吃了顿火锅。"健脚朱说着火锅，跺了一下脚。

我顺手推开第十四个"Exit"的钛合金门，咦，这个"Exit"与众不同。往下走的太平梯没彻底完工，散乱堆放着建筑工具，飘起一股湿水泥的臊气。我伸直头颈往下看了看，楼下仿佛没被密封，有一股新鲜空气氤氲着，我闻到了春天旷野的微弱气息。

"第二次见她，"健脚朱跟进"Exit"，一只手还搭在门把手上，"她变了。她成了一个很熟的妇人啦！她眼里有熬夜的红丝……你还记得她眼睛？"

"当然，"我一只脚踏到脏乱的太平梯上，"谁能忘记春叶的眸子？"

"那对眸子不见了。"健脚朱悲伤地说，他空闲的手支住了他宽大的额头，"那对眸子消失了。你比我幸运，你没去找她。"

健脚朱猛然从回忆里跳出来，他浑身一震，环顾四周，说："要不你先下去？我要先去趟洗手间；我再来找你。你别走远。"

他拉开"Exit"门，回进去那个大厅；他已经关了门，又伸出头问我："你知道春叶怎么评价你？"

我愕然抬头："春叶同你说起我？"

"是啊，"健脚朱打了个小哈欠，好像不是困倦只是无聊，"春叶说你是个动口不动手的君子。"

趁我愣在太平梯脚上，他摆摆手："回见！等我！"

我想着春叶的话，手足冰凉。我呆呆往下走，走了一层又一层，自己不记得走了多少层，怎么会如此之多？忽然，我看见了旷野，一面巨大的晶体玻璃窗外，正是风景绝佳的开旷之地。左手边有个东南亚脸老外站在太平梯通往室外的拐角上，胸口别个对讲机，身着蓝色制服。他冲我点点头，我刚想和他讲话，被室外一条绿水河吸引了眼光。其实也不是为看河，是看站在河堤上一个衣衫褴褛的怪人，这人明显不是本国人氏，黑褐色脸皮像印地安人，头上戴着印地安人的破羽毛冠。

这人站在河堤上，吸引我的还不是他的装束，是他身体的某一部分。这简直伤风骇俗了：巨大一根黑褐色阳具吊在他肚子下，像只冬天老丝瓜。这家伙本钱不得了，老丝瓜垂着也比别人涨粗时宽；长度更不好形容，已到达他膝盖。

他的一个同伴，乍看是个印地安女人，再看也未必是女的，同样衣衫褴褛背对我在河堤旁站着，略微低着头；她（他）的手抓着同伴那只老丝瓜，没任何猥亵色彩地拍打着，恰如完成一种仪式。老丝瓜在她（他）重重拍打下发出"砰砰"的声音，却直直下垂不晃动……

我迟迟疑疑走到太平梯终端，跨出一大步，站到了河边土地上。

一股浓郁的旷野香味涌入我鼻翼……多么自然呀，仿佛人从宇宙空间站溜出来，回归到亚马孙河流域。

我回头看太平梯上穿制服的老外，他冲我无表情点点头，做了个请便的手势。我等等健脚朱，不见他下来，信步走到河堤拢着的绿草地上。视野既开，我震惊了，不能不佩服这个时代的开发商，了不得，原来他们把北美大地复制到亚洲的大城里来了：满眼是北美枫树和槭树的小森林，春风漾新绿，一股溪水漫出小小溪道，汩汩向我淌来……

二

我要去到枫树和槭树的林子，不得不蹚过清澈透明的溪流。我卷起裤脚，把意大利皮鞋脱下拎在手里，袜子塞进裤袋压在钞票上。溪水迅疾地淌到我脚丫间，我跳了起来，水是烫的！等我落下去溅起水花，才明白水不是烫，是冰凉。我龇牙咧嘴冲过流淌个不停的清水，踏到了林子里的落叶上。

这是个雀形目鸟类的世界：黑白大喜鹊在林地上漫步，灰喜鹊从一个枝桠跳到另一个枝桠；各色各样的小型山雀子弹般互射于枫树和槭树绿叶，在人眼里拉出五色丝线；有一只手掌大小、尾巴一上一下摆动的褐胸蓝头雀追着我唧啾，眼珠一转一瞪；我觉得既然我不是它食物，那一定被它当成了朋友……

我回头看了好多次，健脚朱踪影全无。恐怕他不会来了，这也正是他学生时代的习性：肆意爽约。我不等他，我本性好独，在这宜人之地徜徉一会儿再回去加入聚会不迟。

我看见树林深处有几个人影，亦是印地安人装束，跟城市不良少年般在树干间逛荡。这开发商也真好笑，弄了些货真价实的印地安人在这里，估计将来要开出游乐园挣市民快钱。我自顾自看雀看枫叶，春天枫树的嫩叶最好看，那是有质感的绿，生命最初无伤痕的翠色。

春叶的话什么意思？"动口不动手的君子"，她这么说我？她希望我动什么手？

回想着春叶，不管她后来怎样，我心里的她依然十六岁。她有学校女生里最勾人心魄的眸子，我青春的一部分被那眸子摄取在黑洞之中……

一阵寒意刮过我肩窝，我缩起头颈。西服不能御寒，这里春寒料峭，我必须回室内去了。我已往树林里走得太深，那些溜达的印地安人现在察觉到我的存在，他们犹疑地慢慢地向我靠近……

我快步走回去，再次忍着冰凉蹚过浸漫的溪流。我走到河堤边，那个任由老丝瓜垂在风里的印地安人还站在老地方，他的同伴现在转过身来看我：虽然她身材瘦直看不清性别，但她的脸还属于俊朗的女相。她鼻孔挂着一个动物骨环,不惊不乍凝视我。我朝她笑了笑,回过头:咦?我从巨蛋出来的那个通道不见了!

原来有通道的地方现在还是通道,可惜与原来不一样。我走过去,判断这是个临时性通道,并非钢筋水泥建造,活像电动扶梯,不过并没通电。我朝上攀登,看见通道的进口很低,完全不可能到达第五层。一个表情淡漠的制服老外胸口挂着对讲机居高临下看着我,我靠近他,问他要去第五层该走哪个通道。他挥挥手,让我下去:"Next door!"(下一扇门!)

我再次跳到河堤边空地上,那个印地安男人已从河堤上下来,此刻和女人搂抱在一起。我朝右手方向走,去寻找"Next door"。后面一个通道敞开着门,我一踏进去就明白了一个事实:如果不是有印地安人的这块土地绕着大圆蛋建筑在转,那就是巨蛋自己在转动。我从巨蛋里出来的通道已转开去了,这就是健脚朱没出现的缘故!

我眼前这通道的敞口明显要大,里面是一个起码有五层楼高的机器管道区,巨蛋这钛合金兽类赤袒开五脏六腑,纵横无数管道与锅炉。也可能我小看了巨蛋,这里或仅是它后庭?

我看见一组金头发工人,我选中像工头的那个,走过去向他问询。这白人老头困惑地看着我,仿佛看一种奇特的生物。我离开他两三步就欠身致意,以我最温柔的口气问他:"我要回第五层的classrooms(教室),该走哪条道?"

他重复了一声"classrooms"(教室),语调是疑问句,然后他告诉我出门朝右拐,在右边。我道了谢,走出去,还是河堤,印地安那一对儿宝货还在。我向右,倏然明白了工头的意思:地球是旋转的,巨蛋也在旋转,右边就是某出口终有一天旋转回来的方向!

我担忧起来,我担心天黑前回不到巨蛋第五层的教室区域去,如果那辆黑车误过了我，不知道还有什么出租车知道巨蛋，可来载我回家。说实话，我相信黑车司机超过相信聚在教室里的那群似曾相识的人，二十多年没见，鬼知道他们如今是什么。健脚朱也透着怪气，若不是他说春叶说得邪乎，我不会失魂落魄，以至于糊里糊涂一个人跑到巨蛋外头来。

我想朝左去，不过感觉不好，那侧不利于行；我加紧脚步朝右走，一个轮着一个去看迎面而来的新出口……现在，巨蛋仿佛加快了它的自转，斜伸的出口变得比原来细，仿佛于旋转中拧紧的触角。慢慢我看出这些触角正在收缩，我抬起头，春天傍晚的太阳像一只金色荷包蛋，加速向西边地平线坠落。巨蛋竟然也开始收缩了！好比一只钛合金外皮的水母，它每一次丑陋的暗暗抽搐便带来一圈实体紧缩。

我筋骨发寒，浑身鸡皮疙瘩：什么情况？真的宛如梦境。我不得不朝那两个一语不发的印地安人走过去，口齿清晰地问道："告诉我，这到底是怎么一回事？"

祖露下体的印地安男人把他的女人搂在怀里，他抬起头，浑浊的灰色眼球在夕阳里凝视我，这是和他那女人几乎一模一样的奇特凝视，他慢慢回答我："It's life."（这就是生活。）

我和印地安人一起在河堤边站成一排，呆呆目视夕阳西下的壮丽景色：好像大地正在吸收一个水泡，黑色泥土有节律地微微起伏，每一次起伏，巨蛋便缩小一大圈，往土地里坠落进去。

被巨蛋挡住的另一边的天际线露出来了，我震惊地捂住嘴巴：那一边没什么停车场！也没有我意识中期待的摩天楼和城市建筑群。

好比在巨蛋的另一侧竖立起一面通天镜子，我们虽看不见镜子的边框，可视野里尽是北美枫树林和槭树林，蜿蜒流过的美好河流……我身处一个巨大的平原，平原有河有溪水，有树有鸟雀，还有印地安土著。

好比一个肌体自愈掉它肌肤上隆起的肿瘤，巨蛋彻底从我们眼前沉没。我的那班五光十色的老同学掉到地底下去了么？还是我才是唯一被弃的牺牲品？我刚刚发达，连暴发户的荒唐都来不及品尝，就被巨蛋吐到了荒野之地。忽然，我的宇宙观变化了：巨蛋恐怕不是存在于透视法则里的实体，它可能是一个出入口，如一艘摆渡船；它或者是地心里的另一个星球，好比寄生虫寄生在地球内部。雨天既然能平地长蘑菇，我们就不能断然否定地心存在其他把戏！

别人恐怕并没意识到任何改变，除了一位刚露面的老同学不见了。他们只会认为我是个信马由缰的人，没来由地离开聚会回家去了。健脚朱是唯一一个知道我最后去向的人，不过他自己就是玩失踪的老手，他才不会大惊小怪认为我出了什么事，他准以为我无法排遣对春叶的思念、孤身找角落买醉去了呢！

既然我能在我国的股市里挣到财富，足证我是面对现实随遇而安的高手。有时候我不知道自己到底高智商还是低智商，不过我肯定高情商。我手插在口袋里，对着巨蛋最后的一片钛合金蛋壳吹了声尖利的口哨，看着它彻底入土。我转身回去，微笑着面对此刻升华为我同伴的印地安土著，用他们完全理解的英语问道："我该怎么办？"

我并非身无分文，我口袋里有足够的我国货币，但我不确定此刻我是移民还是他们是移民。要知道，这个时代的开发商已彻底使我们失去了对周围环境的确定性。

我还没消化上一顿的食物，不过可怕的饥饿感已像一头幼狼在啃噬我的肠胃。天空还有光，我能看清眼前这衣不遮体的一对。气温应该马上就会下降，如果不想在树林里挨冻，我的唯一救星恐怕就是他们。

　　我没得到他们坦率的回答。我尽可以把这视作一种凶讯，归纳为他们对我存有负面情绪。好在我个人尚属乐观派，没首先屈从于负面可能性的习惯。我知道我的问题暂无答案，这世上没天生欠我的人。

　　我掏出纸币，让他们看清，然后我再次询问："我要食物，要住宿，我有钱。帮我吗？"

　　冷脸的人是世界上最无趣的动物，这一雌一雄两个人形动物冷冷看着我，如看他们看了一天的巨蛋。巨蛋是钛合金的东西，而我是活生生的人！我穿着潇洒的淡色西装，我半小时前还充满了自信，满脸只属于高等人类的矜持自得。

　　我放松自己，放下我的气派，我可怜兮兮伸出空白的两只手掌，我对他们只说一个单词"hungry"（饿）。

　　大本钱的男人朝我招手，他那男相的女人回报了我一个勉勉强强的笑容。印地安男女带着我朝小溪走去，我回头望了一望巨蛋消失的地方，那里正迅疾地长出新的枫树和槭树。

　　我深一脚浅一脚在干草地上走，只看见他俩赤着的脚面满是皲裂的老皮，女人的屁股露了一大半在外，黝黑皮肤有珍珠光泽；如果光盯着她屁股看，我有参加巴黎春季时装展坐在T台下的感觉。

　　大本钱男人猛地站立住，他女人手指溪水，男人手伸腰部，掏出细长的木针，挥动手臂，朝溪水扎下去。只见那木针弹跳了几番，在溪水里竖立着漂浮；男人继续从腰部露出的针壶里摸出木针，扎向女人指给他的方向，木针一会儿工夫在溪流里浮成了一小片针林……

　　我和印地安女人提着大本钱男猎来的雅罗鱼，跟着他走进枫林深处。他俩根本没脚步声，只有我的皮鞋把地上落叶枯枝踩得噼啪作响。在密林深处靠着一个山包的岩壁下有一群不起眼的木屋。他们的邻人已升起炊烟。大本钱男推开一座深黑色烟熏过的木屋，从里头取出生火器具来。他燧木起火时候，我欣喜地在一边观望，不但有得救的快活，也希望从他手里学一手，一旦脱身回我居住的大城，这将成为我到处炫耀的真本事。

印地安女人在一道更小的清溪里利索地洗剥十几条雅罗鱼，这些青白色的鱼被她穿在木棍上，支起在男人刚生的篝火边，火苗已找到了猎物，吱吱地舔着鱼身。出乎我意料，鱼并非他们的主食，女人又拿出一只铝锅，往里头倒黄色米粒，煮起了黄米饭。米饭和烤鱼的香味弥漫树林，让我嘴里唾液涨潮。

他们像是两棵树抽枝展叶，极自然地忙活着，根本不朝我这不速之客看。不过，女人在火边架完鱼后曾朝我飞快瞥过一眼，露出一个类似于城市家庭主妇般满意的微笑，这使得她男性般平板的身上突然洋溢浓烈的女性气氛。

米饭和鱼都熟了，女人把一个凹凸不平的铝盘子递给我，他们有自己的木盘；黄米饭舀到我盘子里，烤得金黄的鱼递到我手心。我的胃狂喜，我的心温暖。

吃过晚饭，我掏出一张百元纸币，举起手掌，以感谢的手势递到女人手里。她好奇地举起印有我国历史伟人的纸币，对着火光看纸币隐秘而显明了的水印。她把纸币递给大本钱男人，大本钱男人也认真看火光展示在纸币上的神迹，他终于呱呱哒哒地说了一长串我听不懂的话，他的女人笑了。

显然他们不知钱币为何物，女人把纸币递还给我；我指了指盘子里吃剩下的鱼骨头，又指指纸币，表示这是我对食物的回报。女人尴尬地看看她男人，把纸币递给了他；大本钱男点点头，把纸币塞进破衣服的口袋……

一旦为自己的食物付了钱，我习惯性地坦然下来。我抢着到小溪里洗刷所有的餐盘和铝锅，并把一锅子清水放到火上烤。印地安男女好奇地看我忙活，我开玩笑地说："tea?"女人点点头，站了起来，她从木屋里取出一个布袋子，里面竟然是茶叶！这些茶叶黑乎乎的，放进开水里散发的不是茶味，是一种奇特的带镇静作用的草药气；不过，喝起来不错，比光喝清水强多了。我掏出放在西服胸袋里的三支雪茄，在篝火上点燃了我的一支；竟然不用我教，大本钱男和他女人熟门熟路接过去，欣喜若狂地朝我嬉笑，我们一起吞云吐雾……

晚上对于他们而言是睡眠时光，印地安女人递给我一条毛毯，打开木屋相邻储藏柴禾的房间，打手势告诉我该睡觉了。

怎样的一个不眠之夜啊……

不用说手机从进入巨蛋就脱离了服务区，现在更是废物一块。我看看时间，是晚上八点半。再过几小时，我太太应该一把泪水一把鼻涕在警局里报案。由于我的暴发户身份，警局会把嫌疑归给绑票诈财团体。

柴房干燥宽敞，木柴只稍稍占据房间的一角。我躺在陈旧的干草堆上，我的现代性受到了沉重打击，或者更好地说，我的现代性因为这打击而进化了，进化到科幻未来性。我无法理解巨蛋这件事，但我的逻辑能力维护了我的理性，让我不至发疯。我认为应该享受上帝安排的这段奇幻之旅，看看到底是什么骤然摧毁了我的知识体系。

我终究沉入梦想，梦见了我离开的城市，梦见地铁，梦见了地铁里沙丁鱼风暴般的人流……

第二天开始我成了印地安男人和他女伴的电灯泡，他们走到那里，我就默默跟到哪里。他们习惯性地在河堤独处的时候，我就像《国家地理》杂志的撰稿人那样到处考察这片奇幻的林地，考察溪流和河道。我内心深处固执地认为这不是地球，这非常可能是一个虚拟世界，来自于互联网大亨们的阴谋。说不定这还是一场楚门秀呢，不定有多少摄像机镜头对准了我，准备消费我的隐私和我的人性。我告诫自己小心谨慎，除了参加捕鱼狩猎时我脱掉西服，其余时候我要在心着意地穿好正装。我感觉自己面对四面埋伏的无数取景框，必须拿出风流体态，自编自导自演……

大本钱男大多数时间和他的女人如一对野鸟相依相偎，什么事也不做，就是呆呆地蠢着，确是一对呆鸟。他们尤其喜欢站在那道河堤边，他的老丝瓜垂下来，女人像我们城里人坐车握住金属立杆般自然地握住他大瓜，渐渐互相发出午睡的鼾声。他们在吃饭前捕鱼射鸟，女人处理猎物如我们整理电脑文件，不但专业，甚至于美观，充满程序美和自然性。他们能听懂简单的英语，仿佛从前有过讲英语的主子。不过他们互相不讲英语，我们之间主要的交流还是靠彼此比划和表情递送。我以每天一张百元纸币的速率递送报酬，并竭力向他们解释钱币的作用和妙处，这可以在他们简单的生活中充当交换劳动的衡量物。他们对着我摇头，但还是欢喜地把钱收进口袋，其欣喜如我们集邮。

我不但尝到了雅罗鱼，而且还品尝了淡水狗鱼和某种从未见过的小型鳟鱼的滋味；在禽类方面，大本钱男射落一对斑鸠、一只单飞的野雉，篝火烤熟的禽鸟有一种木质香味……和他们相处的第一个周末（按天数顺序计算），我因吃了一碗不太毒的毒蘑菇产生幻觉，出过一身虚汗，不过，第二天一早就恢复了正常。

巨蛋一去不返，并非像我强烈意识探想的那样隔天就返回林区，这使我渐渐萌生了不祥之感，我的被遗弃催生了慢性绝望，这主要摧毁的是我的旺盛食欲……

我焦灼地盼望着地里再长出那钛合金的巨蛋来。

三

巨蛋并未如愿而来。我在印地安人领地里已失去了作客地位，渐渐要成为一名自食其力的戴眼镜的移民。

我妥为收藏的是我的西装和西裤，衣服的重要性高过我无用的手机。一旦哪天巨蛋再临，没其他任何东西都还行，就是不能没衣服。像大本钱男那样凭空吊着自己的老丝瓜是无法回到文明世界去的。但凡我牢记着做人的体面，我就还没有真正迷路。

我把西装和西裤折叠好，放在柴房我的铺位上，上面搁上晒得干透的树叶保持清洁。我自己洗涤内裤和内衣，因为没有可更换的，所以我有时候光着膀子有时候光着屁股穿上从印地安邻居那里买来（他们认为我是用纸换）的树皮外衣裤，自己一个人在林子和小溪里讨生活。我现在喜欢用自己采集的野姜、青花椒和野蒜煮鱼汤吃，这里的小溪里还有鲢鱼、鲇鱼和草鱼。我学会了采蘑菇，懂得哪些蘑菇无毒，哪些蘑菇剧毒，还有哪些可以给我带来幻觉，让我暂时淡忘痛苦。

春叶本已从我意识里淡去，我想念的是自己的妻子，春叶只是我青春期的一个迷梦罢了。甚至对于巨蛋这个更新鲜的伤疤，我也已能够在交谈中提及。我掩饰住自己的绝望，问大本钱男："巨蛋到底是什么？你见过它多少次？"

他用肃穆的态度听完我吐出执念，总简单扼要地回答："It's life!"（这就是生活。）

我终于忍不住诘难他："你说的是生命还是生活？"

他听懂了我的疑问，他用简洁的描述阐明他的想法："You are out of life!"（你在生活之外。）

我既然还在呼吸，身体也没分解发出臭味，他想要对我说的只能是："你被生活赶出来了！"巨蛋就是他眼中的生活，我是生活的放逐者。

　　大本钱男和他的女人每天都要站立在河堤上，呆如一对傻鸟。不过，这对傻鸟可不傻，他们是在等待。他们等待的，有一天忽然来了。一艘殖民时代风格的白帆船出现在视野里，顺着这条仿佛早已废弃的河道，慢慢朝我们驶来，越来越大，起初如同信鸽，到了眼前，成了巨轮。

　　这帆船是纯粹木制的，看上去经历悠久岁月。帆船船体约有六七层楼高，通身布满木雕，木雕在水里浸得久了，形成黑色的基调。可能不仅在淡水里航行，船也多少出过海，我看见海蛎子和珊瑚在吃水线下的船体上附着过，又渐渐死去剥落了，留下壳体……

　　我问大本钱男这船是哪里来的，来干什么；他大眼瞪着我，露出了从未有过的一丝冷笑；他的女人看了我一眼，躲闪开去。

　　奇怪的是船上并没水手出现，一个辘轳自动转着，从尾舱那儿往河堤上卸下不多的几箱子货物。我探看一番，都是些简陋的日用品和药品：肥皂、绳索、刀片、卡其布、阿司匹林、奎宁之类……

　　帆船静谧地泊在河道里，像是一艘鬼船，我几乎期待它突然升起黑月骷髅海盗旗；我无聊而困惑地帮着大本钱男把货物搬到他木屋里去。他在背后对我说："人，拿上你所有的东西！"女人呜咽一声，从木屋跑了出去。

　　我站直身，回味大本钱男的话，我意识到他要把我送走，通过那艘看似无人的帆船。这帆船去向何方？是地狱或是天堂？我无话可说，巨蛋事件之后我已经开放了人生观，敬畏所有可能性；世界已不是过去的世界，在印地安人的树林子里，世界是等待、观望和服从……

我脱下树皮衣裤，跑出去，跳进冰凉的溪流，洗涤全身。这条溪流的显著特点就是常年保持冰凉晶莹，从溪流里捕捉起来的各种淡水鱼因此肉质鲜美、有绝佳的弹性，咬口极好。我洗着自己，知道我今后会不断回味这条溪流和它盛产的鱼鲜……

我用储藏的干树叶吸干自己，小心翼翼换上我从巨蛋上下来时的全副衣裤，最后还到溪流里洗涤了我的眼镜片。我觉得自己带上了所有东西，我跟着从来不着急的印地安男人朝帆船走去，他的女人没跟过来，靠在木屋门上呆呆望我，我向她做了一个告别的手势。

船上不知何时已放下了木制舷梯，大本钱男指指帆船对我说："It's dream."（这是个梦。）

我正想说几句幽默的话表明我是有异于他的文明人，天边忽然出现了一群打扮花哨的印地安人，他们涂着脸，身上披着兽皮，敲着兽皮鼓，远远拥护一个男人过来。那男人仿佛也是亚洲种，浑身黝黑，只穿了条白色短裤，光着脚丫。

大本钱男朝我点点头，一个大巴掌伸过来，上面是我历来支付给他的所有钞票。他把钞票全部还给我，客气地指了指舷梯。

为了不给别人制造麻烦，我顺从地攀上了舷梯，甲板是洗得发白的有花纹的木板，我的意大利皮鞋在木板上咔咔有声。我回头去看，穿白裤子的亚洲人笑嘻嘻和着花脸印地安人的步履鼓点，高抬膝盖，狠狠踩着铺满腐叶的大地过来了……

这人非常快乐地和印地安人融为一体，他身材不高却通身精肉，是我们亚洲民族的男子标本。他走近了，我才发现他也用黑色的汁液涂花了脸。我猜他是中国人，因为他脸上的花纹是一个京剧式的判官。他站在舷梯边，仿佛一个采风后回游艇的阔佬，不由分说拥抱每一个来送别他的印地安土人，他捶着他们蟹壳般的胸膛，忽地回过身，一个纵越，就上了帆船，转身伏在舷梯上朝河堤边的土人们挥手……大本钱男也向我挥手，他的老丝瓜今天乖乖地遮在树皮裤里，不再像死大象的鼻子吊出来烦人……

舷梯自动收起，帆船向下游缓缓开动，我眼睛里充满了大地景色，那遮护过我一阵的枫树和槭树林，那条晶莹怪异的小溪，那些土人，像一幅铜版画，印在我瞳仁上……我不知道该高兴还是该沮丧，我不知去向何方，不知道如何判断这片大地对于我的价值……

我和那人攀上甲板，甲板上原本空无一人，现在有这个白短裤光膀子的兄弟，简直叫我喜出望外：他和我物种近似，这简直叫人有久别重逢之喜。

这人还趴在甲板船尾栏杆上，向已经变得芝麻点大小的远人挥手……他转过身来，我朝他微笑，不仅仅出于礼貌，也是真情流露。

他起先还我以微笑，微笑倏然隐没，像菜市场水盆里一群蛏子同时合起贝壳："咦？怎么是你？"他大吃一惊。

"我？"我不是什么名人，他一定认错了。

"我们在京城见过。一起为《新潮》拍过一组照片，我代表帆船，你代表海钓。"他清晰回忆道。

轮到我大吃一惊，除了他那看不清的花脸，他其他一切体征就是郭三！他明明早已在孤帆远航中失踪了。

"郭三？"我喃喃道，"你早就失踪了，互联网上你已经是英雄，你干了我国人民没干过的事。"

他点头道："是吗？我不是故意的。我那天早上醒来，海上浮起一个金属大圆球，越来越大，靠近我的帆船。我看见有进口，有标志，正好我船上缺淡水，我想进去要一点……"

我打断他："你出来时候找不到船了？"

"不是，我没见到人，也没找到水，可我回头就找不到那进口了；没出口通向大海，只有一个出口，出来就是枫树林。"郭三摇摇头，"我想是不是他们现在还我以这艘大帆船呢？"

我明白他也遇上了巨蛋。我想了想，赶紧告诉他："你失踪，我国媒体有很多报道。其他不重要，你太太和儿子非常伤心，非常想念你，等你回家！"

郭三很久没有言语，他眺望平原和河流，然后对我说："让我们看看这艘帆船能做些什么吧！"

他才说完这话，面前的舱壁自动打开一个入口，里面黑黢黢。他朝里观望一下，钻了进去；我犹豫一小会儿，才要跟随他，舱门倏然合上，把我一个人撂在甲板上。

被拒绝进入？我反倒笑了。回想从前，我不是没被拒绝过，只是被拒绝了从不肯记得，也不愿承认。被拒绝不是好事也不是坏事，只是种情况，其实我所要做的就是顺服。

但我深感孤单，孤单之外又有些渴了。河面上无风无浪，天气晴好，有海鸥绕着船飞。我绕着帆船甲板慢行，到处找船舱的入口：甲板上光光净净，除了船体本身，什么也没有。渐渐，我渴得受不住，捏住了喉咙。

大概是郭三进舱的入口又打开过，后甲板上突然多了一个人，他拿了一个桶，桶里有什么东西。我朝他走过去，看清这是个老头，样子也是我的同胞。他戴着眼镜，斯文又沧桑，呆望我，对我的问好不易察觉地点点头。

"很好的天气，今天轮到我出来透透风。"他声音细若游丝，"我有酒，你也喝点？"

我没有对酒踊跃，我伸出手指，从他冰桶里掏出一块冰放进嘴里，每根神经都松懈下来。

我们并排坐在船尾尖尖上，望着渐渐远离的枫树和槭树大地，他说他姓彭，曾经是一个科考队的队长，那是很久很久之前。我当然知道他那著名的失踪事件，他看上去的年龄和健康状况与我所相信的不符合，不过我不准备向他挑明这点：有一个带着白葡萄酒的伴，此刻夫复何求？

"这船上有多少人？"我接过他递给我的酒杯。这人带着两只杯子上甲板来，明显是想找人聊天。

"不知道，每次上甲板来总能见到一个。你是刚来的？"他说，朝我挤挤眼。

"你在船舱里没伙伴吗？"我问。

他看我一眼，没回答。然后他说："这很难同你解释。"

我先是一颗颗吃完了他冰桶的冰，然后呷着温厚的酒，暖风习习，时间肯定停滞了，我能感觉到这一点。

"我猜，"我看着他眼睛，那眼里若不能说溢满了狡猾，至少可以说充盈洞察力，"这世界上失踪这回事并不像人们想象那样，也许有游轮坐、有好酒喝。"

他再次倒满我的酒杯，对我绽出一个老年人与世无争的笑容，眯缝眼睛吹着风。我一杯下肚，彻底醉倒。

醒来天色还是同样，景色也大同小异，老人不见了，帆船持续驶往下游，我肚中饥饿，等待船舱里传来新的动静。果不其然，总是有人安排得好，这回来了个中国画家，操着京片子，手捧一大盘食物，好比吃自助餐似的。

画家说自己轮到吃饭时间出来吹风，不过，他慷慨大方地把肉食和蔬菜全让给我吃，自己只吃一串绿葡萄。他不肯承认自己是失踪者，他坚持说："我们的航班没有降落，我们的机舱变成了船舱而已。"我心头一片清晰，我点头说："我明白，您搭乘的是马来西亚航空公司班机，吉隆坡飞北京。"

他下去船舱之后，我到船尾对着旷野和河流撒尿，现在，树林已远去，触目所及，是普普通通的草坡，看不出船在地球哪一块角落。

尽管时间概念在我身上已像皮屑般脱落，时间成了历史，但我还是意识到自己进入了一个日不落区域。我的迟钝的生物钟安排我慢慢打起盹来，我蜷缩成一团，拿我的西服盖着脸，意大利皮鞋脱下来放在脚边，除了很久没上油，这鞋子被我保护得挺好，还非常有样子，简直比刚买的时候样子更好，它现在几乎可以说在生活，虽说它的主人被生活抛弃掉。

刚到印地安人营地时候我还会做梦，梦见城市和妻子。现在我日渐无梦，我本身成了一个梦，梦就再也占据不了我的脑神经了。

等我睡醒，我到船尾撩水洗脸，自问如果跳进河流游向岸边我能得到什么，不过我发现自己根本没"越狱"之心。我不反抗，反抗肯定有不妙的结局，我从小是乖乖男。

我等着今天有人带给我水和食物，我心静如水，呆若木鸡。

我对着那个时隐时现的舱门坐着，现在看不出有门，光洁的一片金属面，我想看清楚它是如何打开的，它拥有怎样的边界。

看了很久很久，没什么舱门。只看见船头上已经出来了一个人，一个挺叫人看了顺眼的女人，我注意她的手，可她光着手，什么东西都没带。

我一下子感到非常饥肠辘辘口干舌燥，我甚至带着埋怨的神色开始打量走近我的女人，这女人大约三十多岁，脸容不很光鲜，神色却挺生动。

作为文明人的礼貌，我们互相先微笑了一下。然后我和她面面相觑，都愣住了。

"春叶？你是不是春叶？"我跳起来站得笔直，我的眼镜掉在甲板上，脸上缀满我近视的困惑眼色。

"是你？"她笑了，"我们还是有缘分哪！"

四

我敢肯定的是船根本没有掉头，它一直是顺流而下驶往下游的。就在我和春叶叙旧的时候，船靠拢了河堤，我想也许又要往船上上人。

不过，映入我眼帘的是这么一幅叫人瞠目结舌的图景：大本钱印地安男人赤身站在河堤上，他的老丝瓜光溜溜不知害臊地垂挂在老地方；他的女人露出讶异神色，拼命对我挥动手臂。

春叶推我一把："下船吧。"我莫名其妙顺着木舷梯跳上河堤，大本钱男伸开手臂如一个大大的十字："You are back!"（你回来了！）

我不舍地回头，去向昙花一现的春叶告别；春叶却像一头母鹿，从舷梯上一跃而下，跑到我前头去了。说时迟，那时快，宏大的帆船船体加速驶离，简直如快艇刺向远方，倏地离我们而去。我和春叶，两个人一起被帆船遗弃到印地安人的枫槭树林里。

在甲板上聊天的时候，我有一个瞬间感动得一塌糊涂：变得模糊和陌生的熟女春叶与十六岁的春叶总有什么难以重合的区别，我尽管描述不出，却难说服自己这是同一个人。春叶的眼睛变了，她的眸子似乎是另外一个人的，其实也许更秀媚。不是外表变得好看难看，而是我必须确定自己面对同一个灵魂。春叶是比我敏感和聪明的女人，她很可能看透了我。她从毛衣领口扯出一个小镜盒子，对着我打开：

里面是一只小小蛱蝶，橘底黑点，是我中学参加生物兴趣小组制作的标本，是我曾送给她的唯一礼物。

我问她她是如何失踪的，春叶笑着回答我："我还没有失踪，我只是玩失踪。"她说着对我挤一挤眼，让我心里一阵悸动。她和从前真是不一样了，从前她人在花季，就像那只被我捕捉的蛱蝶，曾灵动地从一个花盘飞到另一个花盘，叫人目眩神迷却难接近；现在她是一个体态优雅的女人，并不多动，在你面前款款而行娓娓道来，她一切的表情都和珊瑚海般靓丽多姿，她一切的说辞都软软暖暖叫人喜欢……我明白现在的她更容易接近，对于我而言，也许更具魅力……

在帆船甲板上，我忘记了饥渴，沉浸在蓦然见到春叶的欢欣里。当然我还算有理智的人，这条船满载着著名的失踪人士，以我尚未淡忘的在巨蛋那一侧城市生活里培植的常识，大抵这些失踪人士只是未见到尸体的死亡者。那么，春叶是不是一个靓丽的鬼魂？

假如开口问她这个萦绕我心头的问题无异于唐突佳人，但不搞清楚事实却又让我忐忑难安。

春叶一个劲儿跟我打听这些年发生在我们曾蛰居的大城的事，我从她谈吐中惊讶地发现她的断层几乎是在曼德拉宣誓就职南非总统和千岛湖火烧台湾游客那年。她对此前发生的世事记忆犹新，对之后世界的年轮却茫然无觉。最最致命的是她并不知道我们那大城房价飞涨，假设她没能在这些年中买房，除非她父母有多余房屋留给她，她回去大城就只能当一个租房住的穷人，这同她的气性实在无法吻合！

我意识到自己每多看春叶一眼，多听她一句，我就多一点迷失在她的魅惑中：她的年纪大于她对大城认识的断层年，证明她这之后仍在不断生长，无论你说她变得更老还是更成熟，反正她现在的样貌足以证明她不是年岁停止增长的鬼魂。如果我自己此刻没死去，那么她岂不同我一样？

我得出了叫我舒心的结论之后，曾有一刻并肩和春叶站在船舷边眺望河的那一侧，那一侧始终云蒸霞蔚，地面是无垠湿地，低空飞着苍鹭……我不得不这么想：春叶出现在我眼前，我们又单独相处在奇怪的运程中，我们会不会再续前缘呢？

奇怪大本钱男和他女人为何像欠我的一般又乖乖带我回家，我上了帆船不过两天一夜，他们竟把柴屋整理成了一间过得去的客房。我在新添的床铺上发现了我遗失在这里的手机。手机几乎没电了，我把它塞到床底。

"You two, here."（你们俩，这里。）大本钱男示意我和春叶住在柴房，同居在那张床上。

我以文明人最大的自制力对春叶说："你可以住在这里，我另外会找地方。"

春叶刚刚脱掉外衣，她乳白色的毛衣包裹着她丰满的胴体，我不敢正视。她笑了："你现在在哪里？城市的报纸上难道没报道你的失踪？难道城市老家不也认为你和我一般死了吗？你和我单独在这个既存在也许又不存在的地方，难道你和过去一样，依旧是个动口不动手的君子？"

她的话带着她馨香的口气飘过我脸颊，我目眩神迷，明明大本钱男和他老婆还站在一边，我忽然神志不清伸出手臂，把春叶拉进我怀里。我本意恐怕只是想拥抱她，拥抱与我在被弃之途上相逢的旧爱，但当春叶自然而然抬起脸吻我的时候，我过去的几十年人生印象都在脑海里旋转起来，像榨果汁，我的思想化作一滩糊糊。我吻春叶的时候，强烈推测巨蛋是宇宙的侠客船，它从消失无踪的城市里搭救了我，让我免于像绝大多数人那样虚度一生。

不过，等我喘过气来，我没在大本钱男和他女人面前再出丑，我拉着春叶的手说："走，我带你去看一条溪！"

我和她两个人，再没多余的人在身边。

我们感到空气清洌，夕阳洒下金色斑点，枯叶在我们脚底碎裂。我穿着我的意大利皮鞋，春叶的鞋有点奇怪，那是双半旧的女皮鞋，鞋面上有干裂的水泥浆。我带她到镜子般的溪水前，她照见自己动人容颜，满足地捧起水来洗脸。我手里一把木针，都是我自猎其食那些天里自己制作的，我轻巧地发出它们，好比武侠小说里的剑客抛出暗器。春叶洗尽脸，抬起头，看见我手里群鱼甩尾；我举着那些鱼，活像小情郎在北方街头举着冰糖葫芦串。

我们在枫树林里烤鱼，大本钱男和她女人接过几条熟鱼就走到河堤上去了。我看着欢快的春叶，问她："春叶，那么多年以来，你真正爱的男人他到底是谁呢？"

春叶愠怒地停住咀嚼。我补充我那蠢笨的问题："你为了什么要离开那个人呢？"

春叶半真半假半嗔半喜地乜斜眼睛看我："动口不动手的君子，你又来了是吗？"

我点点头："你知道我为什么从小动口不动手吗？"

她等着我说，我一时间说不出话来，她可真能体贴我，静静等着。我噎了半天，才开出口："我难以相信啊！当一个本性多疑的人，你知道多难？我信爱情，但我不相信它存在。我信男欢女爱，但我不相信能有什么好结果！"

春叶怔在篝火红光里，她的脸盘艳如春天牡丹，她努力笑道："你这人脑筋不好，想多了吧？"

我把烤得特别好的一条鳟鱼递给她:"我不知道发生了些什么。春天我认识你,你好比蝴蝶翩然而去;夏天,我终于过安稳了,一个圆蛋吐我在这里;秋天(我抬头指给她看那些枫树槭树一下子红了)那艘幽灵船又把你送出来,活生生地站在我怀里;春叶,这么着,冬天又会发生什么呢?"

　　我指指大地和树林:"这难道不可能是一个取景地吗?你和我不可能是一场楚门秀吗?也许此时此刻全地球都在实况转播。"

　　春叶目瞪口呆地看我,她拿着烤鱼:"算了,别说了,你吃吧!"

　　除了没酒,我们的晚宴无懈可击。我如我自己所愿,假装忘记她是一个床上尤物(我猜测),她假装忘记我是个说话煞风景的神经病。我们久别重逢,罐子里煮着小溪清冽的水,我往罐子里丢了几块从大本钱男那里要来的红糖;我们一条条烤着鲜嫩的鱼,喝淡甜的热水,我们拼凑彼此记忆,想从记忆的碎片中找到阴谋的痕迹或并非阴谋的神迹……

　　我和春叶靠在枫树干上,篝火映红了我们脸,我们回想起中学物理教师的口头语"阿是勿是",回想起体育教师驱赶我们在二百米周长的椭圆跑道上一圈圈跑到呕吐;我们回想起健脚朱竭力偷走别人写给春叶的情书,回想起我送给她蝴蝶标本是在课间休息的局促空档;我们回想起参加国家高考前残酷的强化复习,回想起毕业晚会上许多男生求春叶吻他们的额头而我却拂袖而去……

　　"春叶,你是真的春叶,我也是真的我。只不过……"我虚弱地说。

　　"只不过什么?"春叶温柔回头望着我。

　　"只不过时间。"我回答她,"时间像一面玻璃墙,矗立在你我之间了。"

　　春叶答我:"不是时间。让我告诉你爱情是什么:爱情是一辆装得满满的水泥搅拌车，水泥从车里流出来，不管是造就了房子还是凝成一滩乱石，总是留在那里搬不走了。"

我琢磨她新奇的比喻，我想起自己曾经是一辆满满的水泥搅拌车，春叶没给我机会就走了，于是我爬回司机室，驾驶着自己，进了我老婆的时间。

于是，忽然我无比想念我老婆，原以为很快能回家，现在不但家，连她也变得模糊了。印地安人的营地里时间是停滞的，我不知道今夕何夕，我只能用"第一次穿上树皮裤子那天"、"自己开始刺鱼那个雨天"或者"见到帆船那个上午"来记录自己的形迹……

春叶说："我们是两辆空空的水泥搅拌车，但这不等于我们不能睡在一起！"

我点点头："春叶，我们该睡在一起的。我们只有一张离开地面的木床，而且我只有你。"

那天晚上，我和春叶睡在一起，我们互相搂着肩膀，继而甚至互相紧紧搂抱着，她脸热热贴着我脸。不知道是她先开始哭泣还是我，我们的泪水弄湿了枕头，我们互相间充满了怜惜，我们不愿在这个倒霉的没有时间的印地安营地一天天老去…..

我说："春叶，你是美人。哪怕只有我一双眼睛，全世界都看得清楚。"

她在泪水中笑道："你是君子，我可以为你在你老婆面前作证。"

我们后来睡着了，睡梦中我们放开了彼此，自己和自己睡得舒舒坦坦。

就这样，我日日和春叶在树林和原野上游荡，好像亚当与夏娃。我们在小溪里捕鱼，并且学会猎取野兔和土拨鼠做我们的肉食；夜里，我们一起睡，一起亲切地诉说日间的见闻，像是口头的日记。同时我们一步步回忆过去，渐渐明白城市里发生在我们身上的一切，那生活，曾经的生活，如果一定要把那称为生活的话。那生活抛弃了我们，只给我们留下记忆。

说起那个令我心碎的上午，必须让我先沉默一会儿……

春叶把我从梦里摇醒，她披散着头发穿着内衣从被子里坐起来："你听！"

我听见我们历来安静的邻居大本钱男发出"嗬、嗬"怪叫，他的女人敲打着一个盆。有一种不存在的强大的嗡嗡声穿越我的意识。

我忽然想到了什么，我朝春叶大喊："春叶，把你出门的衣服赶快穿起来！"

我跳下床，不知道为什么先探手到床底下摸出了我蒙上灰尘的手机；我把藏在干树叶底下的长裤和西服扒拉出来，急慌慌套上；我踢开自己的树皮鞋，把我和春叶的牛皮鞋都从干树叶底下抽出来……这时候她已经打扮得停停当当，只剩头发没有梳洗。我伸出手，手指当梳，将她乱发稍微整理一番，说："我们去看看！"

我和春叶手挽着手朝门边走，我闻到春叶嘴里那过夜的口气，我自己脸颊上还印着半夜流出的口水，可是，一打开门，我们魂飞天外，什么都忘记了：

但见大本钱男和他女人朝着河堤疾行，那艘帆船已经停靠那里，正往下卸货；而在林木之中，钛合金的一个圆球强硬地破土而出，它渐渐升高，越来越大。我放开春叶，跑回木屋拿出我忘在床上的手机；我拉紧春叶，看着她惊慌的眼睛："春叶，跟我回家！你没失踪，我知道怎么回去！"

　　她母鹿般的大眼睛里满是惊惶，泪水把眼眶变成了两个涨水的湖，她乞求地看着我。我大吼道："如果你不跟着我，那你就会回到船上去了！"

　　我们望向帆船，帆船忽然张开了很多舱口，一个个人从里面钻出来，站在甲板上，眼睁睁望着巨蛋鼓成一栋巨大的钛合金建筑。

　　我调动我所有残存的记忆：章鱼触须、扭动的电动扶梯、缠绕成线团的通气管道、金头发老外修理工、把对讲机放在胸口的警卫……

　　我牢牢抓住春叶手臂，朝巨蛋跑去。一个触角胀开，变成一个水泥阶梯，我毫不犹豫冲进去，跑上几层，然后颓然拖着春叶跑下来，跳到河堤边空地上；船上的人朝我们挥手，春叶面色如土，她的手在我手心如冰块般烫手……又一个触角胀开，有警卫站在楼梯上，我们奔上去，还是一道墙壁；又一个触角，又一个触角，如果巨蛋是大本钱男所说的"life"（生活），我和春叶正一次又一次重新经历被生活拒绝。

　　春叶软在我臂弯里，她哀求我："放开我吧，我还是回船上去！我害怕，我害怕回大城！"

　　我眼睛盯着巨蛋的旋转，盯着新的触须开放新的出入口，我忙里偷闲哄春叶："有我在，你不怕！"

　　她说什么我没听见，我望见一个人从新开放的出口跑出来，他喊叫着我的名字，是健脚朱！

　　我一阵狂喜，要朝那个入口奔跑，可春叶伸手拉住了一棵枫树，她喊道："放开我！我不去！"

　　"为什么？"我也大喊，"你看，那是健脚朱，入口打开了！"

　　春叶的眼神在那个历史性的时刻刻在了我心上，她的眸子难绘难描，她像是乞怜我留下来陪她，可她说："你走吧！我不能去！我的水泥车空了！"

我骤然放开她，我看了她那么深、那么悲、那么绝望的一眼，仿佛我在喜马拉雅顶峰放开一个失足同伴任由她坠入山谷，我扭头朝健脚朱跑去，健脚朱喊我一声："找你半天……"忽然他眼神定住了，嘴里喃喃自语："春叶？"

我跑过他，往上走，回头看一看，只看见健脚朱用尽他的蛮力高喊了一声"春叶"，像一头雄鹿般从出口阶梯上跳出去，落在草地上；他一只手伸出去，拉住了春叶颤抖的手……

飞旋的风迎面吹来，我往上急跑，推开那扇活动门，跑进了第五层大厅。回过头，活动门消失了，身后已经是钛合金的墙壁。我浑身发抖，泪水滴滴嗒嗒落在胸口。模糊中只见墙壁上挂着一幅油画：无边无际的枫树林，白色帆船，一个健硕的男子挽起一个眼光如波的女人……

我失魂落魄地走进欢声笑语的房间，我的中学老同学们已喝得酩酊大醉，他们朝我招手，跑上来拥抱我，把酒杯塞在我手里，我满饮了几杯，问他们："今天是哪一年哪一月哪一天？"他们狂笑起来，说我装醉。一个女同学笑着叫我的名字，说："你怎么满头灰尘？"

我挣脱他们，回忆着巨蛋里的路途，我经过一个个教室，看见讲课的是我小学、中学各年级的教师，我蒙住自己眼睛冲进电梯，电梯在底楼打开门，把我吐到停车场上，一股城市熟悉的酸味直冲进我鼻翼……

我雇用的黑车司机从车堆里冒出头来："老板，你真是准时啊！正好四个小时！四小时太短了，我刚刚抽完您给我的雪茄，真是人生享受啊！"

我迟迟疑疑想看清这人是不是一个骗子，不过，他的确就是我很久以前雇用的那个人，车也是这辆车。我惊魂未定，问他："你知道回哪里去吗？"

他替我拉开车门："太太已经打过两次电话来问了，您上车吧！"

一路上我瞪大眼睛，想看清巨蛋的来路，可是，黑车司机把车开得飞快，周边街道我无一认识，等我看到南京西路，我已经忘记来自何处。

回到家打开门，我那漂亮老婆斜睨我一眼，鼻子眼一声哼："去了那么久，和老情人难舍难离哦？"我感到满心羞愧，却又惊又喜，开口就问她："今天是哪一年哪一月哪一天？"

老婆一步一扭走过来，抓住我，在我脖颈里慢慢嗅："你疯了，去聚会不知道日期？我闻闻你身上有没有老情人的味儿！"

我搂住她，鼻子钻进她一头秀发，我闭上眼睛闻啊闻："你闻到我什么气味？"

老婆推开我，狐疑地看了看我眼睛："奇怪，真的有一股很奇特的味儿！"

"什么？"

"说不清，像是旷野的气息！"

我忽然疯起来，我推开老婆："找一块木板和一根打毛衣的针来，我表演原始人类燧木取火给你看！"

在我花费时日宁静下来之后，我用了一笔钱雇人做了一番调查，得到的有价值的信息寥寥无几，只有这些：

健脚朱大学毕业后不久就被他父亲送进了城市最高级的精神病院，很多年后他获准请假出院参加同学聚会，从此杳无踪影。

春叶曾拥有水泥搅拌车队。那搅拌车队在一次事故中侧翻了两辆搅拌车，离奇的是坐在其中一辆搅拌车上的女老板人间蒸发了。

调查人员肢解了庞大的失事搅拌车，没发现任何属于她的财物和人体遗留。

我雇用的黑车司机在送我回家之后选择性失忆，再也记不得我同学聚会的地址，而他手里记载着巨蛋地址的请柬也不翼而飞。至于我，我根本没留那些稀奇古怪老同学的联系方式。

不过，我确认自己没发疯，因为我除开记忆，还有一个证据：手机。

手机的相片库里不知何时留下了这么一张照片：一个印地安大汉站立河堤之上，他的阳物大大方方袒露着，吊挂在裤裆里……

后来，曾有一个隐匿掉号码的电话打到这只手机上，打扰过我静处，我听见这个印地安人的声音在手机黑色的躯体里叹息着对我说："You did right!"（你做得对！）

我做得对吗？对吗？对吗？

答案在上帝那里……

图书在版编目（CIP）数据

玻璃玫瑰 / 禹风著. -- 上海：上海文化出版社，
2020.8

ISBN 978-7-5535-2033-9

Ⅰ.①玻… Ⅱ.①禹… Ⅲ.①中篇小说－小说集－中
国－当代 Ⅳ.①I247.5

中国版本图书馆CIP数据核字(2020)第108042号

上海文化发展基金会资助项目

出　版　人：姜逸青
策划编辑：赵光敏
责任编辑：顾杏娣
装帧设计：介太书衣　叶　珺
排版制作：华　婵

书　　　名：玻璃玫瑰
作　　　者：禹　风
出　　　版：上海世纪出版集团 上海文化出版社
地　　　址：上海市绍兴路7号　200020
发　　　行：上海文艺出版社发行中心
　　　　　　上海市绍兴路50号　200020　www.ewen.co
印　　　刷：上海颛辉印刷厂
开　　　本：890×1230　1/32
印　　　张：8.75
印　　　次：2020年8月第一版　2020年8月第一次印刷
书　　　号：ISBN 978-7-5535-2033-9/I.802
定　　　价：49.00元

告　读　者：如发现本书有质量问题请与印刷厂质量科联系 T：021-56152633